La canción de Nora

ERIKA LUST

La canción de Nora

Planeta

Obra editada en colaboración con Espasa Libros, S.L.U. - España

Diseño de portada: María Jesús Gutiérrez
Imagen de portada: © Clayton Bastiani / Trevillion Images

© 2013, Erika Lust
© 2013, Espasa Libros, S.L.U. – Barcelona, España

Derechos reservados

© 2013, Editorial Planeta Mexicana, S.A. de C.V.
Bajo el sello editorial PLANETA M.R.
Avenida Presidente Masarik núm. 111, 2o. piso
Colonia Chapultepec Morales
C.P. 11570, México, D.F.
www.editorialplaneta.com.mx

Primera edición impresa en España: 2013
ISBN: 978-84-670-1845-5

Primera edición impresa en México: mayo de 2013
ISBN: 978-607-07-1617-1

Impreso en los talleres de Litográfica Ingramex, S.A. de C.V.
Centeno núm. 162-1, colonia Granjas Esmeralda, México, D.F.
Impreso en México – *Printed in Mexico*

A Barcelona, sin ella no sería quien soy.
Y al cine, que es mi pasión.

Capítulo 1

Sexx Laws

Fundido desde negro que lentamente va mostrando la figura desnuda de una mujer de piel blanca como la leche y pelo rojo como el fuego, tendida en una enorme cama redonda... Referencia: *Blue Velvet* de David Lynch, pero en tonos negros y rojos, un poco daliniano también. La habitación está muy, muy oscura, pero sin embargo, su cuerpo se ve muy claro y luminoso, y junto a ella, el de un hombre. «¿Eh? ¿Quién es este tío?», los pensamientos de Nora son como la voz en *off*. «Está muy, pero que muy bueno, mira qué abdominales y qué brazos... ¿Qué hago yo aquí, dónde diablos estoy...?». Las dudas se evaporan en su mente cuando se da cuenta de que el adonis ahora está despierto y se abre paso con su cabeza hacia la entrepierna de Nora. Planos a cámara lenta de un cunnilingus magistral, ¿eso son sus labios, o una pluma?, porque más que un beso sienta como la caricia más suave, excitante y cosquilleante que nunca haya recibido. Era una pluma y era una boca, era simplemente maravilloso, cuando algo es tan extremadamente bueno no te preguntas qué es, solo disfrutas..., pensó Nora otra vez en *off*. De pronto, por corte, Nora está sentada encima de ese magnífico ejemplar de ser humano, cabalgando encima de su verga, loca de placer, sentándose cada vez con más profundidad sobre una verga perfecta, grande, dura, tierna, suave... Y otra vez por corte, de pronto estalla en un orgasmo perfecto, largo, intenso, lleno de calor y color, de fuerza y ternura. La habitación se ilumina con luz ultravioleta y flashes estroboscópicos. Nora cae rendida junto a su amante desconocido y, tras un suspiro simultáneo de ambos, que se oye en sonido *stereo surround*, empiezan a llover plumas rojas del techo, ¿o no había techo y estaban cayendo del cielo? Banda sonora aquí: música *house* con volumen creciente... No paran de caer cientos, miles, millones de plumas y también confeti dorado. Nora busca a su amante, pero no lo encuentra bajo el manto de plumas rojas. Busca delirantemente y sus manos tocan algo peludo, algo que no es su amante, sino un gato grande como un ser humano. Corte a primer plano de la boca de Nora en un grito desesperado; además del sonido agudo de su grito, salen de su boca plumas rojas.

Y entonces Nora se despertó, y efectivamente tenía plumas en la boca, y en el pelo y en la cama, pero las plumas no eran del sueño, sino de la fiesta de fin de año de anoche, el final de 1999, el final de un siglo. Y el exaltante erotismo de su sueño se desvaneció en su cabeza, y en su lugar se sentía como si se la estuvieran machacando con una docena de martillos hidráulicos, la boca como si acabara de chupar un perro callejero mojado, la vejiga a punto de estallar y un ardor demasiado familiar en la boca del estómago. Los síntomas típicos de una resaca de las buenas, que —su extensa experiencia en el tema se lo decía— no haría más que empeorar en cuanto se levantara y tuviera que enfrentarse a la vida tal y como la conocemos. «Bravo, Nora, ya lo has vuelto a hacer», se dijo a sí misma, mientras recordaba con un asomo de náusea algunos de los, calculó, cientos de miles de chupitos de tequila-vodka-lo-que-fuera que había tomado alegremente la noche anterior. «Es lo que tienen las noches de fin de año, que bebes como si no hubiera un mañana, pero inevitablemente lo hay», reflexionó Nora, usando el tercio de cerebro, extremadamente dolorido y machacado por los excesos, que en ese momento tenía activo. «Aunque digamos que hoy medio planeta debe de estar exactamente igual, así que como decía mi abuela: mal de muchos, consuelo de tontos».

La cabeza de una mujer, en la que también había un par de plumas rojas, estaba apoyada en la pierna de Nora, que estaba dolorida y con calambres... Nora pensó por un momento que quería volver con aquel hombre de la lluvia de plumas, la realidad del primer día del 2000 era bastante desagradable comparada con aquel sueño.

Cuando se frotó los ojos con fuerza —haciendo que un cerco de rímel, sombra de ojos, corrector y demás potingues convirtiera sus ojos verdes en los de un oso panda o un pariente cercano de los mapaches—, descubrió al instante el nombre de la culpable de su pierna dormida. De hecho, el nombre y el apellido: la dolencia en cuestión se llamaba Carlota Soler, su mejor amiga y compañera de departamento, que casualmente se había quedado dormida en su cama y sobre su pierna derecha, ahora insensible, mientras ya bien entrada la mañana comentaban entre risas los sucesos de la noche anterior y mordisqueaban los obligatorios churros con chocolate —acompañados de una cerveza tibia y repugnante, acaba de recordar Nora con una arcada— que hacen que la noche de fin de año sea la noche de fin de año y no cualquier otra. A su vez, Mazinger Zeta, una gata peluda, feroz y de unos nueve kilos de peso —a la que apodaban cariñosamente «albondiguita», por motivos más que evidentes—, dormía sobre las piernas de Carlota, que seguro que a esas alturas de la película tampoco debía de tener la circulación muy allá.

Apartó a Carlota con cariño (o eso intentó, aunque la respuesta de su amiga fue un bufido en sueños, un ronquido y un par de vueltas sobre sí misma) y se dirigió al cuarto de baño. Orinó que duró una eternidad, de esas meadas que parece que no se van a acabar nunca, y se sintió de repente y por un segundo un poco —solo un poquito— más persona y menos zombi resacosa. Se lavó la cara y se miró al espejo, haciendo una primera evaluación rápida de daños. Ojeras, ojos hinchados, los labios bastante resecos y ligeramente teñidos de morado. «¿Labios morados? Espero que sean de beber vino tinto y no de alguna enfermedad circulatoria... ¿Pero en qué momento bebí ayer vino tinto?», se preguntó Nora, temiendo que la noche anterior le depararía muchas más preguntas que no podría responder por sí misma.

Su frondosa melena pelirroja, de un rojo salvaje, con todo tipo de matices naranjas, cobrizos, caobas e incluso rosados, según le diera la luz, en aquel momento estaba bastante enredada, formando casi una rasta única. Nora intentaba, sin éxito, desenredarse el pelo con los dedos cuando cayeron sobre el lavamanos unos cuantos confetis dorados en forma de número dos mil y un par más de las famosas plumas rojas de su sueño. Ahora su cerebro le permitía entender que el sueño estaba conectado

con la lluvia de plumas del día anterior, y el chico protagonista de la escena se correspondía con uno de los gogós de la disco al que había estado admirando como
una adolescente, hasta que Carlota se lo presentó y la
obligó a bailar con él.

Mientras buscaba algo de ibuprofeno, paracetamol,
aspirina o cualquier cosa que le quitara ese horrible dolor de cabeza en el botiquín y algo frío de beber en la
nevera, y se debatía entre darse una ducha reparadora
—que le daba mucha pereza, pero sin duda le sentaría
muy bien— o comerse un plato de cualquier cosa gra-
sienta y recalentada —que se le antojaba mucho, pero
seguro que caería como una piedra en un estómago que
había conocido días mucho más alegres—, oyó una
mezcla de grito, quejido y gruñido infrahumano que
provenía de la habitación de al lado, pero que podría
haber sido generado por un habitante del mismísimo
abismo de Mordor.

—¡Maaaaaziiingeeeer, gato, foca! ¡Sal de aquí, no
puedo moverme contigo encima, te voy a poner a dieta
mañana mismo!

Carlota —o lo que en algún momento pasado de su
existencia fue conocido como Carlota— salió de la habitación vestida con unas braguitas de algodón, calcetines estampados con osos panda y la misma camiseta
XL de The Ramones con la que había salido la noche anterior. Los convencionalismos navideños y la etiqueta
no iban con su amiga, pensó Nora. Mientras la pasada
Nochevieja el noventa por ciento de las mujeres con las
que se cruzaron sufría llevando unos tacones que harían que la mismísima Barbie se rompiera la clavícula,
Carlota llevaba las mismas Doc Martens que cuando

Nora la conoció, hacía ya cinco años. No sabría decir si llevaba la misma parka y los mismos pantalones, pero perfectamente podría haber sido así y nadie se habría dado cuenta. Era una tía con estilo, sin duda; pero con su propio estilo. Tenía esa gracia natural de las personas a las que realmente les da igual su aspecto, y por eso siempre están guapas, y de ahí que pudiera permitirse su sempiterno estilismo, consistente en pantalón sencillo-botas-camiseta-jersey (más una parka con un parche de Sex Pistols en invierno que en cualquier momento de desintegraría) y que lucía en ella más que en cualquier otra un *total look* de Miu Miu. Hubiera estado igual de guapa con un saco puesto por la cabeza, pensó Nora. Tenía las piernas largas y esbeltas, el pecho pequeño y perfectamente moldeado y un culo sorprendentemente redondito para lo delgada que era. Si fuera un poco más consciente de su propia belleza, podría ser modelo de pasarela sin ninguna duda.

Aunque ahora mismo tenía el pelo oscuro completamente revuelto y despeinado —y con restos de serpentinas—, los ojos inyectados en sangre (al menos el que se podía ver, porque el otro lo tenía cerrado) y pinta de haber pasado la peor noche de su vida, a Nora le siguió pareciendo que su amiga era una tía de armas tomar. Pero cuando esta se rascó a la vez la cabeza y la barriga, con un aire claramente simiesco, y bostezó, dejando ver el *piercing* que llevaba en la lengua, no pudo reprimir una carcajada.

—¡Buenos díiiiias, Carlota! ¿Cómo está hoy la princesa de la plaza del Sol? ¿Desea la señorita el desayuno continental o tal vez algo más completo? ¿Huevos, beicon?» —canturreó mientras acariciaba a Batman, un gato negro, estilizado y mimoso, que le daba a su vez los buenos días como de costumbre, frotando la cabeza contra su mano tan fuerte que parecía que quisiera arrancársela.

—¿Buenos días? ¿Buenos? Cualquier cosa menos buenos, pava. Menudo dolor de cabeza tengo, no sé si tomarme algo para el dolor o amputármela directamente y acabar con esto de una vez por todas. Y no me llames princesa, que soy republicana. ¿Qué me diste ayer de beber, asesina? Buffffff, qué horror, en serio.

—Ya te dije que no era buena idea lo de mezclar la celebración de mi llegada con la del cambio de siglo. Creo que las dos por separado habrían sido mucho menos demoledoras.

Nora, que era una mujer práctica ante todo —«los suecos lo llevamos en los genes, y yo lo soy al cincuenta por ciento», decía a modo de disculpa cuando la acusaban de ser demasiado pragmática—, no se lo pensó un momento cuando encontró un vuelo «casi gratis» el día de fin de año de 1999. Le pareció incluso una buena señal, un mensaje de que ese era el momento en el que debía dejar Estocolmo y empezar una nueva vida en Barcelona, el lugar «donde iba a dejar de estudiar cine para empezar a hacer cine», como les dijo a sus odiados compañeros de clase.

El proyecto de mudarse había empezado el 19 de septiembre en un cine de Estocolmo, en el estreno de *Todo sobre mi madre* de su idolatrado Almodóvar. Allí, emocionada por la película que transcurría en gran parte en Barcelona, decidió que se mudaba ya al Mediterráneo.

Siempre se acordaría de la fecha porque era 19 del 9 de 1999, y se dijo: «Nora, Barcelona será tu ciudad». Sabía que allí se rodaba una cantidad respetable de anuncios cada temporada, series de televisión, cortometrajes, había productoras muy interesantes, cultura cinematográfica en general, con festivales de cortos populares, cine de verano al aire libre... Sin duda Barcelona era un buen lugar para empezar una carrera, siempre que no te diera miedo hacerlo desde abajo, arremangándote y trabajando todo lo duro que hiciera falta. Y Nora estaba dispuesta a eso y a todo lo que hiciera falta. De hecho no creía que hubiera otra manera de hacer las cosas que currárselo desde cero.

El ruido de la montaña de *tuppers*, cajas de cereales y demás que se le cayeron a Carlota del armario mientras buscaba el bote del café la sacaron de sus ensoñaciones.

—¡Joder! Ayúdame a recoger esto, vikinga. Toda, toda, toda la culpa de todo es tuya —musitó su amiga, mientras le arrancaba de las manos el comprimido que una Nora demasiado sonriente le ofrecía, tragándoselo a palo seco, a pesar del claro riesgo de asfixia que ello conllevaba—. ¿A quién se le ocurre mudarse de ciudad el 31 de diciembre a las nueve de la noche? Un poco más y te comes las puñeteras uvas en el avión.

—En Suecia no comemos uvas para celebrar el fin de año, querida, allí lanzamos fuegos artificiales y bebemos champán —replicó Nora con tono aristocrático—. Además, toda la culpa de esto es tuya. Tú me llevaste a beber que si una copita de cava aquí, un chupito de tequila a otro local, un par de cervezas al bar ese, Benidorm, y a partir de entonces ya no recuerdo gran cosa más. Y eso que yo prefiero el vodka con Red Bull... Si no tuvieras amigos en todos los locales de la ciudad, ahora estaríamos mucho mejor. No te quejes, bonita, que en el pecado llevas la penitencia.

Apenas tuvo tiempo de agacharse para que el almohadón rojo que le tiró Carlota no le diera en toda la cara. El principal damnificado de esta muestra de agilidad —que sorprendió a todos, pero sobre todo a la misma Nora, que no se consideraba precisamente ágil y veloz— fue Thor, un gato naranja que recibió de pleno el cojinazo que le sacó del más profundo de los sueños mininos con un sonoro bufido.

—¿«En el pecado llevas la penitencia»? ¡Chinga, Nora, en vez de un chico sueco de veintitrés años pareces una abuela de setenta y cinco! ¿Dónde has aprendido esas expresiones? ¿Leyendo *El Quijote* o *El Lazarillo de Tormes?* Desde luego, lo tuyo no es normal.

Carlota no se había equivocado mucho: había una abuela detrás de esa expresión, pero no era de Murcia, sino de Benidorm. Nora era el segundo fruto de un amor de verano que duró algo más de lo esperado. En concreto, diez años. Su madre, Inga, era una de las suecas avanzadas a su tiempo que invadieron las costas españolas durante la década de los setenta en busca de mar, sol y juerga, y a pesar de que encontraron bastante más de lo primero que de lo último, se convirtieron en un mito de la liberación femenina y las axilas sin depilar —aunque en aquella época en España no se llamaba a eso «movimiento feminista», sino más bien «ser una fresca»— durante los estertores del franquismo. Inga, además de conseguir un bonito tono dorado que acentuaba su rubio natural, también se llevó otro recuerdo español: Antonio, un alicantino estudiante de último año de Periodismo que se sacaba unos duros tocando canción ligera acompañado de un guitarrista en los bares de la zona guiri de Benidorm.

Sus futuros padres pasaron todo el verano juntos, y cuando el mes de agosto acabó, quedó claro que lo suyo no era solo cosa de un calentón y las posibilidades de seguir postergando la vuelta a casa de Inga desaparecieron, la pareja decidió volver junta a Estocolmo. Aunque Maruja, la madre de Antonio, nunca superó eso de que «la fresca» se llevara a su hijo a un país frío en el que la gente iba por las casas descalza, algo totalmente inconcebible «para cualquier persona de bien».

Todavía había en casa de su madre muchas fotos de esa época, escondidas en un cajón que Nora espiaba cuando era pequeña, poco después de que sus padres se separaran. Nora solía mirar esas fotos muy de cerca, escudriñando las caras sonrientes, jóvenes y evidentemente enamoradas que aparecían en ellas para intentar adivinar qué había fallado entre esa pareja que se abrazaba en las fotos. A finales de los ochenta Inga y Antonio ya no se llevaban muy bien, en realidad él nunca consiguió adaptarse al clima y a la mentalidad de Suecia. En 1988 fue a cubrir los juegos olímpicos de Seúl para una agencia de noticias en la que trabajaba, se enamoró de una empresaria coreana y se trasladó a vivir allí. Solo regresó a Suecia un par de veces durante la adolescencia de Nora. Ni ella ni su hermano fueron nunca a visitar a su padre, quizás porque les incomodaba que allí él hubiese formado otra familia.

Nora se embobó y sonrió pensando en su infancia, y en la yaya Maruja, que se convirtió en el único vínculo con España a medida que se desvanecía la relación con su padre.

Carlota acertó de lleno con una almohada en la cara de Nora, sacándola de golpe de la nube de recuerdos.

—¡Auuuuuu, *din idiot, sluta för fan!* —Una de las pocas cosas que a Nora nunca le sonaron bien del castellano fueron los insultos y las palabrotas, que profería siempre en su lengua materna—. Deja de intentar rematarme, pon música y prepara algo para comer mientras me ducho. Tenemos que hacer toda la lista de propósitos de Año Nuevo que nos iremos cargando poco a poco en los próximos meses, como manda la tradición.

Carlota encendió uno de los Lucky Strike Light que siempre llevaba pegados a los labios y puso un CD de Beck a un volumen que Nora consideró bastante soportable, dada su proverbial afición a los decibelios.

—Frita me tienes con tus costumbres suecas de buenas intenciones que os dan cada fin de año. Ya te voy avanzando, como ves por el cigarrillo que me acabo de encender, que no tengo ni la más mínima intención de dejar de fumar. Ni de apuntarme al gimnasio. Ale, vete a la ducha, tía, que hueles a tigrillo. —Y acompañó el consejo de un simpático pero enérgico cachete en las rotundas nalgas de Nora.

Nora sacó su albornoz de la maleta todavía sin deshacer y decidió cambiar la ducha por un baño reparador que, seguro, se llevaría con él los restos dolorosos de la fiesta. Mientras buscaba la temperatura perfecta y dejaba que se llenara la bañera, se pasaba el cepillo por el pelo enredado, donde aún quedaba algún confeti, con la mirada perdida. Todavía seguía pensando en su abuela española, una viuda de armas tomar con la que había pasado los quince primeros veranos de su vida, muchos en compañía de Nikolas, su hermano mayor, llamado así en honor a un abuelo al que Nora no llegó a conocer más que en una foto que había en la repisa de casa de la yaya, siempre con una flor fresca al lado. Nikolas era sorprendentemente parecido a su padre: de cabello oscuro y ojos castaños, alto y de complexión fuerte, de risa fácil y voz potente. Los genes suecos no habían hecho mucha mella en su pigmentación, mientras que Nora, pelirroja, rotunda de formas pero no excesivamente alta, de piel clara y pecosa —jamás se ponía morena, solo se quemaba— y ojos verdes, era una belleza exótica que hacía que, a veces incluso en su Suecia natal, todo el mundo se dirigiera a ella en inglés, a falta de más pistas sobre su enigmática procedencia.

Fue su abuela la que les enseñó a apreciar (y a cocinar, algo que hizo de Nora una compañera de piso muy valorada durante su época de estudiante de cine, y que su hermano aún utilizaba como arma de seducción infalible) la tortilla de patatas, la fabada y unas albóndigas con pisto «que alimentaban solo con olerlas», afirmaba orgullosa Maruja cada vez que las preparaba, mientras se secaba las manos en el delantal.

La influencia de la abuela también hizo que, como bien había dicho Carlota, su conocimiento del castellano —idioma que hablaba casi tan bien como el sueco— estuviera trufado de expresiones de persona mayor que habían hecho que en innumerables ocasiones los profesores no nativos que le «enseñaban» español en la escuela le preguntaran qué quería decir exactamente eso de «tanto va el cántaro a la fuente que al final se rompe» o «gallina vieja hace buen caldo».

Perdida en el laberinto de sus pensamientos, y con el pelo más desenredado de la tierra, ya que llevaba casi diez minutos cepillándoselo sin parar, Nora se dio cuenta de repente de que el agua del baño estaba a punto de desbordarse. Cerró el grifo y se metió con cuidado en el agua, caliente y reconfortante, a la vez que se felicitaba por el acierto: esto era exactamente lo que necesitaba.

Mientras sus músculos se relajaban y su mente hacía lo propio, Nora recordó el último verano que pasó en Benidorm, siendo ya una adolescente. «Todo el mundo tiene un verano como ese», pensó. «El verano en el que dejas de ser un niño y te conviertes en un adolescente. El momento en el que todos tus valores cambian y todo en lo que creías se destruye, para que lo vuelvas a construir. El verano en el que descubres la cerveza, la música, te convences de que los amigos son la auténtica familia y te das cuenta de que lo que hay debajo de la ropa de los chicos no solo no da miedo, sino que puede ser extremadamente divertido».

En su caso fue, además, el verano en el que perdió la virginidad en la parte de atrás de una furgoneta, en brazos del que creía que sería el hombre de su vida. Martín tenía veinte años y el cuerpo de un atleta, la lengua afilada y el piropo rápido de un obrero de la construcción y una guitarra con la que le descubrió al que se convirtió automáticamente en el grupo favorito de Nora: The Pixies.

Martín tuvo que cantarle *Come on Pilgrim* y *Surfer Rosa* durante muchas noches, mientras fumaban paquetes de cigarrillos comprados entre toda la pandilla y bebían tragos de un vodka que era auténtico alcohol de quemar y cerveza recalentada y sin gas, pero que sabía a rebeldía, a gloria, y a ser una persona mayor.

Cuando, entre canción y canción, Martín dejaba la guitarra para tocarla a ella, a Nora le parecía que sus manos seguían tocando aquella melodía, en su pecho, en sus muslos, en su estómago o en sus nalgas. Se dio cuenta, no sin sorpresa, de que todavía se ponía caliente al pensar en las manos grandes y fuertes de Martín, toscas pero a la vez delicadas, que seguro que ya habían tocado a más de una mujer —las malas lenguas decían que se acostaba con las esposas de los militares del cuartel, pero Nora nunca quiso saber más, porque se ponía extremadamente celosa— y que le hicieron llegar a los primeros orgasmos en compañía de su vida. Sin darse cuenta, dejándose llevar por los recuerdos y relajándose gracias al baño, Nora abrió las piernas y se mordió ligeramente el labio inferior.

Hizo una valoración rápida de la situación y se decidió: aunque todo el mundo sabe que la masturbación femenina y el agua caliente no son la mejor de las combinaciones, también es vox pópuli que un orgasmo es una de las mejores maneras de rematar una resaca. Nora tomó un gel de baño con perfume de vainilla y empezó a enjabonarse el pecho, generoso, redondo y firme. A pesar de la temperatura del agua, sus pezones no tardaron en ponerse duros, gracias en parte al recuerdo de los labios de Martín posándose en ellos, chupándolos con gula, mordiéndolos con el punto de torpeza que dan el ansia y la juventud. Sintió cómo su sexo empezaba a responder al estímulo de sus caricias y sus recuerdos —un lametón en la oreja, un dedo travieso jugando dentro de sus Levi's 501, la voz de Martín diciéndole «pero mira que estás buena, pelirroja», ronco a causa de la excitación— con una ligera palpitación, y metió el cabello en el agua, estirándose todo lo que la bañera le permitía, postergando «un poco más, solo un poco» el ansiado momento de posar las manos entre sus piernas, separar los labios, hundir entre ellos primero delicadamente el dedo corazón y después el índice, con un poco más de fuerza, usando su propia humedad como una guía infalible del camino hacia el placer, apretar las piernas para intensificar las sensaciones y...

—Tía, ¿qué haces ahí dentro tanto rato? ¡La comida está en la mesa y se va a enfriar! ¡Deja de masturbarte y sal a comer!

Nora volvió de golpe a la realidad, llevándose un buen susto. Estaba muy cachonda, y asustada de lo bien que la conocía Carlota, ¿o la estaba espiando?

La bendita pasta con tomate y chorizo de Carlota —sin duda, su plato estrella, por no decir el único que su amiga sabía preparar decentemente— acabaría de arreglarle el cuerpo. «Ya que lo de abajo está complicado ahora mismo, arreglemos por lo menos la parte superior», pensó, riéndose mientras se secaba el pelo con una toalla y se ponía unos *leggings* y una camiseta vieja de los Rolling casi transparente, tan gastada que cualquier madre la habría colocado hacía tiempo en el cajón de los trapos, pero a la que Nora tenía un cariño especial.

Sentadas en el sofá, con los tres gatos rondando cerca de sus pies por si se despistaban y les caía algo comestible, viendo las repeticiones de los terribles programas de fin de año por la tele, bebiendo Coca-Cola y devorando los macarrones de Carlota con cantidades ingentes de queso, acabó de pasar la tarde, y con ella la resaca. Charlando de todo y de nada, a veces quedándose calladas, porque su relación era de esas que no solo toleran, sino hasta celebran los silencios compartidos.

Nora y Carlota, Carlota y Nora. Se conocieron en Suecia en 1995, gracias a Nikolas, el hermano mayor de Nora, que por aquel entonces era un saco de hormonas con patas de veinte años con tres prioridades: mujeres, videojuegos y amigotes.

Le contó que había conocido a una española que le gustaba muchísimo, «y cuando hablo de gustar no me refiero solamente a coger», puntualizó Nikolas con una gravedad casi adulta.

A Nora, tras un constante «Carlota esto, Carlota lo otro, Carlota lo de más allá» por parte de su enamorado hermano, cada vez le picaba más la curiosidad y tenía más ganas de conocer a la chica de pelo corto que tanto fascinaba a Nikolas. Primero porque no parecía el prototipo de rubia tetona y descerebrada con la que su hermano solía salir —de hecho debía de ser una tipa bastante brillante, ya que estaba becada en el prestigioso KTH, Real Instituto de Tecnología— y segundo por la fascinación que ejercía en él, normalmente bastante impermeable a los encantos que no fueran físicos.

Quedaron para ir a un concierto en Uppsala. Tocaban Green Day, teloneados por un par de grupos locales de *punk rock*. Desde el momento en el que Nikolas las presentó, cruzaron las miradas y se dieron un par de besos en las mejillas, saludándose a la española, se hicieron amigas. Instantáneamente. Tiempo después, en una visita de Nora a Barcelona, un poco borrachas de licores dulzones y en plena fase de exaltación de la amistad, lo pusieron en común, y ambas lo percibieron exactamente de la misma manera.

—Fue como un flechazo, pero de amisssssshtad —dijo Nora, con lengua de trapo y arrastrando más que ligeramente la ese—. Te quiero, tía.

Y así fue. Durante el (poco) tiempo que Carlota aún fue novieta de Nikolas —él pronto conoció a una francesa de la que se enamoró locamente «y no me refiero solo al sexo, que te quede claro», le dijo muy serio a una Nora bastante mosqueada— se hicieron inseparables.

Cuando vino el verano y la beca de Carlota se acabó, ambas se despidieron con un «nos vemos pronto», aunque no tenían nada claro cuándo llegaría ese «pronto». Mientras se definía la fecha, intercambiaron miles de cartas, llamadas, mails enviados desde cibercafés con módems chirriantes de 56 kilobytes, paquetes con revistas, camisetas, dulces y todo tipo de regalos. Compartieron confidencias telefónicas, muchas risas y también alguna que otra lágrima (aunque Carlota no era muy dada a ninguna de las dos cosas, Nora sospechaba que le parecían demasiado «de chica sensible», algo diametralmente opuesto a lo que su amiga quería que la definiera) hasta que llegó el momento de la primera visita.

Un ruido extraño sacó de golpe a Nora de su viaje por la memoria. Eran los sonoros ronquidos de Carlota, que se había quedado dormida en el sofá, tapada con una manta de cuadros y con dos gatos encima. Las gafas de montura metálica se le habían caído al suelo, y Nora las recogió antes de que la misma Carlota las pisara al despertarse. El festival del gruñido seguía en pleno apogeo. Aunque ella siempre insistía en que lo suyo «no era roncar, era respirar fuerte», en realidad Carlota resoplaba en sueños como un jabalí. Nora sonrió, mirando cómo dormía su amiga, y tuvo la reconfortante sensación de que esa y no otra era, en ese mismo instante, su familia. Hacía mucho tiempo que esperaba ese momento. En concreto desde el verano de 1998, cuando Nora fue a visitar a su amiga a Barcelona —Carlota había heredado ese mismo año un departamento de su abuela en el barrio de Gràcia, y empezó a dedicarse a trabajar de noche aquí y allí, a ir a todos los conciertos que podía y a la vida contemplativa en general—, dispuesta a pasar el verano de su vida con su mejor amiga. Eran jóvenes y la vida les sonreía, ese era el mensaje. Había que aprovecharlo a tope. Y así lo hicieron.

El recuerdo de aquellas dos semanas estaba lleno de sol, playa, terrazas, bailes en la pista giratoria del club Nitsa mientras Sideral pinchaba los mejores *hits* del mundo, cubatas en el Mond Bar, despertarse en alguna que otra cama ajena (o en la propia, pero con alguien que apenas les sonaba), y vuelta otra vez al sol, a la playa y a las terrazas. Aunque Nora había veraneado toda su vida en el Mediterráneo (o precisamente por eso), valoraba tanto o más que los «suecos normales» —como llamaban en casa, con cierto cachondeo, a los compatriotas cuyos genes no convivían con otros genes españoles— el clima soleado y templado de la Península. Por aquel entonces estaba terminando sus estudios en la Dramatiska Institutet, la Escuela de Cine de Estocolmo —solo le quedaba un curso—, y aunque sabía que «en un futuro» quería dedicarse al séptimo arte (y, en concreto, a la dirección), no tenía muy claro cómo iba a empezar a labrarse ese porvenir en su propio país.

Su manera de entender el cine no podía estar más alejada de la tendencia de la época, el cacareado Dogma 95 que habían puesto de moda Lars von Trier y demás cineastas daneses del momento. Los gustos de Nora iban más por el lado de Woody Allen, Polanski, Cassavetes, Scorsese, Bergman y, claro, el gran Almodóvar.

Sus opiniones, contrarias a las de la mayoría, la convirtieron, poco a poco, en un elemento subversivo dentro de su propia escuela. Sus compañeros la llamaban a escondidas —en el mejor de los casos, otros lo hacían directamente a la cara— «Steven Spielberg», «Julia Roberts» y cosas por el estilo. La llegaron a acusar de tener «un espíritu comercial» («¡Lo dicen así, como si eso fuera algo malo! ¿No es que la gente vea sus películas lo que quiere cualquier director?», contaba una Nora furiosa a quien quisiera oírla).

A Nora estos exabruptos la mayoría del tiempo le parecían absurdos y le daban risa. Aunque otras veces le hacían hervir la sangre y le causaban la indignación más profunda, hasta llegar al punto de tener ganas de empezar una matanza entre sus compañeros que terminara «con una quema de la escuela, para que aprendan todos esos gafapastas».

¡Chas!

Carlota la sacó, una vez más, de sus ensoñaciones con un chasqueo de dedos a un par de centímetros de su oreja, seguido de un golpecito con la palma de la mano en la frente, una de sus maneras habituales de hacerla volver en sí.

Y es que se había hecho de noche hacía rato, pero ahora ninguna de las dos estaba cansada. De hecho la comida guarra, las siestas y las medicinas varias habían hecho por fin su efecto y habían vencido a la resaca, por lo que ambas se encontraban mejor que en ningún momento del día.

—Oye, tú que eres la señora refranes, ¿has oído ese que dice «quien no coge en fin de año no coge en todo el año»? Pues ya te puedes ir retirando del mercado hasta las próximas campanadas, bonita, porque me consta que tú ayer lo más parecido al sexo que practicaste fue un par de baileteos con el gogó al que que no parabas de admirar y te presenté, que además tenía toda la pinta de ser gay —la chinchó Carlota, mientras se sacudía un montón de pelos de gato de diferentes colores de la camiseta.

—Oh, claro, porque tú te pusiste las botas, ¿verdad? —replicó Nora—. Te hinchaste, vamos. Por eso has dormido encima de mi pierna y casi me la tienen que amputar. Por eso... —El silencio de su amiga y un asomo de risa le hicieron parar la cantinela y cambiar la cara de burla por una de sorpresa—. ¡Eeeeeeh, espera! Entonces, cuando desapareciste más de media hora en el club, que me dijiste que había cola en el lavabo y yo creí que... ¡Ahora caigo! ¿¡Estabas cogiendo!?

Aunque a pesar de la confianza que había entre ellas, Carlota era bastante reservada con algunas cosas, Nora —después de ver cómo se movía por la Barcelona nocturna en su primera noche de marcha— tenía serias sospechas de que su amiga contaba con un harén masculino importante repartido por las barras de los bares y discotecas de la ciudad. Le pegaba mucho tener este tipo de relaciones, chicos guapos y dispuestos a un «aquí te pillo, aquí te mato» rápido y sin compromiso con una mujer guapa que tampoco quería nada más que eso de ellos.

—Nora, a ver si te enteras de que el sexo debería ser como ir al lavabo. Todo el mundo lo hace, pero no hace falta hacerlo público o hablar de ello todo el rato.

El teléfono de la mesita sonó y Carlota se levantó rápidamente a tomarlo, como si ya estuviera esperando la llamada. Después de mantener una breve conversación llena de monosílabos de la que Nora no entendió prácticamente nada, Carlota se quitó los calcetines de pandas, hizo una bola con ellos y se los lanzó a la cara.

—Qué manía tienes de tirarme siempre cosas a la cabeza, al final un día me vas a hacer daño o vas a romper algo.

—Calla y escucha, vikinga. Voy a darme una ducha rápida, tú ve arreglándote, perfumándote, ponte un vestido, píntate como una puerta y todas esas cosas que haces, que nos vamos. He quedado con unos amigos para tomar algo, y quiero presentártelos. Salimos en quince minutos, ponte las pilas, ponles comida y cámbiales el agua a los gatos, y todo esto a la velocidad del rayo, ¡gracias!

Nora casi ni oyó el final de la frase, porque Carlota ya estaba cerrando la puerta del baño cuando la pronunciaba. Todavía procesando la información, tirada en el sofá y con una manta y dos revistas encima, coqueteó con la idea de aprovechar el momento para terminar lo que había empezado en la bañera, pero la desestimó rápidamente. Carlota era muy rápida para casi todo, y seguro que estaba lista para salir antes de que le diera tiempo a meter la mano en la cinturilla de los *leggings*. Se sacudió la pereza, las revistas y la manta y se levantó, recordando que casi toda su ropa estaba arrugada y hecha un desastre en la maleta en la que llevaba prácticamente toda su vida. Dada su experiencia anterior en estos temas, sabía que si no se obligaba a organizar sus cosas, podían quedarse así hasta la siguiente Navidad —el orden nunca había sido uno de sus fuertes—, así que volcó todo el contenido de la *trolley* en el suelo para asegurarse de que a la mañana siguiente «sin falta», se prometió, lo pondría todo en su sitio.

Del montón de ropa seleccionó unos vaqueros, una camiseta negra, una sudadera y unas Converse rojas. No tenía ni las más mínimas ganas de arreglarse. «Total, ya he tirado el año a la basura», se dijo mientras, paradójicamente, buscaba un sujetador y unas braguitas monos y que hicieran juego «por si acaso». Su ritual de belleza consistió en un discreto toque de colorete, un poco de rímel, echar la cabeza hacia abajo y sacudirla para que su impresionante melena pareciera aún más impresionante y un poco de Blistex con sabor a fresa en los labios.

Mientras acababa de crear el caos en la habitación intentando rescatar su trenca de lo más profundo de la montaña de ropa, la cabeza de Carlota asomó por la puerta.

—Ya estoy lista, pelirroja, venga, ¡vámonos!

Nora le dio un par de vueltas más alrededor de su cuello a una larga bufanda de lana roja, y metió la copia de las llaves con llavero de Barbapapá que le había dado Carlota como regalo de bienvenida en el bolso.

El frío de la calle las espabiló de golpe, como una bofetada. Se dieron cuenta de repente de que tenían hambre, y se enzarzaron en la difícil búsqueda de comida un 1 de enero a las once de la noche. El mundo globalizado acudió en su ayuda y pocos minutos después estaban comiendo un *shawarma* acompañado de patatas fritas. Mas tarde entraban en el Pilé 43, un bar cuyo peculiar interiorismo se construía —o, mejor dicho, se deconstruía— a base de una amalgama de muebles de diferentes décadas —de los cincuenta a los ochenta, en su mayoría— y en el que, además de tomarte unos deliciosos cócteles de tres cuartos de litro, podías comprar la lámpara, el sillón o la mesa donde te los habían servido. El Pilé era punto de reunión habitual de barmans disfrutando de sus noches libres, DJ en busca de una primera copa antes del trabajo, relaciones públicas dejando sus *flyers* y otros currantes de la noche.

Carlota pidió dos Mojitoskas y se dirigió al fondo del local, seguida de Nora. Allí, sentados en unos sillones setenteros y con varias copas vacías (y un cenicero muy lleno) encima de la mesa, había un grupo de cuatro personas —dos chicos y dos chicas— charlando animadamente. Las chicas estaban sentadas tan cerca que estaban casi encima la una de la otra, y su lenguaje corporal —una mano encima del muslo, las pantorrillas rozándose, la cabeza ligeramente apoyada sobre el hombro— dejaba claro desde el primer momento su condición de pareja.

Una de ellas —la más alta, con el pelo teñido de azul, plataformas de unos veinte centímetros, más de una docena de *piercings* solo en las zonas visibles y una estética definible como *cyberpunk*— sonrió cuando las vio llegar, apagó su cigarrillo y se levantó para saludar a Carlota con un beso en la boca y un abrazo que la levantó literalmente del suelo.

—Esta es Nora —señaló Carlota—. Nora, estas son Lola y Bea, y este par de locas son Sergio y Henrik. Henrik también es sueco, así que podéis hablar ese idioma rarísimo vuestro, que por cierto no hay quien lo entienda, parece klingon...

—Ven, siéntate, ni caso a estas que están de reenganche, que son unas fiesteras y no saben parar —dijo Sergio. Hablaba muy deprisa, gesticulando mucho y, en general, tenía bastante pluma. Vestía con un jersey rojo como de esquiador antiguo y llevaba el pelo platino y de punta. Fumaba casi con furia, parecía que iba a consumir el cigarrillo entero en cada calada—. Nosotros nos fuimos a dormir pronto, estábamos cansadíiiiisimas de la muerte, estuvimos trabajando en el Arena hasta las mil, qué noche más larga, cuánto marica con sed, nena, pensaba que no se acababa nunca.

Henrik, mucho más comedido y discreto que su amigo, saludó a Nora a la española, con dos besos, y puso la mano delicadamente en su brazo cuando se dirigió a ella. Era mucho más alto que su amigo, cachas, rubio y con una sonrisa tímida llena de dientes blancos. «Si buscas la palabra "sueco" en Google seguro que sale una foto suya y otra de Abba», pensó Nora, riéndose para sus adentros.

Desde el primer momento Henrik le dio mucha confianza y le transmitió mucha paz. Se creó entre ellos una conexión instantánea, que hizo que el grupo de dividiera en dos: Bea, Lola, Carlota y Sergio en un sofá, hablando alto, riéndose y criticando a algunos amigos comunes, y Nora y Henrik en otro. No solo los unía la nacionalidad, sino, como comprobarían más tarde, la moral nórdica de que el alcohol es legal, pero las sustancias prohibidas eran intocables para ellos, a diferencia de Carlota y su grupo, muy permisivos y liberales con las drogas.

Henrik había llegado a la ciudad dos años antes, recién terminados los estudios de Turismo, y mientras decidía qué quería hacer exactamente con su vida, hacía de camarero, de guía turístico esporádico y de vez en cuando de modelo para anuncios y catálogos. Trabajaba con Sergio en el Arena Vip y otros locales de la zona y compartían un departamento enorme en el Gayxample, que costeaban alquilando la tercera habitación a modelos que estaban de paso por la ciudad. Se contaron las vidas, intercambiaron teléfonos, vaciaron copas y llenaron ceniceros. Cuando se quisieron dar cuenta, la camarera los estaba invitando amablemente a salir, «que son las tres y me quiero ir a casa, pendones». Antes los invitó a un chupito con el guerrillero nombre de Kalashnikov que llevaba consigo todo un ritual. Básicamente consistía en tomarse un trago de vodka con una rodaja de limón, una cucharada de azúcar y una de café molido. A Nora le supo mucho mejor de lo que esperaba.

En la calle hubo despedida —y un abrazo muy cariñoso con Henrik, además de la ferviente promesa de verse «esa misma semana alguna tarde»— y desbandada: los amigos de Carlota, por diferentes motivos, decidieron dar el fin de año por terminado —una buena idea, teniendo en cuenta que ya era día 2— y largarse a dormir.

Nora no solo no estaba cansada, sino que además volvía a estar bastante chispa, así que le pidió a su amiga «por favor, por favor, por favoooor» que la llevara un rato a bailar.

—Mira que eres plasta cuando bebes. Venga, va, pero solo una copa más, que mañana quiero hacer cosas.

Cruzaron las Ramblas en dirección a la plaza Real. Allí estaba el mítico Jamboree, donde un portero mulato, no muy alto pero bastante fuerte, vestido de negro de la cabeza a los pies —gorra incluida— las saludó con un «buenas noches, señoritas» guasón, y les abrió paso con una sonrisa que a Nora le pareció muy sensual. Empezaba a estar bastante receptiva, y se daba cuenta.

La música en ese sótano sonaba a sexo puro en los oídos de Nora. Marvin Gaye, James Brown y otros éxitos de la Motown a un volumen bastante moderado, una banda sonora tan sensual que mandaba ondas directas de su cerebro a su coño, sin pasar por la casilla de salida. Cada vez que sonaba una trompeta, se mojaba un poco más. El ambiente era inmejorable y el público del Jamboree estaba sin duda disfrutando de la primera noche del 2000.

Carlota dejó a Nora en una barra pidiendo las copas y se fue a hacer una ronda de reconocimiento —que llamaba irónicamente «la putivuelta»—. Tras esperar un rato, Nora tomó las copas y salió en su búsqueda, que fue infructuosa. Seguramente Carlota se había encontrado a uno de sus amantes esporádicos, ya volvería a aparecer... ¿O no?

El cabreo se suavizó rápidamente porque vio en seguida un grupito de chicos que parecía estar pasándoselo en grande. Aunque en Suecia era bastante habitual que una chica saliera a bailar sola de noche, Nora era más que consciente de que en España eso aún parecía raro, y la podía situar directamente en las categorías de: a) puta, b) ninfómana o c) cazadora de hombres. Algo que, de hecho, en ese momento tampoco estaba muy alejado de la realidad. Ella era dueña de su cuerpo y ahora mismo tenía ganas de darle placer, ¿qué mal puede haber en eso?

Levantó los brazos, los juntó detrás del cuello y empezó a mover las caderas rítmicamente. El mundo empezaba a desaparecer, y solo existían ella y la música; la música y ella. Mientras se mecía a un lado y a otro, sin levantar los pies del suelo, acariciándose el pelo, notó que la tocaban. Alguien estaba detrás de ella, siguiendo su ritmo, moviendo la pelvis a derecha e izquierda. Nora no le rehuyó, al menos no de momento, y simplemente miró por encima de su hombro izquierdo para verle la cara al bailarín que buscaba su contacto de manera tan descarada.

Cuando lo vio, sonrió. Era el portero de la sonrisa bonita y la gorra de lana, pero esta vez sin la gorra.

—¿No hay mucho trabajo hoy? —le dijo ella al oído.

—El que tú me des, pelirroja —respondió él.

Había estado rápido, y la agilidad mental era uno de los afrodisíacos más potentes para la libido de Nora.

—No me tientes, que puedo darte mucho trabajo... —replicó, todavía más cerca, y tomándole de la nuca.

—Señorita, yo estoy aquí para servirle en lo que necesite... —Y, jugando con la posibilidad de ser rechazado

35

o incluso de llevarse una hostia, rodeó una de las nalgas de Nora con la mano, empujándola hacia él.

En cualquier otra circunstancia le habría dado una lección y lo habría mandado a dormir solo y caliente, pero eso era exactamente lo que a Nora le apetecía ese día. Se apretó contra él, presionando su pelvis contra la de él, y le mordió el lóbulo de la oreja antes de decirle: «¿Dónde vamos?».

Cinco minutos después estaban en un cuartito de personal anexo al almacén. Se besaron tanto que parecía que se iban a comer. Los labios de su amante —del cual no sabía el nombre, ni tampoco quería saberlo— eran gruesos y carnosos, y su lengua se movía despacio. Nora le mordió un par de veces, ebria y excitada, y él la reprendió con un siseo, como si fuera un gatito. Nora le mordió el cuello y él buscó el lóbulo de su oreja y lo chupó. Nora no entendió muy bien este gesto, y aprovechó para tomarle las manos y ponérselas en sus tetas. Las amasó delicadamente, como sopesándolas, hizo un ruido parecido a un ronroneo gustoso y le quitó, de un solo gesto, la camiseta y la sudadera. Tiró hacia abajo del sujetador, encajando los pechos encima de este, y se entregó totalmente al gesto de lamerle los pezones.

Nora se dejaba hacer, aunque se estaba excitando muchísimo por momentos. Ella misma se desabrochó los vaqueros y se los intentó bajar con tan poca fortuna que estuvo a punto de caerse. Cuando consiguió poner la cinturilla a la altura de las rodillas, tomó la cabeza de su amante y le obligó a parar durante un momento y a mirarla a los ojos.

—Quiero que sigas, pero un poco más abajo —le pidió con la voz ronca y pastosa a causa del alcohol.

En un segundo la había subido encima de un montón de cajas y la estaba lamiendo frenéticamente. «Tal vez un poco demasiado frenéticamente», pensó Nora, y tomó su cabeza y le obligó a seguir el ritmo que ella le marcaba. Suave, suave, suave, un poco más deprisa, la lengua de su *partenaire* era dura, y sabía cómo usarla. Daba vueltas alrededor de su clítoris, lo mordisqueaba suavemente... y de repente, y cuando más lo necesitaba, introdujo dos dedos en su coño húmedo y resbaladizo.

Nora soltó un gritito de placer y, con la voz ronca, susurró «siiiiií», mientras levantaba la pelvis para forzar todavía más el contacto con su lengua. En pocos segundos se corrió, y dos segundos después se dio cuenta de que se estaba clavando varias botellas de Coca-Cola en diferentes partes de su anatomía, y que eso dolía. Antes de ser del todo consciente de lo incómodo de la situación, se dio la vuelta —teniendo en cuenta que aún llevaba los pantalones por las rodillas tampoco podía hacer gran cosa más— y le ofreció las nalgas a su eventual pareja.

—Ahora, ponte un condón y cógeme.

—¿No piensas tocarme ni un poco? ¿Ni siquiera me vas a desabrochar los pantalones? —preguntó él, entre indignado y divertido.

—Cógeme y después hablamos —insistió una Nora cada vez más incómoda tanto por la postura como por la situación.

—Yo no soy de esos, necesito que me toques, que me beses... y además no tengo condones.

Nora se deslizó hasta poner los pies en contacto con el suelo, buscó en su bolso donde seguro que tenía dos, pero no los encontró...

—Yo tampoco tengo, joder, creía que tenía. —Nora se enfadó consigo misma, porque le apetecía este polvo improvisado, notó que ya se había cortado el rollo, la cosa se había enfriado, como pasa cuando los condones tardan en aparecer...

—Oye, pues lo siento, muchas gracias por el orgasmo. Ha sido bastante agradable, aunque deberías trabajarte un poco más el principio, has ido un poco demasiado rápido para mi gusto. Nos vemos otro día... o tal vez no. —Un beso en la mejilla y Nora desapareció, antes de que su ojiplático amante tuviera tiempo de reaccionar. Dijo «adiós, buenos días» al personal que recogía la sala y cargaba neveras y salió a la calle, dispuesta a buscar un taxi y a dormir el sueño de los justos. Se rio de lo que le había pasado, pero a la vez pensó que había tenido muy mala suerte perdiéndose un polvo que tenía buena pinta por no llevar preservativos encima precisamente ese día, cuando ella siempre iba preparada para todo.

Estaba justo en medio de la plaza Real, pensando en cómo las cosas pueden desaparecer de un bolso, cuando un pensamiento cruzó su mente y le hizo pararse. «¡Carlota, eres una bruja ladrona! ¡Me las vas a pagar!».

Capítulo 2

SUPER FREAK

Estaba sentada en una cafetería de un lugar que parecía Berlín o Viena, tomando un cruasán caliente y deliciosamente crujiente por fuera y tierno por dentro y un café con hielo, leyendo un periódico cuya cabecera no había visto nunca antes. Las noticias eran sorprendentemente positivas, llenas de paz en el mundo y buenas intenciones, señalando el fin de diversas guerras, hambrunas, sequías y todos los horrores que habían estado machacando la Tierra durante las últimas décadas.

En ese mismo momento Nora se dio cuenta de que estaba soñando. Nadie en su sano juicio podía creer que aquello fuera verdad —por muy dormido que estuviera—, pero dejó que la historia siguiera su curso. Tenía curiosidad por saber qué pasaría a continuación, y además quería aprovechar ese momento de semiconsciencia en el que, si te sabes manejar y tienes un poco de suerte, puedes controlar por dónde van tus sueños, llegando a poder montarte tu propia película.

El plano, de repente, se abrió. «Buena fotografía», pensó la parte despierta de Nora. «Tal vez un poco de grano lo mejoraría...». Inmediatamente la imagen se granuló, consiguiendo un efecto ligeramente *vintage*.

«Muchísimo mejor ahora. Ojalá todo fuera así de fácil en el cine de verdad», suspiró. Una melodía interrumpió su hilo de pensamientos.

«Y ahora, ¿qué pasa?».

Chirrió ligeramente la puerta del café mientras se abría, y apareció Woody Allen, su director de cine favorito de todos los tiempos. Pero no el Woody Allen del año 2000, sino su versión de principios de los ochenta: más joven, atrevido, más rompedor e incluso atractivo (si te gustan los hombres judíos de mediana edad con gafas de pasta y pinta de estar a punto de sufrir un ataque de nervios). Nora estaba entre encantada y muerta de risa con lo extremadamente tópico que era todo, pero sin duda no estaba dispuesta a despertarse sin descubrir cómo acababa eso. Allen se sentó directamente en su mesa —más que sentarse, se dejó caer en la silla, como semidesmayado—, pidió un té y un pastelito *kosher* al camarero y empezó su discurso con su característica voz titubeante.

—Te-tenemos que hablar, Nora. Estoy preparando una nueva película, y quiero que seas la asistente de dirección. Me han hablado muy bien de ti, he visto todas las películas en las que has trabajado, creo que estás preparada. Te quiero en mi equipo —afirmó.

—¿Cómo se llama la película? —preguntó a bocajarro la Nora del sueño, que se ve que no se cortaba un pelo.

—Bueno, creo que... todavía no lo tengo claro, pero creo que se llama *Lee y el marido de su hermana*.

—Ummm... ¿Y no prefieres *Hannah y sus hermanas*?

El director se frotó el mentón, pensativo aunque nada sorprendido por la clarividencia de su interlocutora, que había descubierto ella sola el nombre y el hilo argumental de la película en un solo instante.

—Pues... pues... ¡claro! ¿Cómo no lo había pensado antes? —le dijo Allen, tan emocionado que la voz le hacía gallos, como la de un adolescente—. Suena mucho mejor, más potente, más directo, más corto... ¡Estás contratada, eres un genio! Habla con producción, ¡pide lo que quieras!

¡Bip, bip, bip, bip, bip, bip!

La alarma del despertador acabó de espabilar a Nora, que dio por finalizada la siesta y se levantó rápidamente. Eran las seis y media. Tomó una toalla y se fue directa a la ducha, aún alucinada por la cantidad de tópicos que podían aparecer en sus sueños. «Supongo que en la siguiente escena me daban un Oscar... Qué pena habérmelo perdido, ¡fann!», suspiró, medio en broma, medio en serio.

El origen de todo ese despropósito onírico estaba clarísimo. Henrik, que se había convertido rápidamente en su amigo gay, confidente y compañero de correrías nocturnas, estaba trabajando en un local de la zona alta donde esa noche se celebraba la fiesta de fin de rodaje de una película de un director más o menos *indie* que se había ganado cierto renombre haciendo películas de *skaters* que se ponían hasta el culo de drogas, alcohol y sexo. En esta ocasión había decidido dar un giro a su carrera y filmar un drama, una coproducción franco-española que llevaba rodándose en Barcelona un par de meses y que había hecho que todos y cada uno de sus amigos y conocidos se hubieran cruzado con tal actor o cual actriz en diferentes lugares de la ciudad. Parecía que la única habitante de la ciudad que no había tenido la suerte de tomar un café en el Zurich o una cerveza en el Octopussy a menos de diez metros de una estrella del cine europeo era Nora: todos los demás habían tenido su dosis de famoseo.

Bien, pues esa noche se iba a tomar la revancha. Henrik la iba a colar en el evento —«super-super-superexclusivo», como le repitió su amigo varias veces— y ella iba a conocer a todo el mundo, y a salir de allí con números de teléfono, ofertas de trabajo y docenas de amantes extremadamente sexys que la llevarían a desayunar a París y a cenar a Nueva York. «Al menos hasta que mi fortuna sea diez veces mayor que la suya y los lleve yo a ellos, o a quien me apetezca», pensó mientras se exfoliaba los codos a conciencia. Mientras se secaba el pelo y le daba forma con la ayuda de un cepillo, Nora vio que una mariposa amarilla, ocre y negra se había colado por la ventana y daba vueltas por el cuarto de baño. Paró un momento de acicalarse para abrir del todo el ventanal y facilitarle la huida a esa maravilla alada de la naturaleza, y en ese preciso instante fue plenamente consciente de que ya casi, casi era verano, su estación favorita.

Las terrazas de la plaza del Sol estaban a tope de gente alargando la comida del sábado, tomando los últimos cafés o las primeras cervezas, gafas de sol haciendo compañía a los paquetes de cigarrillos sobre las mesas y los jerséis y cazadoras —inútiles con los más de veinte grados de temperatura que hacía bajo el sol— descansando en los respaldos de las sillas.

Todo en el ambiente invitaba a la pereza y la indolencia, pero Nora tenía una misión: convertirse en la mujer más sexy sobre la faz de la tierra. Para ello estaba dispuesta incluso a ofrecer algún amigo o familiar en un sacrificio a los dioses o, aún peor, maquillarse y ponerse esos instrumentos de tortura llamados tacones. «Tacones que, por cierto, no tengo ni la más remota idea de dónde deben de estar», se dijo, preocupada porque —dado su nivel de desorden habitual— encontrar unos zapatos en esa jungla que era su habitación podía ser una labor titánica.

Decidida a empezar el ejercicio de espeleología, abrió el armario. Bajo capas y capas de ropa sin doblar y que no había visto la plancha desde el siglo pasado (literalmente) encontró la maleta con la que había llegado a Barcelona, hacía cinco meses.

«Cinco meses ya...», pensó. La verdad es que no había perdido el tiempo. Ya tenía un trabajo —aunque fuera de camarera en un bar, pero al menos era un bar donde ponían la música que le gustaba, con compañeros simpáticos y copas gratis ilimitadas, algo muy importante cuando tienes veintitrés años y una sed eterna— que le permitía pagarse la comida, la ropa y su parte de los gastos del departamento, y hasta había ahorrado algo para hacer una escapada veraniega. Su horario laboral —terminaba a las tres— le permitía vivir también de día y compatibilizar su trabajo «alimenticio» detrás de una barra con alguna colaboración esporádica con los alumnos de la ESCAC, la Escuela de Cine de Cataluña, ayudando gratis en algún corto o, en un par de ocasiones, cobrando en calidad de asistente del asistente del asistente del asistente de producción en un anuncio de coches y otro de turismo de Barcelona.

El caso es que empezaba a tener un círculo de amigos relacionado con el cine con el que se sentía mucho más a gusto de lo que nunca se había sentido con sus antiguos compañeros de escuela. Su visión del séptimo arte era mucho más amplia y menos sectaria: algunos eran fanáticos del género fantástico y de terror, otros tiraban más hacia el documental y, sí, también había quien quería dedicarse al cine de arte y ensayo, pero no creían —gracias al cielo— que fuera necesario exterminar a los que no veían el cine con sus mismos ojos ni tenían pretensiones intelectuales tan elevadas.

Aunque todavía le quedaba mucho por hacer, también estaba dándole vueltas a su primer cortometraje para la escuela del cine. Estaba en esa fase de unir ideas, descartar algunas, tener epifanías, pensar genialidades que al día siguiente le parecían una basura —vale, eso le pasaba especialmente cuando estaba borracha— y demás pormenores de cualquier proceso creativo. Como todos los que empiezan, Nora era consciente de que, cuando finalmente se decidiera a rodar el corto, tendría que ocuparse ella misma del guion, del vestuario, de la producción, de la cámara y hasta del *catering*. Contaría con la ayuda de algunos de sus amigos de la Escuela de Cine de Cataluña —colaborar con ellos era como plantar semillas en el jardín de su propio corto, cuando todo el mundo «te debe una», todo es más sencillo— y el ínfimo presupuesto que pudiera sacar de sus ahorros. No había ayudas ni subvenciones para los directores noveles, especialmente si, para colmo, además de ser extranjeros no habían estudiado en una escuela española. A pesar de todos esos «peros», que no eran pocos, Nora tenía claro que su corto sería una realidad, más pronto que tarde.

También había hecho nuevos amigos —aunque Henrik y Carlota eran lo más parecido a su familia— y varios amantes, aunque con ninguno de ellos había ido más allá de unos cuantos encuentros fortuitos. Tom, un chico cubano —estudiante de la famosa escuela de cine de San Antonio de Baños—, amigo de un amigo de una amiga al que conoció cuando acabó de rebote en una fiesta en su casa, con el que estuvo bebiendo y hablando de cine en un sofá rodeado de latas de cerveza vacías. La conversación fue mucho más apasionante que el sexo, y cuando volvieron a verse, se saludaron como viejos amigos y poco más. Marina, una barcelonesa en busca de su primera aventura lésbica con la que se besó y magreó apasionadamente durante toda una noche, aunque a la hora de la verdad a las dos les dio corte pasar a mayores y se fueron cada una a su casa, intercambiando unos números de teléfono que, como era de prever, nunca usaron. Un camarero madrileño que había venido a ver a un amigo. Un irlandés de Erasmus. Nombres que se graban en la agenda, pero desaparecen de la memoria casi a la vez que su olor de las sábanas. Conatos de amor divertidos, un ratito de gloria y un par de morados apasionados (en el mejor de los casos), pero todo de usar y tirar.

Su relación con Carlota había perdido algo de intensidad, se había normalizado como le puede pasar a una pareja que, tras años de vivir un amor a distancia, finalmente se deciden a casarse o convivir. Estaban bien juntas, se compenetraban a la perfección, pero la rutina —una rutina relativa, pero rutina al fin y al cabo— se había instalado en su vida conjunta, para bien y para mal.

Un gato saltó encima de Nora —creyendo que el revuelo de ropa que estaba generando durante la búsqueda de los zapatos era un Disneyland gatuno—, dándole un susto de muerte. A la vez oyó cómo se cerraba la puerta de casa, y la voz de Carlota preguntando si había alguien.

—¡Sí, estoy aquí, ven! ¡Estoy en mi habitación, buscando unos zapatos!

—Pobre Nora —se mofó su amiga, asomando la cabeza por la puerta y sabiendo que lo que vería le iba a horrorizar—. ¿Has tomado el pico y la pala? ¿La linterna de espeleología? ¿Has hecho el cursillo de identificación de fósiles? ¡Si encuentras petróleo avisa, que podemos forrarnos! —Se tiró en su cama revuelta, donde dormitaba Mazinger y se puso a acariciar a la gata, que empezó a ronronear al instante, encantada con los mimos.

—Tienes cara de cansada, ¿dónde te metiste ayer? —preguntó Nora desde dentro del armario, pensando que si no le daba bola, su amiga cambiaría de tema ella solita.

—Aquí y allí. Con un amigo. Además, ¿a ti qué te importa, chafardera, que eres una chafardera?

Como siempre, Carlota evitaba las respuestas concretas cuando estas tenían que ver con sus relaciones sentimentales/sexuales.

—Un amigo, un amigo. ¿Sabes qué creo? Creo que tienes novio. Creo que tienes novio y que os vais a casar y llevarás traje de princesa y seréis felices y comeréis perdices.

Carlota resopló mientras se quitaba las botas.

—Lo que tú digas, loca. Bufff, qué calor hace, tendré que ir sacando ya el calzado de verano. —Carlota se refería a las viejas Converse, siempre a punto de desintegrarse, que solía llevar entre junio y septiembre, cuando ni ella podía soportar la tortura de ir por la ciudad con unas Martens que se fundían en el asfalto—. Oye, zorra, qué guapa estás, ¿por qué te has arreglado tanto a estas horas? ¿Te han llamado de urgencia de tu servicio de *escorts* de lujo? ¿Tienes un jeque multimillonario saudí al que satisfacer? ¡Cuéntame, cuéntame!

Por una vez, la que recibió el golpe del cojín volador en todo el cogote fue Carlota.

—Y después dirás que yo pregunto demasiado. Pues no, tonta. Hoy es la fiesta. La fiesta de...

Carlota la interrumpió.

—Ohhh, claro, no me acordaba. La fiesta. *La fiesta*. Laaaaa fieeeeestaaa, donde conoceré a mi príncipe azul que yooo soñéee... —canturreó su amiga bailando el vals de *La cenicienta* por la habitación con un gato (claramente indignado por la iniciativa) como pareja.

—Sé que me voy a arrepentir mucho de esto, pero ¿quieres venir? Henrik me dijo que podía llevar a alguien y... bueno, si te apetece...

—No, gracias. Es tu día y es tu fiesta. Pero tengo algo para ti...

Salió de la habitación con sus movimientos de felino y volvió con una bolsa de Zara.

—Toma, es tuyo. Lo he visto y he pensado que quedaría genial con ese pelo de bruja y ese pandero de brasileña que tienes.

Nora abrió la bolsa y dentro, envuelto en un papel de seda negro, había un vestido también negro, con escote palabra de honor y una falda de vuelo que llegaba cuatro dedos por encima de la rodilla. El cuerpo era negro y de una tela lisa, pero la parte de la falda era de una blonda delicadísima y preciosa.

—Carlota... es... es precioso, ¡gracias, gracias, gracias! —Y se tiró encima de su amiga para abrazarla fuertemente.

Carlota, poco amiga del contacto físico, se quedó tiesa como un palo.

—¡Vale, vale! Ya lo capto, te ha gustado. Con un gracias habría sido suficiente...

—Tía, ¿cómo eres así de rancia? ¡Al menos déjame darte un beso! Es de bien nacido ser agradecido...

—Bueno, ya estamos con los refranes —dijo mientras se intentaba zafar del beso con el que Nora la había amenazado, y que ahora trataba de darle, provocando una cómica persecución estilo Benny Hill que dio un par de vueltas al departamento entero.

Después del *show*, y de que Carlota le diera un par de consejos más (relacionados con la elección de la ropa interior y con llevarse unos zapatos planos para cuando los tacones la estuvieran matando), aún riéndose y con las mejillas sonrosadas por el ejercicio —«Parece que acabo de coger», se dijo a sí misma cuando se vio en el espejo, sintiéndose muy guapa y guiñándose un ojo—, se dispuso a probarse el vestido. Le quedaba como hecho a medida, se ajustaba a la perfección a su pecho generoso —«Tal vez un poco demasiado», pensó mientras hacía el típico gesto conocido como «colocarse las tetas», que consiste en tomar un pecho con cada mano y ponerlo de manera que más o menos el treinta y cinco por ciento de él asome por encima del escote, mientras te aseguras de que los pezones están situados perfectamente en paralelo y formando un ángulo ligeramente por encima de los noventa grados—.

«Perfectos», pensó, satisfecha.

El paso siguiente, el maquillaje, no era su fuerte, pero esta vez pensaba esmerarse, aunque a la mañana siguiente necesitara un escoplo y un martillo para quitárselo. Después de un cuarto de hora experimentando con el delineador consiguió hacerse una perfecta raya con rabito, como la que llevaba Ava Gardner en las películas que le gustaban a su abuela. Se aplicó unas trescientas capas de rímel que hicieron que sus pestañas parecieran algún tipo extraño de insecto con vida propia, y terminó con el *lipstick* de las grandes ocasiones: un rojo de Chanel que tenía un nombre lleno de promesas: La Sensuelle.

Completó el *outfit* con sus únicos tacones (negros, sobrios, el típico salón perfecto para cualquier ocasión) y aprovechó la noche primaveral para no ponerse medias y llevar las piernas al aire. No se puso perfume, creyendo que un no-olor —o, como mucho, su propio olor— destacaría en medio de todos los pesados aromas que la rodearían. «Destacar por defecto mientras los demás lo hacen por exceso, no es mal plan», pensó mientras buscaba su cazadora vaquera, bastante gastada y con un aire *grunge* que le quitaría algo de seriedad al vestido. Un bolso tipo maletín de médico, un par de pellizcos en las mejillas —una técnica que le enseñó su abuela de pequeña y que todavía utilizaba prácticamente a diario— y, despidiéndose de Carlota (que estaba tirada en el sofá compartiendo un bocadillo de queso con Thor y viendo la MTV), salió a la calle.

Eran poco más de las ocho y aún era pleno día. Nora pensó que todavía era muy pronto para ir a la fiesta, y aprovechó para tomarse una cerveza —aún era temprano para el vodka con Red Bull— en su local favorito del barrio, a pocos metros de casa, donde la música era maravillosa y ya conocía a todos los camareros...

Sonaba Blonde Redhead y en seguida supo que era Albert quien estaba tras la barra. La elección musical no dejaba lugar a dudas. Se saludaron con dos besos y Albert le dedicó un par de piropos. De repente a Nora ya no le pareció tan pronto, y de hecho un vodka con Red Bull era exactamente lo que le apetecía, así que pidió uno.

Tres cuartos de hora de charla (y tres copas, cuando estaba nerviosa era capaz de beber muy deprisa) después, ya bastante chispa, fue a buscar el taxi que la llevaría directa al triunfo. Se hizo un montón de promesas sobre no beber más —«al menos hasta dentro de un par de horas»—, ensayó sonrisas y morritos en el retrovisor, practicó respuestas geniales a conversaciones que aún no existían, subió sus contadores de amor propio hasta la estratosfera y se dijo una, cien, mil veces que ella valía y que ese era el momento de empezar a demostrarlo.

En la puerta del Otto Zutz había el doble de seguratas de lo habitual, y además los de esa noche parecían el doble de grandes. No tuvieron que abrirle la puerta del Mercedes, como hacían con los demás invitados, porque Nora prefirió bajar una esquina antes y andar unos metros para que le diera el aire.

Solo quedaba superar el temible momento, el ritual de «hola, estoy en la lista, mi nombre es Nora Bergman», que siempre podía acabar con un «no, no estás, por favor apártate y deja pasar» que lo mandara todo a la mierda.

No fue el caso, y medio minuto después Nora estaba dentro con una copa de champán. No quería beber más, pero un camarero vestido de frac se la había puesto en la mano, y le dio un largo sorbo casi de manera inconsciente.

De entrada, la media de edad de los asistentes al evento estaba bastante por encima de la de Nora. Solo había algunos grupos de chicas jóvenes y escandalosamente guapas que se reían sin parar. «Las típicas modelos invitadas por la sala para hacer bulto», pensó Nora, que conocía perfectamente las estrategias de los empresarios nocturnos. El resto, hombres de mediana edad trajeados con un aspecto más o menos gris, algunas mujeres también bastante grises colgadas de sus brazos, un par de caras famosas con sus correspondientes séquitos. La música, ya a toda pastilla, a pesar de ser poco más de las nueve y media de la noche, era uno de esos popurrís de los ochenta que les había dado por reivindicar a los DJ, siempre mezclados con grandes éxitos de la música *house* de ayer y antes de ayer. Por primera vez sus expectativas sobre la noche disminuían, y su felicidad estaba a punto de desinflarse.

«A ver, Nora, solo llevas aquí un cuarto de hora, que no te dé el bajón todavía, ¡ánimo!», se dijo a sí misma, en un intento de autocoaching que raras veces le funcionaba.

Decidida a levantar aquello como fuera, buscó la barra en la que trabajaba su adorado Henrik. Cuando le vio, prácticamente se subió encima del mostrador para abrazarle con fuerza, dejando una agradable vista de su trasero a un joven trajeado que estaba apoyado en la barra a menos de un metro de ella, dando vueltas a un whisky con hielo en vaso *old fashioned* y fumando. Un breve saludo, dejar la chaqueta y el bolso al cuidado de su amigo, un chupito —la peregrina intención de no beber de Nora ya no era más que un recuerdo— y se quedó apoyada en la barra, esperando a que su amigo atendiera a una horda de Modelos Rientes Sin Cerebro y Hombres Grises.

—¿Te puedo invitar a una copa?

El tintineador de whisky de la barra se dirigió a Nora, con un amago de sonrisa.

—Mi amigo es el camarero, puede invitarme a todas las copas que quiera. Tendrás que mejorar la oferta —respondió sorprendida de su propia capacidad de vacile.

—Lo intentaré, no lo dudes. Me llamo Xavier, ¿y tú? —dijo tendiéndole la mano.

—Nora, Nora Bergman —contestó con un fuerte apretón de manos.

Él se rio con ganas.

—Es un buen nombre artístico, no sé dónde lo habré oído antes.

—Oh, qué gracioso eres —replicó Nora, ahora ya ofendida y con ganas de faltar—. Es mi nombre de verdad, mi madre es sueca y en Suecia, por si no lo sabes, podemos poner antes los apellidos de nuestras madres. Cosas de las sociedades evolucionadas, no espero que lo entiendas. ¿Te pido otra o qué?

Él asintió con la cabeza, absolutamente inmune a las borderías de la pelirroja, que volvió con una copa para cada uno.

—Lo de invitar a la primera copa también debe de ser cosa del primer mundo, pero gracias igualmente. Ahora estoy en deuda contigo, ¿qué quieres que haga por ti? Supongo que eres actriz, porque tienes un cuerpo demasiado bonito para ser uno de esos insectos palo a los que llaman modelos. Y también tienes pinta de ser pelirroja natural, por cierto...

Nora no se lo podía creer. Menudo descaro, ahora el trajecitos quería ligar. Le miró bien por primera vez. Estaba perfectamente vestido —ese traje tenía mucha más pinta de ser de Armani que de Pull and Bear—, perfectamente peinado, con la barba cuidadamente descuidada y, mirando sus manos, Nora juraría que incluso se hacía la manicura. Olía a algún perfume exclusivo hecho de madera y especias. «Qué trabajazo de producción lleva este hombre encima», se dijo Nora. «No quiero saber cuántas horas dedica al día a estar así, aunque el resultado no está mal del todo...».

—No, no soy actriz. Ni modelo, y gracias por llamarme gorda, aunque de una manera muy fina y elegante. Ahora mismo soy camarera, aunque estudié cine en Estocolmo, y estoy preparando mi primer corto.

Nada más decirlo se arrepintió. Seguramente él era un superempresario y ahora ella acababa de quedar como una de las miles de camareras/lo-que-sea de las que se nutría la noche barcelonesa, la ciudad donde ningún camarero joven y guapo es en realidad camarero, sino un diseñador/modelo/actor/guionista esperando poder dedicarse en breve a «lo suyo».

Su interlocutor se rio con ganas.

—Perdona, no me río de lo que dices, sino de la cara que has puesto. Como de «tierra trágame», estabas muy graciosa.

—Mira, creo que voy a dar esta conversación por finalizada y voy a seguir emborrachándome y aburriéndome por ahí. No soy nadie, ya lo has visto, gracias y hasta luego —se giró, dispuesta a irse.

—¡Eh, no te vayas! Yo también estoy aburrido y tampoco soy nadie. Supongo que a mi manera también estoy empezando en el mundo del cine.

Nora se relajó un poco, y dejó de apretar el vaso que tenía en la mano y que parecía a punto de estallar bajo tanta presión.

—¿Cómo has venido a la fiesta? ¿Quién te ha invitado?

—Invitar no es la palabra. Más bien me han obligado. En concreto me ha obligado a venir bajo amenazas de muerte mi padre, Xavier Dalmau sénior, que da la casualidad de que es el productor de este tostonaco de película.

Nora se volvió a poner tensa, esta vez todavía más.

—Claro, estás empezando, solo que no tienes que poner copas para vivir, tienes un ático en Pedralbes, dos masajistas, un Porsche y, a ver si lo adivino, entrenador personar de tenis. Igual que yo. Lo mismito. ¿Te gusta vacilar a las camareras del dinero que tienes? Felicidades, a mí no me impresionas. Las cosas materiales caras no me impresionan. Ni los coches, ni las casas, ni las joyas.

—Menudo discursito. Entendido, el dinero no te impresiona. ¿Qué te impresiona a ti, entonces?

—El talento. La gente capaz de hacer las cosas en las que cree, de luchar por ellas, de conseguir lo que quiere por sí misma. Claro que me gustan algunas cosas materiales. Me gustan las flores, y el chocolate, y los gatitos pequeños para abrazar, aunque después se hagan grandes y lo dejen todo lleno de pelos. Esas cosas sí me gustan, los pequeños detalles...

—Entiendo. Entonces das por hecho que yo, como hijo de un productor de renombre con Porsche (por cierto, es un Mercedes) y ático en la zona alta de Barcelona, no tendré que luchar nunca por nada y no tengo capacidad de impresionarte. ¿Es así?

—Lo has dicho tú, no yo —contestó Nora desdeñosa—. De momento, te voy a invitar a otra copa, primero, para no deberte nada y segundo, para que veas que ser camarera también tiene sus ventajas.

—¿Otra? Aún no he terminado esta... ¿No bebes un poco demasiado deprisa?

Nora suspiró.

—Si tuviera una corona sueca por cada vez que alguien me ha dicho eso, ya me habría comprado el palacio de Drottningholm.

Siguieron hablando unos minutos más, mientras Nora se daba cuenta de que Xavier le atraía y repelía a partes iguales. Era un pijazo como pocos, eso estaba claro, lo que le daba una seguridad en sí mismo con un punto pedante que le repugnaba. Por otro lado, era un buen interlocutor: sus respuestas eran rápidas y creativas, su mente era ágil y aceptaba unos niveles de toma y daca bastante altos sin enfadarse ni venirse abajo, lo que le podía convertir en un *sparring* bastante divertido. Su aspecto físico era impecable, sin duda era sexy —«aunque tal vez un poco bajito», pensó Nora, por buscarle algún fallo—, pero no era su estilo. A Nora le gustaba más la belleza natural, la gente como Carlota, capaz de estar guapa con una camiseta roñosa y que creía que *spa* eran las siglas de alguna agencia espacial americana.

Cuando Nora fue a buscar la tercera copa y volvió, su nuevo amigo (o enemigo, todavía no lo tenía muy claro) estaba hablando con otro hombre. Aunque estaba de espaldas, sus sentidos arácnidos se pusieron en alerta. Su altura, el tamaño de sus hombros, el pelo ondulado y la piel morena hicieron que se le dispararan todas las alarmas. Llevaba unos chinos color caqui y una camiseta negra, algo de naturalidad que se agradecía entre tanto encorsetamiento. Muerta de ganas de verle la cara, recuperó su mejor sonrisa y se apresuró a entregarle la copa a Xavier, esperando a que le presentara a su atractivo interlocutor.

—Matías, esta es Nora. No le gustan las joyas. Le gustan los gatos sin pelo, el chocolate y la gente con talento, así que no tienes nada que hacer. Aún no lo sabe, pero se va a casar conmigo.

Nora saludó a Matías con dos besos que duraron un segundo más de lo necesario.

—Encantada. Lo que ha dicho es verdad, excepto lo de casarme con él, que no pasará más que en sus sueños. También me gusta que me traigan el desayuno a la cama, especialmente el zumo de naranja y los cruasanes.

De frente era todavía más atractivo. Moreno, de ojos claros y grandes labios que invitaban a morderlos. Perfectamente afeitado, no llevaba perfume, si acaso se percibía el ligero aroma de un gel de baño o alguna loción hidratante.

—Encantado de conocerte.

No dijo nada más. Ni una palabra. Su acento le hizo sospechar a Nora que era sudamericano, y más tarde descubriría que Matías era argentino.

A Nora le fascinó la posibilidad de conocer a un argentino, siempre le habían intrigado. Él se quedó allí al lado, escuchando la conversación de Xavi y Nora, cada vez más agresiva por parte de ella, que tenía ganas de llamar la atención de su interlocutor pasivo y, por qué no decirlo, ya estaba lo suficientemente borracha como para montar un numerito sin darse demasiada cuenta. Incluso a Xavi, que parecía tener una coraza que le hacía inmune a todo, parecía empezar a incomodarle la situación.

Nora aprovechó un momento de silencio para decirles que por qué no iban un rato a la pista. Entre aquella mezcla de horrores y placeres culpables de los ochenta, sonó una canción que siempre le había encantado: «Super Freak», de Rick James. De alguna manera se sentía identificada con la protagonista de la canción, y la melodía era perfecta para bailar haciendo el payaso. Xavier secundó la moción, y Matías siguió en su papel de tótem, sin hablar y casi sin moverse, pero junto a ellos todo el rato, mirando a Nora sin parar. A ella esto estaba empezando a ponerla nerviosa... en el buen sentido. Siempre le había generado mucha curiosidad la gente que no hablaba, porque creía que, cuando lo hacían, contaban cosas realmente interesantes y que valía la pena escuchar. Aunque, por desgracia, alguna vez también se había encontrado con alguien que callaba porque no tenía nada que decir, pero eran casos aislados.

Bailaron, volvieron a beber, volvieron a hablar. Hablaron de música, de viajes y de cine, el único momento en el que Matías participó realmente en la conversación. Aunque no lo dijo directamente —no parecía de los que dicen nada directamente—, Nora dedujo de sus explicaciones que se dedicaba a la dirección de fotografía. El lenguaje gestual de Xavi cada vez dejaba más claras sus intenciones con Nora. Le ponía una mano en la pierna disimuladamente (ella la apartaba, pero se reía), giraba su cuerpo hacia donde ella estuviera y usaba todos esos tics habituales en un proceso de seducción. Nora, aparentemente inmune a sus encantos, escuchaba con atención a Matías, que hablaba de un documental que había estado rodando el mes anterior en Santiago de Chile.

El resto de la noche la pasaron alrededor de una mesa, hablando de películas que les gustaban y otras que no les gustaban tanto, de planes que se quedaron por el camino y de lo que harían en el futuro. Matías hablaba poco —pero cuando lo hacía, Nora se bebía sus palabras— y Xavi tal vez demasiado. Sus juegos de seducción iban bajando de intensidad, ya que Nora los esquivaba como una experta boxeadora.

Cuando las luces se encendieron y los de seguridad los invitaron amablemente a abandonar el local, Nora se dio cuenta de que hacía más de una hora que no iba a ver a Henrik. Fue a la barra a buscar la chaqueta y el bolso y, completamente borracha, le dijo que se quedara a dormir con ella y comieran patatas fritas y vieran una película. A Henrik le pareció un buen plan, pero todavía le quedaba un rato de trabajo.

—Espérame fuera, borrachita. Te veo en un rato.

Ya en la puerta, Xavi le dio una tarjeta con sus datos, y le pidió la suya. Nora evidentemente no tenía, y garabateó su teléfono en un trozo de papel que tenía al fondo del bolso. No se encontraba bien, se sentía mareada y los zapatos estaban destrozándole los pies. Matías, quieto y silencioso como una especie de figura sagrada extraña, fumaba un cigarrillo de liar.

—¿Te acompaño a casa? Me viene de camino.

Xavi jugó su última carta con habilidad. Pero no contaba con que Nora hiciera lo mismo con la suya.

—No, gracias. Creo que yo le voy a acompañar a él. ¡Nos vemos pronto!

Plantó un sonoro beso en cada mejilla del alucinado aspirante a productor y tomó de la mano a su silencioso acompañante, llevándole directo a un taxi libre que pasaba en ese momento.

Matías dio una dirección al taxista (de la que Nora solo entendió «Ramblas») y se metieron en el coche. Nora se acurrucó contra Matías, tan borracha que no sabía qué decir, aunque quería decirle muchas cosas. Estaba tan a gusto con él... Matías la despertó cuando llegaron. Se había dormido en el taxi. Del resto de la noche no tenía demasiados recuerdos. Unas escaleras por las que Matías tuvo que ayudarla a subir. Quitarse los zapatos. Tumbarse en el sofá y que él le trajera una manta. Un perro salchicha le ladraba y quería subirse encima de ella, pero Matías no le dejaba.

—Noooo, llévame a la cama, a la cama contigo.

Unos brazos fuertes la levantaron a peso y la llevaron sin aparente esfuerzo. Una vez en la cama, un beso en la frente y un «que duermas bien, linda». Nora no tuvo fuerzas ni para quejarse, y se quedó profundamente dormida.

Un rayo de sol le daba directamente en la cara, y conseguía entrar en sus ojos a pesar de que tenía los párpados cerrados. El balance de daños era positivo, no parecía estar especialmente perjudicada, pensó. Había dormido plácidamente, algo que le sorprendió mucho porque pocas veces le había pasado en una cama ajena y en compañía de un extraño. La habitación era sobria pero cálida, con muebles de madera envejecida, libros y algún cuadro —Nora se fijó especialmente en uno que representaba una mujer desnuda, preguntándose quién sería y si había alguna historia detrás, y sintiendo incluso un punto de celos—, pero pocos detalles decorativos más. A su lado dormía Matías, ligeramente encogido y de lado, con un mechón de pelo tapándole la frente. Todavía estaba dispuesta a acostarse con él, aunque sospechaba que era una persona con auténticos problemas mentales (¿tal vez algún trauma sexual?), o simplemente un gay haciendo el experimento de su vida. La idea le daba pena y rabia a la vez, y no entendía por qué su sexto sentido —bastante desarrollado a la hora de diferenciar a los frikis de verdad de los hombres interesantes-pero-con-un-puntito-genial-de-locura— no le había avisado esta vez.

«Si no quería nada conmigo, ¿por qué me trajo aquí? ¿Por qué me sedujo, o hizo ver que se dejaba seducir por mí, o lo que fuera que pasó ayer?», se preguntaba Nora, mirando cómo Matías sonreía entre sueños a su derecha y dudando entre despertarle para pedirle explicaciones, irse silenciosamente sin decirle nada o ahogarle con una de sus propias almohadas.

A medida que se iba enfadando más y más la tercera opción iba tomando fuerza, pero desgraciadamente era bastante ilegal, así que, en un ataque de furia, optó por empujarle haciendo palanca con las piernas, con tanta fuerza —y mala suerte— que Matías se deslizó por el borde de la cama y cayó al suelo a plomo, con un ruido sordo.

Pero no se despertó ni hizo ningún amago de levantarse. «¿Y si se ha dado un golpe en la cabeza?», pensó Nora. «¿Y si le he matado sin querer?». Saltó de la cama, enredándose con las sábanas, casi cayéndose al suelo. Tropezó con sus propios zapatos, un puf de cuero estilo marroquí y un teckel regordete —que le gruñó, como la noche anterior— antes de rodear la cama y llegar donde Matías estaba tendido en el suelo, aparentemente inconsciente. Nora empezó a sacudirle, a golpearle y a gritar.

—¡No te mueras! Solo era una broma, estaba enfadada porque no me hacías caso y quería despertarte, no te puedes morir, ¡yo no quería hacerlo! ¡Esto no puede ser verdad!

En ese momento, cuando Nora ya estaba empezando a dudar si su amante estaba haciendo comedia o si estaba de verdad inconsciente, Matías abrió los ojos, le tomó de las muñecas para que dejara de sacudirle y, en menos de cinco segundos, le hizo una especie de llave con la que la tumbó de espaldas en el suelo, poniéndose encima de ella e inmovilizándola con las piernas y su propio peso.

—Qué mal despertar tienes. ¿Dónde han quedado aquellos cafés, aquellos zumos, los cruasanes y magdalenas y bocadillos de queso caliente que me prometiste ayer? ¿Qué he hecho para que esa promesa de desayuno maravilloso se convierta en un empujón para tirarme de la cama? ¿Has tenido una pesadilla, te he dado patadas mientras dormía, tenía los pies fríos?

Nora se rio entre aliviada y contenta, como una niña juguetona.

—Estás tan guapa cuando te ríes. Se te suben los pómulos hacia arriba y se te cierran los ojos casi del todo...

Pareces un bebé de puerquito, tierno, suave y sonrosado.

Nora no se creía lo que acababa de oír. Era sin duda el piropo más raro que le habían dirigido nunca. Si es que era un piropo... Pero ¿y si no lo era? ¿La estaría vacilando otra vez?

—Mira, ayer me gustaste mucho. Pero... no... no entiendo nada de lo que me dices. No sé si eres un tío encantador o un loco peligroso. Yo solo quería acostarme contigo, me parecía un plan divertido y sin complicaciones. Tú... tú me has hecho creer que te había matado, y ahora la verdad es que casi me arrepiento de no haberlo hecho. Mírame, aquí tirada en el suelo, inmovilizada, con un perro chupándome los pies y sin haber cogido todavía. Desde luego, ayer no era mi día. ¿Por qué me pasa esto a mí? Es una conspiración mundial para volverme loca...

Sin darse cuenta, ya estaba levantando de nuevo la voz. El teckel se había desplazado hasta la altura de su cabeza y la miraba con expresión de máxima fascinación.

—Desde luego, estás mucho más chalada de lo que creí. De hecho, ayer ya me pareciste una tipa reloca, pero en comparación con lo que estoy viendo ahora, ayer eras casi normal. Mi loquita bonita... loquita, loquita, loquita...

Matías se acercó —al principio Nora se asustó e intentó retroceder, pero eso es muy difícil cuando estás tumbada en el suelo con alguien encima, y solo consiguió darse un golpe en la cabeza, que por suerte amortiguó la alfombra— y empezó a besarla. Primero las mejillas, las sienes, las orejas, los ojos. Besos sutiles, otros más fuertes, algunos húmedos y otros sonoros, como los que da una abuela en la frente.

Nora estaba absolutamente anonadada, tanto que no sabía cómo reaccionar. Aquello no era especialmente excitante, era tan extraño, tan sorprendente que no sabría ni cómo describirlo. Estaba tan alucinada, esperando a ver en qué acababa, que por un instante se olvidó hasta de respirar.

Matías siguió con sus besos durante uno, dos, tal vez hasta cinco minutos. Poco a poco Nora se fue relajando y empezó a disfrutar de la situación. Un disfrute, de momento, sin connotaciones sexuales, pero al menos aquello dejaba de parecerle extremadamente raro, y hasta le gustaba. Los besos se fueron dirigiendo hacia los hombros, detrás de las orejas, la clavícula. Ahora los alternaba, de vez en cuando, con algún mordisco leve, o dejaba que la punta de la lengua asomara aquí y allí —en la axila o encima del pecho derecho— dejando un rastro cálido y húmedo en forma de círculo casi perfecto.

Aquello empezaba a ponerle a mil, pero todavía estaba muy confusa, y no se atrevía ni a suponer dónde podía llevarles aquel extraño ritual de... ¿apareamiento? Por llamarlo de alguna manera. Después de ser besuqueada durante por lo menos un cuarto de hora, sin evolución aparente ni acercamiento a ninguna zona erógena (excepto el lóbulo de la oreja), Nora decidió que era el momento de largarse o tomar el mando de la situación, o si no tendrían que sacarla de allí con una camisa de fuerza.

Forcejeó y aprovechó que el factor sorpresa hizo flojear un poco a su besucón captor para darle la vuelta (literalmente) a la situación. Ahora ella estaba encima y él debajo. Matías tenía las manos por encima de la cabeza y Nora se las sujetaba con las suyas, en una postura que no podría mantener durante mucho tiempo.

Sus caderas estaban encajadas encima de las de él, y como estaban separados solamente por dos finas capas de tela —correspondientes a la ropa interior de ambos— se dio cuenta en seguida de que él no estaba especialmente empalmado. Y ahí es cuando el amor propio de Nora entró en juego y decidió que iba a darle el mejor polvo de su —«hasta ahora, seguro que miserable», pensó Nora, furiosa— existencia. Empezó a besarle, igual que él había hecho con ella, pero con unas intenciones mucho más sexuales, con unos ligerísimos pero perceptibles movimientos de cadera. Rítmicos y suaves, adelante y atrás, como si lo hiciera sin darse cuenta, pero en realidad consciente al milímetro de todo lo que hacía, en un ejercicio de *petting* tan intenso como no había vuelto a practicar desde la adolescencia, antes de perder la virginidad.

Poco a poco la respiración de Matías empezó a entrecortarse, y Nora empezó a notar de manera fehaciente que sus tácticas estaban surgiendo el efecto deseado. La erección de Matías, tímida al principio, evidente después y rampante a los pocos minutos, estaba ya presionando claramente su clítoris por encima de las braguitas. Esto hacía incluso que el proceso fuera más excitante, la idea de no estar desnuda, de llevar puestos todavía las braguitas y el sujetador (un conjunto de blonda, especialmente escogido para la ocasión porque «nunca se sabe cuándo puedes necesitar unas bonitas bragas en una fiesta de fin de rodaje, especialmente cuando quieres empezar a trabajar en el sector», como le dijo Carlota cuando le sugirió ponerse la ropa interior más sexy que tuviera) la estaba volviendo loca. Se sentía cada vez más húmeda —seguro que él también lo notaba, a estas alturas— y también con los brazos más doloridos. Nora soltó las muñecas de Matías y se puso vertical —sin dejar de frotar con ganas su sexo contra el de él— y se acarició libidinosamente por encima de la blonda del sostén.

Sus pezones, pequeños y rosados, se pusieron duros al instante, y todavía más cuando se quitó el sujetador y dejó en libertad el pecho, firme y turgente. Siguió acariciándose, cada vez con más ganas, metiéndose los dedos en la boca y usando la humedad de su propia saliva para mojarse los pezones y conseguir esas sensaciones alternantes de frío y calor que le encantaban.

Nora volvió a la vida —llevaba un buen rato concentrada en sí misma, sin enterarse de lo que pasaba más allá de su propio cuerpo— y se dio cuenta de que Matías la miraba con los ojos como platos, con una adoración absoluta. Ahora su erección era más que evidente —no solo eso, sino que a Nora le parecía que ahí había una sorpresa de lo más agradable—, y se notaba que le estaba costando controlarse para no tomar el control de la situación y pasar a mayores —o, lo que es lo mismo, intentar penetrarla como fuera— en ese mismo momento. La lucha entre el instinto y la curiosidad que estaba teniendo lugar en el cerebro de Matías era tan ancestral como la propia existencia del sexo entre humanos. El animal pensante contra el animal a secas.

Su compañero de juegos no tenía más función que la que podría haber desempeñado un vibrador o una almohada. Nora se estaba masturbando con él, pero no con él de manera inclusiva, sino con él a modo de objeto. Eso era claramente un juego sexual en solitario, en el que él era solo un elemento, accesorio y, en cierta manera, casual.

«Aún es pronto para decirlo con toda seguridad, pero creo que este hombre tiene un pollón...», pensó mientras se pasaba la lengua por la comisura de los labios.

Nora fue aumentando el ritmo de sus movimientos, que iban primero de atrás adelante, después en círculos, después atrás y adelante otra vez. Buscando intensificar el roce de su clítoris con el sexo de su masturbador pasivo, notando cómo la humedad aumentaba, cómo los pezones estaban tan duros que hasta le dolían... Nora volvió a meterse los dedos índice y el corazón de la mano derecha en la boca y después los deslizó dentro de sus braguitas, dispuesta a trabajarse ella misma el camino hacia el orgasmo. Frotándose más y más fuerte contra Matías y buscando el centro de su placer —haciendo para ello círculos más grandes y más pequeños con los dedos, aumentando y disminuyendo la presión—, ronroneando un poco y jadeando cada vez más intensamente, más rápido, más fuerte.

Cuando el placer llegó —primero en pequeñas corrientes suaves, que se fueron volviendo cada vez más largas y más intensas—, se dejó llevar por él como por una ola, dejando de tocarse con los dedos (una excesiva estimulación durante el orgasmo podía llegar a dolerle, y Nora había aprendido bien la lección), pero intensificando el roce de su pelvis contra su particular vibrador de carne y hueso.

Cuando terminó, se derrumbó y se dejó caer al lado de Matías, haciendo soniditos que recordaban a los que podría emitir un animal satisfecho. Se había entregado tanto a su juego en solitario que prácticamente había olvidado que él también estaba allí. Asegurarse algo de placer en solitario era una buena manera de abrir la puerta a más orgasmos, y si estos no llegaban, pues todo eso que salía ganando.

«Por lo menos no he puesto mi placer en manos de este friki», pensó, relajadísima y con los ojos cerrados, reposando la cabeza y notando cómo su espalda se fundía con el suelo, poniéndose completamente recta después del ejercicio físico que acababa de hacer, que ahora le parecía tan agotador como correr una maratón.

Dos —o diez, no estaba muy segura— minutos después, abrió los ojos y vio la cara de Matías a pocos centímetros de la suya, mirándola y sonriendo. No tenía muy claro si era por el subidón de hormonas posorgasmo —ese que te hace desde llorar hasta creer que estás enamorado—, pero le pareció todavía más atractivo que cuando le conoció, la noche antes.

Sin decirse nada, empezaron a besarse. Esta vez, en la boca y con una cierta indolencia, sin prisa. Con más curiosidad que lujuria —la fierecilla interna de Nora ya se había aplacado un poco, y Matías se estaba recuperando aún de la impresión del numerito que esta le acababa de regalar—, primero jugando solo con los labios, después fisgoneando entre los dientes del otro, y descubriendo, por fin, sus lenguas.

Los dos cuerpos se juntaron de manera inconsciente, tumbados uno frente a otro, apoyándose en la alfombra sobre una cadera —la izquierda ella, la derecha él—, la pierna derecha de Nora sobre el muslo contrario de Matías, su entrepierna húmeda y aún palpitante empezando a buscar, de nuevo, el roce. La mano derecha de Matías, con el movimiento limitado por la postura, se posó sobre el pecho izquierdo de Nora y se quedó allí, acariciándolo suavemente. Con el brazo izquierdo rodeó su cintura, atrayéndola con fuerza hacia su cuerpo. Nora hizo lo mismo, buscando el tacto de su trasero redondito, fibrado y sorprendentemente duro —teniendo en cuenta que Matías no tenía pinta de haberse ni asomado a un gimnasio en su vida— por debajo de los *slips*.

Después de palparle las nalgas al milímetro (mientras él hacía lo propio con las suyas), deslizó la mano hacia delante y se encontró de pleno con una —esta vez sí— impresionante erección.

«Esto es aún mejor de lo que parecía», pensó Nora, mientras contenía una risita que pugnaba por escapar. «No solo es grande, es... ¡es preciosa!».

Le acarició con suavidad y él experimentó un ligero escalofrío. Los dedos de Nora bajaron hasta sus testículos, los tocó levemente, como saludándolos, y tiró del escroto con cariño pero con firmeza, lo que arrancó a su compañero de cama —de suelo, en este caso— un temblor aún mayor. Cuando las caricias empezaban a parecerse a un conato de masturbación y Matías empezaba a gemir, se levantó y la tumbó de nuevo de espaldas contra el suelo, le quitó las braguitas, acercando mucho la cara a su pubis —a Nora le pareció que incluso le estaba diciendo algo, no había que desestimar ninguna locura por parte del argentino—, y, volviendo a besarla en la boca —esta vez con más fuerza—, se situó encima de Nora y la penetró con ímpetu.

—¡Joooooooooder!

Nora no se lo esperaba, y no pudo evitar el exabrupto. No es que no estuviera preparada —la sesión de *petting* extremo la había lubricado hasta el punto de empapar las braguitas— ni que no lo deseara, simplemente es que no se lo esperaba. Eso sumado a la envergadura de Matías la descolocó durante unos instantes, pero se repuso en seguida. Su cadera hizo un par de movimientos destinados a encajar perfectamente con su («supongo que ahora ya puedo llamarle así», pensó divertida) amante. Él no se había movido ni un milímetro, se quedó quieto, dejando que fuera ella la que buscara la postura perfecta para notar cada una de las pulgadas del miembro de Matías, que se sentía muy caliente, grande y palpitante allí abajo.

—Tócate —le susurró Matías al oído.

Sin motivo aparente, a Nora le dio un ataque de pudor. La misma Nora que se había estado masturbando no solo delante de él, sino con él como instrumento, se sonrojó y se llevó tímidamente las manos a los pezones, aunque sabía perfectamente lo que Matías le estaba pidiendo.

—Ahí no... aquí —le dijo en voz baja, guiando su mano hacia su zona más húmeda.

Mientras ella se tocaba, con las mejillas arreboladas de vergüenza, él intentaba seguir el ritmo a la vez que la penetraba. Primero le costó un poco conseguirlo, pero de repente la cosa empezó a fluir por sí misma, todo encajó a la perfección y se produjo La Magia, así, con mayúsculas.

Aquel apareamiento tenía algo de ritual, como si fuera algo que llevaran haciendo desde el inicio de los tiempos. Más aún, como si ellos *fueran* el inicio de todo, los amantes primigenios, el Big Bang que dio pie al nacimiento del Mundo tal y como lo conocemos. El origen de las especies. Adán y Eva, Zeus y Hera. Eso era más que sexo, pensó Nora. Era una locura. Eran fuegos artificiales de colores y flores que se abrían a cámara rápida y estampidas de animales gigantescos que corrían a la vez en la sabana africana haciendo temblar el suelo.

Mientras Nora se acercaba a su segundo orgasmo —apretando los dientes, para concentrarse en el placer y a la vez para controlar su intensidad—, hizo que sus movimientos de cadera fueran más lentos y más profundos.

Cada vez que las caderas de Matías golpeaban contra las suyas se estremecía. Cuando sintió que llegaba el punto de no retorno —ese instante en el cual ya no puedes parar el placer por mucho que lo intentes—, dejó de tocarse y utilizó las manos para atraer a Matías dentro de ella, para que se quedara allí, sin moverse.

Para ello le agarró de las nalgas con fuerza, con desesperación, imposibilitando cualquier movimiento. En ese momento, Nora gritó, o eso le contó Matías después, porque ella nunca fue consciente de que eso hubiera pasado.

La cabeza le daba vueltas.

Matías seguía quieto, porque las manos de ella continuaban en su culo, sin dejarle ir. Nora se había quedado en la misma postura, como intentando conseguir de manera inconsciente que aquella sensación no se acabara nunca. Como un ordenador con un fallo en el sistema.

Cuando se dio cuenta —los músculos de sus brazos llevaban un rato en tensión y empezaban a dolerle, y eso la hizo salir del trance—, se sintió extremadamente agradecida con su amante por hacerle sentir aquello, que había ido sin duda más allá del placer. En ese momento se habría casado con él, le habría propuesto decidir ya el nombre de su perro y de sus dos primeros hijos, planificar dónde veranear el resto de sus vidas, hacerse juntos un plan familiar de pensiones «por si acaso».

Por suerte, no era la primera vez que Nora experimentaba un orgasmo de esa magnitud y conocía sus consecuencias, y ya había aprendido que lo mejor era quedarse calladita y quieta hasta que se le pasara la voladura. Pero había algo que sí podía hacer, y que la ayudaría a frenar su incontenible y bastante loca verborrea amorosa poscoital.

Aflojó la presión de sus manos y empujó suavemente a Matías para que saliera de ella. Lo hizo quedándose de rodillas en el suelo y con cara de no saber muy bien lo que Nora esperaba que hiciera.

Ella se levantó, le tomó de la mano y le hizo levantarse y sentarse en el borde de la cama. Se puso de rodillas entre sus piernas abiertas —el cabello rojo cayéndole en cascada encima de la cara mientras el sol, a contraluz, parecía que le arrancaba destellos de fuego— hasta situarse a la altura de su miembro erecto. Pasó la lengua por la ingle derecha de Matías, notando cómo le provocaba un potente escalofrío. Hizo después lo propio con la izquierda. El escalofrío fue aún más intenso.

Sacó la lengua y lamió el sexo de su amante, de abajo hacia arriba. Una, dos, tres, doce veces. Giró ligeramente la cabeza para que sus labios hicieran una especie de surco con el que también acarició su glande, de abajo hacia arriba y después al revés.

Miró disimuladamente hacia arriba y vio que Matías tenía los ojos cerrados y no emitía ningún sonido. «Bien, ha pasado con éxito el pornotest», pensó Nora. El test solo tenía una prueba, tan sencilla como contundente y que para Nora era muy definitoria de cómo sería el sexo con el tipo en cuestión: los hombres que creen que las relaciones sexuales son como una peli porno, te agarran la cabeza o te tiran del pelo cuando les estás haciendo una mamada, algo bastante molesto y normalmente destinado a obligarte a hacer ciertos movimientos o acciones que pueden acabar, especialmente cuando hablamos de tamaños importantes, en náusea.

Como, felizmente, no era el caso, Nora se dedicó a disfrutar de lo que estaba haciendo. Pasando la lengua por el glande, suavemente, haciendo círculos, bajando por el tronco, jugando con el ritmo y la intensidad. A veces usaba también las manos para jugar con sus testículos, otras solo la boca.

Matías estaba jadeando ya de una manera evidente, emitiendo un sonido ronco y profundo que podría recordar al que emiten en sueños algunos mamíferos de gran tamaño. Se lo estaba pasando de muerte, totalmente abstraído en sus propias sensaciones. Ella también disfrutaba en su papel de donante de placer, casi tanto como había disfrutado unos minutos antes como receptora.

Cuando su amante susurró «no pares, por favor, ahora no pares», Nora empujó su miembro hasta el fondo de su garganta, donde notó todas y cada una de sus contracciones, desde las más fuertes al principio hasta los leves espasmos del final. Esperó unos segundos más, sintiéndose fuerte y poderosa, y de alguna manera difícil de explicar —y seguramente de tipo hormonal— extremadamente feliz.

Se levantó, sonrió y se dirigió al baño, porque con la mañanita que llevaba todavía no había hecho pis y estaba a punto de explotar. De paso se enjuagó la boca con pasta de dientes, y aprovechó para investigar un poco, abriendo un par de cajones y echando un vistazo a los botes del armario.

No había tampones, cuchillas de afeitar de color rosa, cremas de mujer ni ningún otro indicador de presencia femenina habitual en la casa. Cuando volvió a la habitación, sintiéndose fresca y aliviada, Matías seguía sentado en la cama, de espaldas a la puerta. Nora saltó encima de las sábanas revueltas, le abrazó por detrás y le besó en el cuello.

—¿Vamos ahora a por ese desayuno? —propuso.

—En realidad no tengo tiempo para mucho más que un café, tengo una reunión en una hora en la otra punta de la ciudad. Tendremos que dejar el *brunch* para otro día.

La respuesta prácticamente noqueó a Nora. Entonces, todo aquello que había pasado, o que ella creía que había pasado... Sus pensamientos se reflejaron en su cara como en un espejo. Matías vio su expresión descompuesta y sorprendida, y la culpa le sacudió como un puñetazo en la boca del estómago. Intentó suavizar la situación con un beso, pero Nora lo rechazó. Fue pescando su ropa y sus zapatos aquí y allí y se los llevó al baño para vestirse.

—¿Quieres una toalla limpia? —preguntó Matías.

—Da igual, prefiero ducharme en casa —contestó con desgana.

Se lavó la cara largo rato, para borrar los restos de maquillaje y las ganas de llorar. Recogió su cabellera en un moño y se alegró de haber metido las bailarinas en el bolso: salir de allí con esos tacones hubiera sido una labor titánica que podría haber acabado fácilmente con una de sus clavículas, si no con las dos.

Salió del baño y se dirigió directamente a la puerta.

«A la mierda», pensó Nora. Se sorprendió diciendo palabrotas en castellano otra vez, algo que sucedía en contadas ocasiones. «A la mierda, a la mierda y a la mierda. Paso de ti, paso de tus cafés absurdos y paso de tus reuniones de mentirijilla. Hasta nunca, Matías Falcetti o como te llames».

Salió, dando un portazo, y le pareció que Matías la llamaba. Bajó las escaleras —estrechas, empinadas y desgastadas— lo más rápido que pudo, perdiendo el equilibrio en un par de ocasiones.

Mientras se dirigía a las Ramblas, su nombre resonaba por la calle Escudellers. Matías la llamaba desde el balcón. Nora no tenía ni la más mínima intención de girarse, y cuando llegó a la estación de metro de Drassanes, sintió que lo había hecho bien. En un par de días Matías no sería más que una de tantas anécdotas sexuales con final agridulce, de las que se cuentan a las amigas para compartir con ellas la infinita miseria del ser humano (especialmente el de sexo masculino).

Al salir de la estación de Fontana, su Nokia vibró para indicarle que había recibido un nuevo mensaje. Era del teléfono de casa, seguramente era Carlota preocupada por que no había dado señales de vida desde la noche anterior. Llamó al buzón de voz para ver qué le decía su amiga desde el contestador.

—Nora, ¿dónde coño estás? ¿Qué carajo hiciste ayer? Acaba de llegar un mensajero y ha dejado un montón de paquetes para ti. ¿Me puedes contar qué cojones es todo esto?

Cuando acabó de escuchar el mensaje, ya casi había llegado a casa, así que no hacía falta devolver la llamada. Subió por las escaleras, pensando de quién serían esos regalos. No era su cumpleaños, no había comprado nada por correo y su madre no era de las que mandan paquetes de comida.

Cuando abrió la puerta de casa, se dio literalmente de bruces con el ramo de rosas más grande que había visto en su vida. Era tan grande que venía con su propio jarrón, como si el mismo florista fuera consciente de que aquel yeti de los ramos no cabía en uno de los que la gente normal tiene en su casa.

Entró al comedor y encontró a Carlota sentada en la alfombra de piel de oveja, comiendo bombones a dos carrillos de una caja gigante con el logo de Escribà mientras miraba con cara de alucine algo indefinido que había en su regazo.

—Nora, me parece que tienes muuuuchas cosas que explicarme. Empezando por qué hiciste ayer por la noche y terminando por... bueno, por esta cosa.

Cuando Nora vio lo que su amiga le enseñaba, empezó a reírse. Primero risitas discretas que fueron a más hasta convertirse en carcajadas de esas imposibles de parar, que acaban en dolor de barriga.

Carlota tenía en la mano un gato sin pelo, pequeño, arrugado y de un extraño color gris, con un lazo rojo en el cuello. Del lazo colgaba una etiqueta, y en ella, escritas a mano y en mayúsculas, una pregunta y una firma:

¿Cenamos?
Xavier Dalmau

Capítulo 3

BEAUTIFUL DAY

«Cómo odio, odio, *odio* levantarme y que aún no haya salido el sol. Es superior a mis fuerzas. Eso no debería pasar, nunca deberías levantarte de noche ni irte a dormir de día, a no ser que sea para echar la siesta, claro».

Nora estaba preparando ya la segunda cafetera. La primera se la había fundido casi entera Carlota, que —a pesar de que llegaba de tomar algo por ahí después de trabajar y se disponía a meterse en la cama— se tomaba unos tazones de café con leche como piscinas olímpicas en cuestión de segundos. Unos trozos de magdalena (que debía de ser de la semana anterior por lo menos, Nora no recordaba la última vez que fueron a la compra) flotaban como las islas a las que podrían ir de vacaciones los liliputienses en la tercera taza que su amiga se bebía en poco más de cinco minutos.

—Tía, qué asco, no sé cómo puedes beber esa cantidad de leche. Tú sabes que eso es para que se lo beban las terneras, ¿verdad? Sólo pensarlo me dan ganas de vomitar...

A Nora, como a casi todos los suecos, le encantaba el café y todo lo que lo rodeaba, pero especialmente la vertiente más social y acogedora de la bebida, esa que implica compartirla con alguien y arreglar durante un rato el mundo en buena compañía, pero lo de beberse algo que salía de las tetas de otra especie animal no lo acababa de ver claro. Carlota, con un pijama compuesto de una sudadera con los codos gastados y un pantalón de chándal Adidas —«esa prenda que bajo ningún concepto debería existir fuera de las clases de gimnasia escolares o, como mucho, de los gimnasios», pensó la *fashion police* que Nora llevaba dentro—, sorbía ruidosamente el brebaje infecto sin inmutarse.

—Ummmmm, qué bien voy a dormir después de tomarme este cafecito con leche robada a las pobres terneritas directamente de las ubres de su madre. Madre a la que, por cierto, me comeré esta noche, picada, acompañada de queso y pepinillos y con grandes cantidades de mayonesa y mostaza. Ah, y cuando se acaben las vacas, a la primera que me comeré será a ti, señorita defensora de los rumiantes.

Nora escuchaba las tonterías que le dedicaba Carlota solo en parte, porque la mitad de su cerebro estaba todavía dormido y la otra mitad demasiado concentrado en repasar la complicada agenda que le deparaba el día para hacerle mucho caso a su amiga levemente alcoholizada y carnívora convencida.

Mientras se recogía el pelo, buscaba un gorro, una parka abrigada, bufanda, botas de agua y cualquier cosa que la protegiera del frío, el viento y demás inclemencias que la iban a acompañar durante la larga jornada laboral que tenía por delante. A final de febrero de 2001, Nora por primera vez iba a ser la directora de una pieza audiovisual, y estaba tan nerviosa como emocionada. La responsabilidad era mucha porque al haber un presupuesto casi inexistente, también sería jefa de producción, encargada del *catering*, localizadora... En fin, una locura. Aunque el videoclip de una banda local no era el proyecto más ambicioso del mundo, a Nora le parecía, a estas alturas de su carrera, un reto de lo más interesante. Teniendo en cuenta que solo hacía unos meses que se dedicaba a poco más que ser la chica que trae los cafés y hacer reservas de hoteles y aviones, estaba yendo por muy buen camino. Aunque le había costado sangre, sudor y lágrimas terminar los estudios de cine sin asesinar a nadie, el hecho de tener la carrera en su currículum jugaba a su favor en el sector audiovisual. Una profesión que, pese a tener un tanto por ciento muy elevado de profesionales autodidactas, no deja de tener un punto elitista y hasta esnob.

En su corta (pero intensa) carrera como asistente de producción, Nora había preparado café (con leche, cortado y con variaciones que no sabía ni que existían) para equipos de entre treinta y cien personas, había recorrido la ciudad buscando una variedad concreta de pomelo que una estrella televisiva exigía como condiciones de su gira (y que después ni siquiera tocó) y había devuelto treinta y ocho bolsas de ropa a treinta y ocho establecimientos diferentes en un solo día. Había tenido que dejarse peinar por tres niñas de cuatro años que se aburrían entre escenas (y que la dejaron hecha un adefesio) y había renunciado a la oferta de un director bastante pulpo de cenar con él para presentarle después a «unos amigos que tenían un proyecto muy interesante». Había demostrado tener capacidad para improvisar cuando la ocasión lo requería, y lo había hecho todo sin una sola queja, sin llegar ni un minuto tarde y con una sonrisa en los labios, lo cual tenía mérito, teniendo en cuenta que todavía compatibilizaba el trabajo en producción con el de camarera, ya que los cobros a sesenta o noventa días eran incompatibles con su mala costumbre de comer y vestirse.

En unos pocos meses, su disponibilidad y su eficiencia habían jugado a su favor, y habían puesto en sus manos el primer proyecto que llevaría «el sello de Nora Bergman», como le dijo a Carlota, henchida de felicidad.

Siendo del todo sincera, Nora tenía que reconocer que, además de su talento, otro factor importante tenía que ver con el personaje que teóricamente hacía las veces de director. El «papanatas incompetente», como le apodó desde el minuto cero —un tal Oriol, al que conocía de la noche, que siempre iba rodeado de aspirantes a modelos que parecían tíos con (pocas) tetas y que se metía éxtasis sin parar—, consideraba el trabajo un producto menor y, por falta de motivación y ganas de implicarse, le había dado libertad para hacer lo que le diera la gana.

—Aunque seguro que se atribuirá el mérito de todo si la cosa sale bien y me echará la culpa a mí si sale mal, como si lo viera —le dijo Nora (que para detectar las malas intenciones era bastante Nostradamus, eso había que reconocérselo) a Henrik cuando se enteró de que en la productora le habían dado carta blanca—. ¿Sabes qué dijo el muy cretino? —Nora hizo su mejor imitación de un acento de auténtico pijo barcelonés—: «Dejemos que Nora lo intente, hay que dar una oportunidad a los jóvenes valores». ¡Valores, ja! Este idiota no reconocería el talento ni aunque le mordiera el culo, ¡hay que tener narices! Lo que ha hecho ha sido quitarse un marrón que no le apetecía de encima, y encima pretende disfrazarlo de filantropía, ¡yo es que alucino! —refunfuñó durante una noche entera, sentada en la barra donde trabajaba Henrik y pidiendo un chupito de tequila tras otro, para intentar apaciguar el mal genio.

Nora se tomó el reto como algo personal (más que de costumbre, que ya es decir) y encontró una fórmula sencilla y muy visual que encantó a la productora. Para ello, claro, tuvo que tirar de su agenda, de la de Carlota, de la de Henrik e incluso de la de gente a la que casi no conocía.

Era tan sencillo como arriesgado: se lo jugaba todo a una sola carta. La canción tenía una melodía pegadiza y una letra que hablaba sobre las vacaciones de verano, el amor, el fin de la adolescencia y el hecho de hacerse adulto. Todo el videoclip era una sola escena sin cortes —lo que en lenguaje cinematográfico se conoce como plano secuencia—, con más de cincuenta personas, vestidas de colores chillones, que tenían que ejecutar a la vez una sencilla coreografía mientras los miembros de la banda fingían tocar con instrumentos de mentira (guitarras hinchables, una batería hecha con ollas y cubos de fregar, un micrófono de Fisher-Price y un piano de madera) en medio de la marabunta danzante. Al final de la canción, todos tenían que saltar a la vez, tirando sus gorras y sombreros al aire.

—Tengo que conseguir que todo cuadre perfectamente, porque la gente lo hará bien la primera vez, con ganas, a tope y hasta se divertirán, pero cuando lo hayan tenido que repetir cuatro veces, mi oportunidad habrá desaparecido. Si no sale a la primera, a la segunda o a la tercera, lo tengo realmente complicado —explicaba Nora a Carlota (que fingía interés para no desanimar a su amiga, pero ya se conocía la historia al dedillo) mientras se lavaba la cara con agua helada por enésima vez para ver si, ahora sí, conseguía despertarse.

Otra dificultad añadida (por si había pocas) era que, aunque el espíritu de la canción era extremadamente veraniego y su lanzamiento estaba pensado para el mes de mayo, en ese momento la temperatura en la playa de Montgat era de unos seis grados, y más que cervezas, baños y mojitos lo que apetecía era una bebida caliente y resguardarse bajo una manta.

Nora miró el reloj y vio que tenía tiempo para tomarse otro café.

«Bendito tú y benditos los que te descubrieron. Qué sería de mí sin ti», le dijo mentalmente a la taza humeante. Otra de las cosas a las que la había ayudado el café fue a darle una segunda oportunidad a Matías.

Unas semanas después del desplante poscoital, cuando Nora ya había decidido esforzarse por olvidar su existencia —aunque de vez en cuando recordaba la escena, la respuesta de Matías y su propia reacción, y aún notaba cómo las mejillas se le enrojecían de rabia y vergüenza—, recibió un sms de un número desconocido: «Soy Matías. Perdóname por lo del otro día. No dejo de darle vueltas. No estoy loco, simplemente soy idiota. ¿Aún puedo invitarte a ese desayuno que te debo?».

La primera reacción de Nora fue responder con otro sms bomba que hiciera explotar el teléfono en la cara de quien lo recibiera. La segunda, contestar con un: «A ver si entiendes esto: ¡vete a la concha de tu madre! Hasta nunca». La tercera fue, simplemente, no responder.

Por suerte escoger esta última opción hizo que, cuando se le pasó el calentón, la curiosidad por el argentino volviera a aflorar en Nora. En algún lugar de su cabeza, de su corazón o tal vez de su coño —no había que desestimar esta posibilidad—, algo le decía que Matías y ella tenían muchas cosas que decirse, y un par de semanas después decidió aceptar ese *brunch*, poniéndose a sí misma como condición innegociable que lo que había entre sus piernas no sería, de ninguna de las maneras, el postre. Y entre cruasanes, huevos benedict y bloody marys, los dos se dieron cuenta que se lo pasaban bien discutiendo sobre cine, comida, Suecia y Argentina. A este encuentro le siguieron varias citas «en plan amigos», como Nora aclaraba siempre a Matías.

Para rebajar aún más la tensión sexual entre ellos, Nora había aceptado la cena que Xavi le propuso gato mediante —hay que reconocer que el chico podía ser muy convincente, aunque bastante rancio con todo eso de las flores y los bombones— y resultó ser más agradable en las distancias cortas de lo que Nora esperaba.

Cuando no tenía la necesidad de competir por la atención de una mujer con nadie, el productor era un chico encantador, aunque, para gusto de Nora, abusaba de los anglicismos y le gustaba demasiado hablar de su poder dentro de la industria del cine y la publicidad, algo que evidenciaba una cierta inseguridad en (muchos) otros aspectos de su vida.

Cenaron, bebieron, se rieron y cogieron. Sin más. El sexo no estuvo nada mal, pero a Nora le dio la sensación de que ninguno de los dos lo estaba dando todo. Ella porque tenía un poco la cabeza en otra parte, y él porque parecía que se estaba, de alguna manera, conteniendo.

Como si hubiera algo que quería decirle o pedirle a Nora, pero sin atreverse o encontrar la manera de hacerlo, o como si no se fiara del todo de ella.

Entre la cena y la cama, el productor intentó sacarle un par de veces información sobre la noche que pasó con Matías, con tanta sutileza que Nora pudo esquivar las preguntas con la mayor facilidad y sin parecer grosera en ningún momento. Xavi aceptó el pase al hueco y ahí quedó la cosa, aunque su interés por saber qué había entre ella y el argentino había sido más que evidente.

Después de hacer el amor, Nora descansaba mirando las molduras del techo del dormitorio de Xavi, con el cabello desparramado sobre las sábanas blanquísimas, como una corona de fuego. Mirando la cara de su nuevo amante, que fumaba un Marlboro Light, Nora no pudo evitar el agravio comparativo, y se dio cuenta de que no había la misma desesperación vital que sentía por Matías, las ganas de sentirle en su interior, de saltar encima de él, de poseerle y sentirse poseída.

«Casi mejor así», se dijo Nora. «Este tipo de relaciones son más fáciles de mantener. Menos intensas, sí, pero precisamente por eso también menos complicadas. El mismo placer, menos implicación y la seguridad de que cuando se acabe no habrá un dolor horroroso. Casi mejor así...».

Xavi fue especialmente cariñoso y no dejó a Nora volver a dormir a casa, asegurándole que a la mañana siguiente la llevaría él mismo.

—Es por seguridad —le dijo, muy serio—. Me han dicho que hay por ahí un grupo terrorista que rapta pelirrojas por la noche. Soy un agente encubierto, y ahora que he comprobado por mí mismo que eres pelirroja de verdad, necesitas protección, no puedo contarte más, *babe*, o, bueno... tendría que matarte. Es todo muy sórdido.

A esa noche le siguieron otras, con cenas en sitios más o menos caros, cócteles en bares que Nora nunca habría visitado de no ser por Xavi y demás citas más o menos bizarras. Solo una vez quedaron con los amigos de Nora —que no estaba dispuesta a repetir la experiencia—, pero Xavi no parecía muy dispuesto a compartirla con nadie, así que en general se veían a solas. Cenas y sexo, hasta ahora su relación estaba bastante limitada a esas dos actividades.

Pero ese fin de semana, por primera vez Xavi le había propuesto hacer algo diferente. Cuando se enteró de que nunca había estado en el Empordà, le dijo que era absolutamente imperdonable, y que lo iban a solucionar yendo ese mismo fin de semana a su casa —«en realidad es de mi padre», matizó en seguida— de Cadaqués.

Mientras estaba embutiendo algunas prendas de ropa en una mochila para su escapada, llamaron al timbre y Nora respondió en seguida para que el timbrazo no despertara a Carlota, que ya se había quedado traspuesta en el sofá. Tomó la bolsa, se despidió de los gatos y bajó corriendo las escaleras, dispuesta a triunfar en su primer rodaje como directora. Estaba realmente nerviosa. La noche antes le había costado mucho dormirse. Había ido al cine y a cenar con Matías, para intentar calmar los nervios típicos de la noche anterior a cualquier acto vital importante (especialmente los que implican madrugar), pero al final había sido peor el remedio que la enfermedad. Mientras compartían una ensalada Fattoush y una ración de hummus, empezaron comentando la película que habían visto y la conversación acabó derivando hacia el concepto de cine con mayúsculas que tenía cada uno.

Matías hablaba de grandes historias, de tragedias vitales, de cine social, de dramas y del celuloide —«¿Quién llama al cine todavía celuloide, vejestorio?», le espetó Nora— como instrumento de denuncia y gran mazo de la justicia. De las películas que pueden hacer cambiar el rumbo de un país. El gran discurso, la gran obra. Aquello le sonaba tan anticuado, tan aburrido...

—Yo no tengo la necesidad de hacer una gran obra —rebatía Nora—. Los pequeños dramas cotidianos, las alegrías de cada día, enamorarse, desenamorarse, ¡ni siquiera eso! Algo incluso más básico, más sencillo. —Nora discutía con las mejillas rojas y absoluto convencimiento—. El cine y la literatura están llenos de grandes historias, y las he visto y leído tanto que ya no me impresionan nada. Dime la verdad: ¿cuándo te pones más triste, cuando Estados Unidos declara la guerra a un país que no sabes ni situar en el mapa o cuando tu equipo de fútbol pierde una final? Si respondes que lo primero, es que no estás siendo sincero.

—Tus afirmaciones categóricas no me dan mucho margen, ¿no crees? —sonreía Matías, ante la exaltada asertividad de su amiga.

—¡Déjate de rollos! No existen los héroes, los auténticos héroes somos nosotros, tú, yo y este camarero, los que conseguimos tirar de este carro que es nuestra vida día sí y día también. Grandes historias, ¡ja, ja y JA! ¡Me río de tus grandes historias!

Habían discutido durante una hora y media, y cuando la acompañó a casa y se despidieron con un par de besos, Nora se dio cuenta una vez más de que no le hacía falta coger con Matías para que hubiera pasión. Todo entre ellos era apasionado, y pasar un rato con él la dejaba tan relajada como una clase de yoga y, a la vez, tan agotada como si le hubiera pasado una apisonadora por encima.

—No sé cómo explicarlo... Me mata, pero me gusta —le decía a Carlota, intentando por enésima vez analizar los pormenores de esa extraña relación.

Nora se frotó los ojos con las manos como para quitarse a Matías del pensamiento y centrarse en el día que tenía por delante. El *runner* que la llevaba en coche hasta la esquina donde habían convocado a los extras del vídeo aparcó, y cuando Nora bajó del coche y se encontró con el reparto casi se cayó —literalmente— de culo al suelo de la impresión.

Aquello era mucho peor de lo que esperaba. En lugar de un grupo de gente a punto de rodar un videoclip de una canción playera, sana y de buen rollo, aquello parecía una invasión de muertos vivientes... y no precisamente en su mejor día. Estaban despeinados, tenían ojeras o el maquillaje corrido y, en el mejor de los casos, estaban ligeramente borrachos. Un par de ellos incluso se habían dormido apoyados en sus propias mochilas.

Nora empezó a plantearse la posibilidad de dejar de respirar en ese mismo momento. A lo mejor si moría ahogada se libraba de ese marrón y las cosas acababan saliendo bien para alguien.

«A lo hecho, pecho», se dijo, intentando aparentar serenidad ante el equipo de rodaje, que ponían cara de no estar nada convencidos de la capacidad del elenco de actores que tenían delante.

Mientras le aseguraba y requeteaseguraba al conductor que ninguno de los pasajeros vomitaría durante el trayecto —aunque ella misma no tenía garantías de ello— y se ocupaba personalmente de requisar latas de cerveza y cualquier tipo de bebida alcohólica, todos fueron subiendo al autobús. A alguien se le encendió la bombillita de ir cantando canciones de excursión infantiles y a los demás les pareció una excelente idea, aplicándose todos a ello con auténtica diligencia.

Para cuando entraron en el Garraf, Nora gritó con todas sus fuerzas —y en un tono bastante desquiciado— que si volvía a oír aquello de «para ser conductor de primeeeera, aceleeeera, aceleeeera», habría heridos, y que por favor se callaran.

Le hicieron caso.

Por lo menos durante dos minutos, hasta que alguien se arrancó con «una vieja y un viejo van p'Albacete, van p'Albacete», y volvió a haber jolgorio generalizado en el autobús.

Cuando llegaron, todos y cada uno de los miembros del equipo se había tomado por lo menos un gelocatil para combatir un dolor de cabeza furibundo causado por los cánticos beodos.

«Esto a peor no puede ir —se dijo Nora—, así que solo queda mejorarlo».

Los miembros del grupo ya estaban en la playa, igual que un par de chicos de producción, que ya habían montado el escenario en la arena. El día era soleado, el aire, limpio y —si no fuera porque hacía un frío de narices, cosa que el espectador no detectaría— todo tenía un perfecto aspecto primaveral.

Le costó varios gritos histéricos e incluso tuvo que recurrir a la sirena incorporada en el megáfono, pero al final consiguió que todo el mundo le hiciera caso.

—Hola, chicos, soy Nora de nuevo, estamos aquí rodando el vídeo de la canción «Summer Sounds», supongo que todos la habéis oído, pero por si acaso la escucharemos un par de veces ahora mismo mientras os recuerdo exactamente qué es lo que tenemos que hacer. Recordad que no hay posibilidad de cortar y empalmar la escena, que es un plano secuencia y va todo seguido, así que si una sola persona se equivoca tendremos que empezar todo de nuevo y no habrá servido de nada. Por favor, tomaos esto en serio, y aprovecho para daros ya las gracias por este esfuerzo, ¡muchas gracias a todos!

La música empezó a sonar por unos altavoces, y Nora y su ayudante empezaron a escenificar la sencilla coreografía que debían hacer siguiendo el ritmo de la música.

Lo repitió tres veces: la primera se les escapaba la risa, la segunda directamente se estaban descojonando de ellos y la tercera ya habían perdido cualquier tipo de interés. Un par de elementos ya amenazaban con sublevarse si no les daban por lo menos un café, y un tercero elevó las exigencias mínimas al nivel de un *gin tonic*.

Cuanto más adversas eran las circunstancias, más se venía arriba Nora. Consiguió que los «actores» se colocaran en sus sitios, aunque en un par de casos tuvo que arrastrarlos ella misma. Logró que todo el mundo hiciera caso de sus instrucciones durante un par de minutos, los músicos se colocaron en sus sitios y empezó a sonar la canción.

Nora suspiró. «Como dice la yaya: "Que sea lo que Dios quiera", yo ya no puedo hacer más que esperar que todo vaya bien».

Pero Dios debía andar ocupado en otros menesteres ese día, porque aquello era un auténtico caos. Nadie iba hacia el lado correcto, tropezaban entre ellos —cuando no lo hacían con sus propios pies—, siempre había alguien que miraba a la cámara (con la mirada perdida, para más inri) y cada toma era ligeramente peor que la anterior.

Hacia las doce del mediodía, y después de unos diez intentos de grabación, la amenaza de sublevación por falta de alcohol era tal que Nora aceptó añadir al *catering* —que consistía en unos bocadillos más bien securrios de chorizo y jamón york— unas cuantas latas de cerveza que, además, acabó pagando de su propio bolsillo.

Y ahí se dio cuenta de lo desencaminada que iba cuando creyó que las cosas no podían ir peor. Uno de los compañeros de barra de Carlota se enganchó por una tontería con el batería del grupo, y acabaron los dos por el suelo dándose puñetazos: resultado, un labio sangrante y una ceja partida.

—Grabadlo todo —les ordenó Nora a los cámaras, que alucinaban con la debacle que los rodeaba—. ¡Todo! ¡No dejéis de rodar pase lo que pase!

Una pareja de chicos que llevaba un rato coqueteando rodaba por la arena, metiéndose mano de una manera obscena. Cuando se dieron cuenta de que un cámara los grababa, se bajaron los pantalones y le enseñaron el culo. Escenas grotescas y caóticas por el estilo se repetían por toda la playa, llamando la atención de los —pocos— paseantes que habían decidido disfrutar del mar un día laborable por la mañana.

Cuando dos de los chicos empezaron a hacer volteretas y acabaron en el agua, Nora decidió que era el momento de dar ese rodaje de locos por terminado. Subió a todos al autobús, repartió bolsas de plástico entre los que tenían pinta de estar en peor estado mientras gritaba que ella misma se ocuparía de matar con sus propias manos al que ensuciara el autobús y ayudó a subir a una chica de cabello verde, que en ningún momento había abandonado los brazos de Morfeo y seguía descansando plácidamente.

«Bueno, la he liado pero bien. Supongo que este es el principio y también el fin de mi carrera. Hola y adiós, prometedor futuro en la industria audiovisual», se dijo, descorazonada. «Al dicho de que en los rodajes preferentemente no hay que trabajar con niños ni con animales, habrá que añadir lo de los camareros de discoteca, para evitar este tipo de desastres a las generaciones venideras».

Milagrosamente, durante el camino de vuelta todo estaba en silencio. Nora sacó su discman de la bolsa y le dio al botón de *play* con el volumen al máximo, con la intención de aislarse de la realidad.

Nora no recordaba qué había en ese CD, y lo que sonó le pareció tan irónico que fue incapaz de reprimir una carcajada.

«Oh, viejo Lou —le dijo al cantante, dejándose llevar por los acordes de *A perfect day*—, ¿un día perfecto, dices? No tienes ni puñetera idea de lo que he pasado hoy... si no, no te burlarías de mí de esta manera».

Aparcaron el bus frente al Banco de España y Nora los echó a todos sin contemplaciones y con un brevísimo discurso de agradecimiento que sonó más bien como una bronca. Con todo el aplomo que pudo, dijo a los cámaras que quería ver todo el metraje que habían grabado «sin falta en posproducción el lunes siguiente a primera hora», intentando transmitir una serenidad que estaba lejos de sentir.

Mientras se despedía con toda la dignidad posible y salía corriendo con las mejillas rojas para no oír lo que posiblemente estaban diciendo los cámaras de ella y de su profesionalidad, decidió desconectar de cualquier tema laboral hasta el lunes. Se lo merecía. También se merecía un baño caliente, eterno, una comida sana pero contundente y una siesta de un par de horas. Xavi había prometido pasar a buscarla sobre las cinco de la tarde para estar en Cadaqués «para la puesta de sol». Llegó a casa, puso comida a los gatos y entró a la habitación de Carlota para despertarla y contarle su periplo, pero no estaba, y tampoco había dejado ninguna nota avisando de sus movimientos.

Nora se quitó las botas para descansar un poco los pies —los notaba mojados y arrugados de tanto sudar— y se sentó en el sofá «solo cinco minutitos, en seguida me levanto». Reclinó la cabeza, tomó una manta, ahuecó un cojín, un gato se estiró en su regazo y soltó un suspiro de paz absoluta...

Un timbrazo largo y furioso —que indicaba que antes habían sonado otros menos largos y seguramente también menos furiosos— la sacó del más profundo de los sueños. Mientras iba a abrir la puerta, miró el reloj de su teléfono móvil. Eran las cinco y diez.

«Oh, mierda, mierda, mierda, lo he vuelto a hacer... ¿Por qué siempre me duermo cuando menos debería? ¿Por qué? ¿POR QUÉ?».

—¿Hola? ¿Quién es? —preguntó con la voz ronca, aunque ya sabía perfectamente la respuesta.

—¡Xavi! ¿Bajas?

—¡Hola! ¿Por qué no subes tú y tomamos un café? —sugirió con la intención de ganar algo de tiempo.

—Aquí no puedo aparcar, esta zona es una mierda, no hay donde dejar el coche legalmente y la semana pasada ya me pusieron una multa por dejarlo en un paso de cebra... Baja ya, ¡te espero!

Viendo que su propuesta no había colado, Nora se lavó la cara, metió un par de mudas y unas deportivas en una mochila, se puso las mismas botas que llevaba por la mañana, la parka, la bufanda, y bajó a la calle, todo en menos de cinco minutos.

A la altura del primer piso ya se había dado cuenta de que se había olvidado cosas vitales como la pasta de dientes, los calcetines y los preservativos, y solo Dios sabía qué más. Pero la suerte estaba echada, y por los bocinazos que oía se dio cuenta de que no podía volver atrás.

Esquivó a duras penas el beso con lengua con el que Xavi quería saludarla; su aliento después de comer un bocadillo de chorizo y después de dormir una siesta de tres horas no debía de estar precisamente fresco como el rocío del alba, y a pesar de presentarse a su primer fin de semana en pareja vestida como un estibador portuario —y seguramente oliendo peor—, Nora todavía tenía una cierta dignidad.

Dalmau, claro, se lo tomó fatal, y a modo de venganza absurda se pasó la mitad del viaje pasando de ella y hablando de sus negocios por el manos libres.

Aunque a Nora le pareció mejor esa mitad del viaje que la otra, en la que la interrogó sin piedad sobre los pormenores del vídeo que habían rodado esa mañana, un tema que le parecía tan atractivo como pegarse un tiro en la rodilla o comer coles de Bruselas sin aliñar. Atajó cualquier tipo de aspiración periodística del preguntica de Xavi contestando a todo con monosílabos y una voz de aburrimiento que dejaba claro que el tema no le interesaba nada, pero él era un tipo pertinaz y no se daba fácilmente por vencido.

Para evitar más comentarios o preguntas incómodas decidió hacerse la dormida, en una actuación tan realista que al final le hizo dormirse de verdad.

—Eh, bella durmiente, que ya hemos llegado.

Nora bajó del coche, aún dormida, y alucinó con lo que estaba viendo.

La casa de Xavi era realmente impresionante.

Fuera quien fuera el arquitecto —seguramente uno de los amigos íntimos de Dalmau padre, que solo se relacionaba con gente con muchos apellidos, arquitectos, banqueros y especuladores inmobiliarios, según Xavier le había dicho a Nora— había conseguido el equilibro perfecto entre el minimalismo y el respeto por la naturaleza colindante. Las líneas principales de la casa eran rectas y sobrias, casi al estilo de Van der Rohe, pero estaba perfectamente integrada en su entorno gracias a sabias decisiones como respetar la piedra natural que formaba una de las paredes del salón o colocar la piscina —perfecta, a pesar de ser pleno invierno, observó Nora—

sin rebosadero para potenciar el efecto visual de estar colgando sobre un arrecife.

La decoración del salón combinaba cuero, cristal, metal mate y la típica piedra de la zona, y estaba presidido por una enorme chimenea y un semicírculo de sofás en el que podrían haber dormido tranquilamente doce personas sin tocarse.

—Es... bueno... es enorme —dijo Nora, impresionada—. Cuéntame, ¿cuál es tu relación con esta casa? ¿Solíais venir toda la familia a menudo? ¿Pasaste aquí los veranos de tu adolescencia? ¿Cuál es tu lugar favorito? ¿Perdiste aquí la virginidad un fin de semana que tus padres no estaban? ¡Cuéntamelo todo! —exclamó Nora quitándose las botas y poniéndose cómoda en el sofá, pero con el cuerpo semialzado, con una actitud expectante, de alguien esperando a que le cuenten una buena historia.

—Las respuestas son ninguna, jamás, ni uno, el *jacuzzi* y no. Si quieres detalles, te diré que mi padre se construyó esta casa después de divorciarse de mi madre (y ella se hizo otra aún más grande en Selva de Mar, a pocos kilómetros de aquí), con lo cual ella no ha venido nunca y, que yo sepa, aquí hasta que fui adulto solo venía mi padre con sus amigos y sus amantes. Yo pasé todos los veranos de mi adolescencia estudiando inglés en Londres, Nueva York e incluso Australia. A veces creo que competían por mandarme cada vez más lejos, para asegurarse de que no molestaba.

—¿Y lo de la virginidad? —preguntó Nora, juguetona y curiosa.

—Eso no te lo voy a contar estando sobrio y en plenitud de facultades, te lo vas a tener que trabajar un poco más, *rouge*.

—Deduzco algo muy traumático, como que fuiste violado por tu instructor de tenis o la profesora de etiqueta, que resultó ser una ninfómana desaforada deseando darle pasaporte al traje de chaqueta de Chanel abotonado hasta el cuello en cuanto tu madre cerraba la puerta —bromeó Nora.

Dalmau no contestó y desapareció de su vista, murmurando entre dientes que le perdonara, que iba a buscar algo de beber. A veces no tenía nada claro si sus constantes sugerencias de haber vivido la típica existencia de pobre niño rico eran ciertas o un intento (uno más) de llamar la atención por parte del productor, al que, como decía la abuela de Nora, le encantaba ser el niño en el bautizo y el muerto en el entierro.

Salió a tomar el aire, siguiendo el tren de sus propios pensamientos, disfrutando de la sensación del suelo frío bajo sus pies libres de calzado invernal y apreturas, y admirando las vistas que la casa le regalaba.

«Supongo que podría acostumbrarme a esto», se dijo Nora.

Desde la terraza principal —a primera vista se veían como cinco más— se podía divisar, a la izquierda, el pueblo de Cadaqués, con sus casitas blancas y llenas de arcos, construidas usando en parte estructuras de roca existentes, algo bastante típico en la arquitectura ampurdanesa. Playas de piedras grandes y redondas, con muy pocas zonas arenosas, y un mar bastante tranquilo, de color entre verde oscuro y gris bajo el cielo azul plomizo de una tarde de invierno que pronto se convertiría en noche. A la derecha, un islote de piedra

al que, según le contó Xavi, los *cadaquesencs* bautiza-
ron con el cacofónico nombre de «Es Cucurucú», bar-
cas en la playa y en el mar, algún pequeño hotel con
pinta de haber sido construido en los setenta y otros detalles típicos de la zona del Empordà y de los pueblos
pesqueros.

Nora se fijó en que algunas de las embarcaciones iban
todavía sin motor —a remos o con vela—, un detalle
que la transportó directamente a la casa de su abuelo
materno, su querido *morfar*, un gigante adorable de
barba blanca que siempre llevaba caramelos de regaliz
en los bolsillos y que tenía una casita muy pequeña en
Arild, en la costa de Kullaberg. Su abuelo había muerto
un par de años antes de un ataque al corazón, que tenía
débil desde hacía años, pero nunca quiso renunciar a la
pesca —uno de sus placeres favoritos, además de fumar
en pipa y comer cualquier cosa con cantidades ingentes
de ajo—, aunque a su abuela casi le costaba la salud
también cada vez que se perdía durante horas de noche
con su minúscula barquita tambaleante.

Los recuerdos —y seguramente el cansancio y las
emociones acumuladas durante un día largo e intenso—
hicieron que se le humedecieran los ojos, justo en el momento en el que Xavi llegaba con dos copas de vino
blanco.

—Es precioso, ¿verdad? —preguntó él, con el mismo
orgullo que si lo hubiera fabricado con sus propias manos, una actitud demasiado habitual en él que ponía
bastante nerviosa a Nora.

—No tengo palabras para describirlo. Es bellísimo.
Es como el sueño de un pintor de marinas convertido
en realidad, como si se hubiera invertido el proceso y,

en lugar de pintar la realidad, la hubiera creado directamente.

Nora estaba realmente cautivada por el paisaje, y la puesta de sol, con las farolas del paseo marítimo encendiéndose de una en una a medida que se iba la luz, como pequeñas luciérnagas, todavía le parecía más bonita.

—Pedí a los cuidadores de la casa que nos trajeran algo para cenar. Una cena informal: queso, embutidos de la zona, anchoas, pan artesano y algunos dulces —anunció Xavi, besándole en la parte trasera del cuello, dejando claro qué clase de postre era el que le interesaba—. Para acompañar tenemos más de cuatrocientas botellas de vino en la bodega de mi padre. A no ser que nos bebamos alguno de antes de 1970, no creo que se dé ni cuenta. Vamos a pasarlo muy bien, *honey*...

Pero Nora tenía otras intenciones, que incluían por lo menos algo de marisco y un paseo por la orilla del mar. Nunca había entendido por qué la gente decía que la paella era indigesta para cenar, ella podía tomarla por la noche y hasta para desayunar sin ningún problema.

«Cuando algo es tan delicioso se debería tomar a todas horas, siempre que puedas», se dijo Nora a sí misma, poco dispuesta a creer aquello de que la langosta cada día cansa. También le gustaría tomar un mojito en el Café de la Habana, un local mítico del que le habló su madre, visiblemente emocionada, cuando le contó la semana antes que tenía pensado pasar el fin de semana en Cadaqués «con un amigo».

—¿Pero no te apetece salir a cenar? Hace una noche preciosa, demos un paseo bajo las estrellas. ¡Mira qué luna!

—Nora, estamos como mucho a cinco grados, cuando sea de noche seguro que bajamos de cero. Hace frío, *sweetie*, quedémonos en casa, comamos algo, metámonos en el *jacuzzi* y después... bueno, después tengo la sorpresa de la que te hablé. Estoy bastante seguro de que te va a gustar.

«Tú estás bastante seguro de todo en general», pensó Nora, con ganas de llevarle la contraria solo para bajarle los humos.

—Yo quiero salir a cenar y pasear, si tú no quieres, no hay problema: me voy sola y vuelvo. ¿Me dices dónde hay un sitio de paella que una camarera pueda pagar? Cuanto antes me vaya, antes volveré —espetó Nora, poniéndose el abrigo y la bufanda, mandando así la clara señal de que la decisión estaba tomada y no había vuelta atrás posible.

—Cómo me gusta cuando te pones rebelde. Te salen llamas de los ojos, pareces una diosa del Olimpo dispuesta a acabar con todos los humanos con un solo movimiento de melena —dijo Xavi, tratando de besarla e interceptando sin mucho éxito sus intentos de acabar de vestirse.

—No me tientes —contestó Nora, un poco faltona y quitándoselo de encima sin disimulo—. Entonces, ¿vienes o no?

Xavi soltó un gruñido como respuesta y fue a buscar su chaqueta «informal», un *trench* de Burberry acompañado de una bufanda de la misma marca con el que ya había avergonzado a Nora el día que —todavía se arrepentía— le sugirió que saliera con sus amigos. El resto de prendas «informales» que componían el atuendo de su amigo-amante eran unos pantalones chinos de color crema, jersey negro de cuello vuelto y unos mocasines Tod's.

«Está claro que este hombre y yo no encajamos nunca, solo hay que vernos», pensó, comparando el *look* de Dalmau con su propia parka informal, su pelo revuelto y los pantalones que le hacían parecer, por agravio comparativo, directamente salida de un contenedor de basura.

Todavía negociaron durante un par de minutos porque Xavi quería tomar el coche y ella no —«Tú y el coche, el coche y tú, ni que fueras americano», le espetó Nora—, y la cabezonería nórdica salió, una vez más, triunfante.

Cuando salieron a la calle, tuvo que reconocer que en algo tenía que darle la razón a su acompañante: hacía un frío que pelaba. Cuando el viento de mar te daba en la cara, te cortaba el aliento, y eso colaboró bastante en que ambos fueran andando muy juntos, casi abrazados, durante todo el camino hasta Casa Anita, el restaurante donde Xavi reservó —sorprendentemente, sin problemas— justo un minuto antes de salir de casa.

Parando de vez en cuando para que Xavi le contara alguna historia sobre el pueblo, o para que Nora acariciara a un gato, o simplemente para ver el reflejo de la luna en el mar, el camino se hizo corto y muy agradable. Se besaron un par de veces, y Nora pensó que, cuando no hablaba demasiado, Xavi podía ser realmente encantador.

«¿Por qué casi todos los hombres que me interesan me provocan alguna clase de dicotomía?», se preguntó Nora. «¿Por qué no puede gustarme y ya, ser perfecto, por qué siempre tiene que haber uno, dos o cien problemas? Es agotador querer besar a alguien en un momento dado y tener ganas de abofetearle quince minutos después», reflexionaba Nora desde su montaña rusa emocional, con su mano agarrando la de Xavier dentro del bolsillo del abrigo para evitar la congelación.

Cuando llegaron, a Nora le sorprendió que el local fuera poco pretencioso y lo más alejado del mundo de los bares y restaurantes de diseño minimalista que tanto le gustaban a Dalmau y tanto le aburrían a ella. Mesas de madera, apenas cubiertas por un mantel, platos toscos y mucha gente bebiendo vino directamente del porrón. De repente, Nora se puso muy contenta y se convenció de que esa noche todo iba a salir bien.

Xavier saludó al camarero, al cocinero y a otro hombre con pinta de ser el dueño, y mientras se dirigían a su mesa iba saludando con la mano a los comensales de algunas mesas, sin soltar a Nora ni un momento, asegurándose de que todos le vieran en compañía de la misteriosa pelirroja.

La cena fue simplemente espectacular. Xavi ya la había pedido por teléfono —y sin consultarla, gruñó Nora al darse cuenta—, así que no hubo paella, pero sí un delicioso *suquet* de rape y marisco tan fresco que parecía haber sido pescado como mucho media hora antes. A modo de entrantes, comieron gambas a la plancha —rojas, enormes y sabrosas, generosamente aderezadas con ajo y perejil— y unos montaditos de anchoa con queso, una combinación que le sorprendió y le supo a gloria.

Con la cena cayeron dos botellas del mejor cava que Nora hubiera probado: delicioso, helado hasta la última copa y burbujeante. Nora le había contado una vez a

Xavi que no podía beber mucho cava ni champán —porque se ponía especialmente cachonda y hacía tonterías que siempre acababan con ella sin bragas y con riesgo de ser detenida por escándalo público— y ahora se arrepentía de haberle dado esa información, que sin duda estaba usando en beneficio propio.

Había otra cosa que contribuía a ponerla especialmente juguetona: comer sin usar cubiertos. Consumir cualquier alimento que se comiera con las manos, que chorreara, que implicara ensuciarse mucho y chupar y sorber todo el rato en público (como el marisco, las alitas de pollo o las sardinas a la brasa), le parecía un acto tan primitivo y salvaje que ponía la línea directa con la mujer de las cavernas que llevaba dentro. A la hora de los licores, con las mejillas arreboladas y la risa floja, empezó a buscar la entrepierna de Xavi por debajo de la mesa, y aunque las botas minimizaban bastante el efecto erótico de la escenita, él entendió perfectamente de qué iba la cosa y le propuso pedir la cuenta y volver a casa.

—Mmmmm... Vamos. Ahora sí que me apetece ese *jacuzzi* que me proponías antes —dijo Nora poniendo cara de *femme fatale* mezclada con Heidi, porque tenía los mofletes tan rojos como si hubiera estado triscando todo el día, con las cabras y Pedro, por los Alpes.

El camino de vuelta fue bastante más rápido y menos contemplativo que el de ida. Se besaron, sí, pero de otra manera. A Nora la luna y sus reflejos de plata le importaban un pimiento en ese momento y Xavi —que llevaba un buen rato callado, metiéndole mano y sin llamarla por ningún nombre absurdo en inglés, francés ni tagalo— le parecía sexy, apetecible y arrebatador, y le abrazó y le miró de cerca, poniéndole ojos tiernos.

Nunca le había parecido tan atractivo. Incluso... bueno, incluso se sentía ligeramente enamorada, aunque podía ser que el efecto se desvaneciera a la vez que el del alcohol, dejando en su lugar, respectivamente, una leve sensación de vacío y una pequeña resaca.

Llegaron a casa con cierta dificultad, ya que besarse, abrazarse y caminar no son cosas especialmente compatibles. Después de tirar los abrigos al suelo y descalzarse —Nora estuvo a punto de romper una figura de porcelana por un lanzamiento de bota poco afortunado—, se dejaron caer a plomo encima de los sofás del salón.

Nora se tumbó boca abajo, buscando una posición cómoda para ver si descansando un par de minutos la cabeza dejaba de darle tantas vueltas, pero Xavi no pensaba darle tregua. Sentándose a horcajadas encima de su trasero, empezó a darle un masaje en la espalda por debajo del jersey. La cantidad de capas de ropa que cubrían el cuerpo de Nora complicaban bastante el proceso, así que ambos colaboraron en la ardua tarea de quitar de en medio los dos jerséis y otras tantas camisetas que llevaba. Xavi le desabrochó el sujetador después de pelearse unos segundos con los corchetes, y sus intenciones cambiaron por completo cuando tuvo delante el cuerpo semidesnudo de su amante. Empezó a besarla en la parte trasera del cuello, y acto seguido procedió a intentar quitarle los calcetines para acabar de desnudarla. En ese mismo momento Nora fue consciente de que llevaba casi veinticuatro horas con la misma ropa, que había sudado bastante con ella puesta y que, a no ser

que Xavi fuera un fetichista de los pies y las axilas suda-
dos, mejor que pusiera un poco de agua y jabón entre
ambos. Además, la idea de chapotear un poco en aquel
jacuzzi enorme le ponía bastante.

—Eeeeeh, no tengas tanta prisa... ¿Dónde está ese
jacuzzi que me habías prometido cuando aún eras un
caballero?

Xavi siguió forcejeando con sus calcetines de lana de
doble punto durante unos segundos, como si no hubiera oído nada, pero Nora no dio su brazo a torcer, y se
puso de pie, quitándose ella misma los calcetines y los
vaqueros en un segundo.

Se acercó a su amante que seguía sentado en el sofá,
poniendo su pubis rojizo a pocos centímetros de su cara
y tomando la iniciativa.

—Yo voy a darme un baño... ¿Me acompañas?

Xavi, aún completamente vestido, la tomó de la
mano y la guio rápidamente hasta el *jacuzzi*. Una vez
allí, miró durante un par de minutos cómo Nora se metía en el agua y disfrutaba de la sensación, su cabello flotando como una rara especie de alga marina, su cara de
felicidad al notar las burbujas cosquilleantes en su espalda, en sus piernas, en el culo, en los pies. Por el tamaño, aquello era casi una minipiscina, y Nora estaba
disfrutando como una niña, flotando boca arriba, boca
abajo y de todas las maneras posibles.

Xavi se quitó la ropa, con cierta urgencia, pero deján-
dola perfectamente doblada en una repisa. A Nora no se
le escapó ese detalle, esa manera meticulosa y algo cua-
driculada de ser, en la que el orden y la costumbre están
incluso por encima del deseo. Cuando se metió en el
agua, Nora se le acercó al instante, sentándose encima

de él y poniendo su generoso pecho a la altura de su cara, colocando sus manos en ellos y animándole descaradamente a lamerlos, morderlos o chuparlos.

Todo en ese cuarto de baño recordaba al escenario de una película porno («una buena película porno —matizó Nora para sí misma—, pero porno al fin y al cabo») y se estaba empezando a contagiar del espíritu exhibicionista que el entorno le sugería. El agua no era un sitio que le gustara especialmente para coger, pero sí le ponía mucho para todos los juegos previos.

Siguió indicándole a su amante de manera bastante evidente lo que quería que le hiciera. Cada vez que este intentaba bajar las manos por debajo de su cintura, Nora se las volvía a colocar en el pecho. A veces le encantaba jugar a ver hasta dónde podía llegar a resistir, cuánto tiempo —segundos, minutos, ¿horas, tal vez?— podía hacer durar los preliminares sin tener contacto con su sexo. Esta agonía temporal, este «puedo y no quiero», bien gestionado, podía hacerle tocar el cielo cuando llegaba el momento de la estimulación o la penetración.

Cuando se hizo con su primer vibrador, uno de sus juegos favoritos era estimularse los pezones con él hasta casi gritar de urgencia, y entonces hundirlo rápidamente y hasta el fondo en su sexo expectante. Aquellos orgasmos eran brutales, salvajes, absolutamente demoledores. Valía la pena todo el proceso, y la sensación de superación de la urgencia, de saber esperar para conseguir una recompensa mayor, también tenía parte de responsabilidad en la maximización del placer.

Cada mordisco y lametón de Xavi mandaba descargas directas a la entrepierna de Nora, que se sentía tan húmeda que ya no sabía dónde empezaba el agua y terminaba ella. Xavi estaba absolutamente sometido a sus deseos, y después de varios manotazos de Nora ya había entendido dónde podía tocar y dónde no.

De repente a Nora se le encendió una bombilla y descubrió lo que le apetecía en ese preciso instante. En un alarde de exhibicionismo fruto del exceso de cava y del decadente escenario, se puso de pie con las piernas abiertas y puso su sexo pelirrojo a muy pocos centímetros de la cara de su amante. Tomó su barbilla para hacerle mirar hacia arriba y, cuando logró establecer contacto visual, le guiñó un ojo y empujó levemente su cabeza hacia su pubis.

Xavi estaba bastante alucinado, pero sabía lo que se esperaba de él y se esmeró en su trabajo. Empezó sacando levemente la punta de la lengua, siguiendo el surco arriba y abajo, como saludando muy suavemente. Nora se dio cuenta de que le estaban dando de su propia medicina, y que aunque ahora ella quería un orgasmo y lo quería ya, le iba a tocar esperar. Como nunca había destacado por su paciencia, ahora fue ella la que intentó tocarse para acelerar el proceso, y Xavi le apartó las manos y se las puso a la espalda, sin dejar de lamerla con sutileza.

No había otra que aceptar su condición de ama sometida, pensó Nora, y se dejó llevar. La lengua de Xavi cada vez se acercaba más y más a su clítoris, ansioso de recibirla. Movió las caderas hacia delante para facilitarle el trabajo, y él aprovechó para apretarle las nalgas.

Nora emitió un sonido indefinido, a medio camino entre un resoplido, un jadeo y un suspiro.

Era la primera vez que Nora tenía esta sensación de intimidad brutal con Xavi. Estaban tan cerca, tan juntos que sentía que eran un solo ser.

Entre la temperatura del agua y la proximidad del orgasmo, sintió cómo se le aflojaban las piernas, y si no hubiera sido porque su amante la tenía bien agarrada, posiblemente se habría caído. Xavi lo notó y lo interpretó como un signo de placer. Soltando una de las nalgas y separándole suavemente las piernas, introdujo el dedo corazón en el sexo de Nora, que se estremeció.

Jadeando, ahora sí, sin disimulo, Nora animaba a Xavi con las típicas órdenes cortas que acompañan el sexo oral cuando se acerca el punto de no retorno: «más», «no pares», «así»... Cuando este notó que el sexo de Nora empezaba a contraerse, introdujo dos dedos más, de golpe y hasta el fondo. Una vez dentro, los movió hacia delante y hacia atrás, estimulando algún punto hasta entonces desconocido por Nora pero, sin duda, muy efectivo.

La intensidad del orgasmo la pilló tan de sorpresa que la hizo gritar.

—¡Síiiiiiiiiiiiiiii!

Esta vez sí, a Nora le fallaron las piernas, y se dejó caer, poco a poco, hasta quedar sentada encima de su amante, que sonreía con una cierta superioridad.

Nora temió que Xavi estropeara la magia del momento con un «¿te ha gustado?», y procedió a besarle para evitarlo. Cuando intentó acariciar su sexo (no demasiado erecto por culpa —pensó Nora—, de la temperatura del agua, que estaba excesivamente caliente), él tomó su mano y la paró.

—Vamos fuera. Tengo una cosa para ti.

A Nora no le parecía el mejor momento para sorpresas, pero salió del *jacuzzi* y aceptó el mullido albornoz gris que le tendía Xavi, mientras él tomaba uno exactamente igual. Se envolvió en él y le siguió hacia el dormitorio, presidido por una cama de madera oscura de, por lo menos, dos metros por dos metros. A los pies de ella, en un reposapiés, había una pequeña *trolley* que Nora no había visto antes.

Xavi la invitó a sentarse frente a la maleta, y descorrió las cremalleras con un aspecto tan grave que le hizo pensar que allí dentro estaba el puñal con el que la ofrecería en sacrificio a algún extraño dios pagano (sensación alimentada en parte por la curiosa pinta que ofrecía Dalmau envuelto en el albornoz y con la capucha puesta).

Cuando Nora vio el contenido de la maleta, casi se le salen los ojos de las órbitas. Allí, sobre un fondo de satén negro, había un corsé de cuero rojo, unas botas de tacón imposible y caña alta hasta medio muslo, una cuerda, una fusta y un dildo de cristal. Todos estos objetos estaban perfectamente colocados uno al lado del otro, y Nora podía imaginarse la cara de Xavi mientras organizaba el contenido de la maleta. Su cara de «eres un campeón», de «se va a volver loca». La cara de «esta vez te has superado, tío».

—*Mistress Nora, enjoy!* —afirmó con seguridad.

—¡Vaya sorpresa! Pero yo diría más bien que es una sorpresa para ti, ¿no? O sea, la sorpresa soy yo, vestida con esto... Quiero decir que... ¿qué se supone que tengo que hacer?

Nora, aún bajo los efectos del alcohol, no estaba en el mejor momento para iniciar una batalla dialéctica, ni siquiera aunque su contrincante no estuviera diciendo ni una palabra.

—No sé. Pensé que te gustaría. Como te gusta tanto mandar...

Tras un momento de duda, Nora decidió pasar por alto la pulla y participar en el juego. Ganó la Nora aventurera a la Nora con sentido del ridículo. Hasta entonces sus únicos pinitos en el campo de la dominación habían consistido en dar o recibir algún azote juguetón, y tenía curiosidad por saber qué se siente cuando te vistes como la prima putón de Barbarella. Se puso de pie, dispuesta a vestirse, aunque no tenía muy claro por dónde empezar.

Ante su cara de duda, Xavi le acercó las botas.

—¿Tienes sed? Yo sí. Voy a buscar algo de beber, ¿vino?

Tartamudeó ligeramente.

Antes de salir de la habitación encendió un equipo de música tan camuflado que ella no hubiera sido capaz de encontrarlo ni con ayuda de la CIA —la domótica era para Nora un fenómeno incomprensible, ¿para qué clase de persona es necesario que una tostadora no parezca una tostadora?— y se escucharon los primeros acordes de una canción de U2 que sonaba muy a menudo en el coche de Xavi.

Nora, que en ese momento se estaba peleando con las botas, se dio cuenta de que era la segunda vez ese mismo día que el azar le mandaba una canción sobre momentos felices. «Por algo será», pensó, y empezó a canturrear, concentrada en las veinticinco vueltas de cordón que todavía le quedaban. Cuando Xavi volvió —con una botella de vino y dos copas—, ya había terminado de calzarse, y se puso en pie para recibirle.

La sensación le pareció alucinante desde el primer momento. La altura de los tacones le hacía mantener el culo apretado, la barriga hacia dentro y los hombros erguidos, la presión del cuero alrededor de sus muslos era excitante. Era la postura de una amazona, de una guerrera. Se sintió poderosa.

Tomó la fusta y se acercó a Dalmau, mordiéndose el labio.

Con su nuevo calzado era bastante más alta que él, y eso le puso todavía más.

—Deja eso y ven aquí. Ahora.

—¿No te pones el corsé?

Nora le azotó antes de que acabara la frase, totalmente metida en el papel.

—¿Te he dado permiso para que hables? ¡Pues ni una palabra!

Nora le empujó encima de la cama con un poco más de fuerza de la que Xavi esperaba, y ella vio en su mirada la sombra de la duda.

«Con que me gusta mandar, ¿eh? Ahora verás», pensó Nora. «Estás jugando con fuego».

Le arrancó el albornoz, quedándose con el cinturón en la mano. Se deslizó al lado de Xavi hasta ponerse encima de él. Cuando él quiso tocarla, ella le respondió con otro golpe de fusta.

—¿Te he dado permiso para que me toques?

Se estaba metiendo en el papel y se estaba poniendo extremadamente caliente. La sensación de poder, de superioridad, de dominar la situación física y psicológicamente era alucinante. Tomó las manos de Xavi y las ató por encima de su cabeza, suficientemente apretadas como para dejarle claro que no podía moverse aunque quisiera.

Superado el susto del primer momento, Xavi también estaba empezando a disfrutar del juego. Su mirada libidinosa y su erección eran pruebas evidentes.

Nora tomó la fusta y empezó a darle golpecitos en los pezones. La textura era muy agradable, y hacía un ruido parecido al de una leve bofetada, como de piel chocando contra piel.

Plas.

Un golpecito.

Plas, plas, plas, plas.

Una serie de golpecitos.

Nora estaba un poco asustada porque se dio cuenta de que quería más y más. Cada golpe pedía otro golpe, más rápido y más fuerte. Le daba un poco de miedo pensar cómo podía acabar aquello, viendo lo rápido que se estaba emocionando. «Es como cuando juegas a morder a alguien en broma y de repente te das cuenta de que, si te dejaras llevar, le arrancarías un trozo de brazo de un mordisco», pensó.

Plas.

Xavi soltó un gemido. Nora no identificó si era de placer o de dolor, pero en ese momento le daba igual. Empezó a jugar con el ritmo: tres golpes rápidos suaves, uno fuerte. Se puso de pie y empezó a juguetear con el escroto de su amante, dándole pequeños golpecitos, estirándolo con los dedos, con pellizcos amables pero contundentes. Los gemidos de Xavi, ahora sí, eran claramente de placer.

Nora le miró a los ojos y vio algo que no se esperaba. Sumisión.

Xavi estaba dispuesto a aceptar cualquier cosa que ella le hiciera. Estaba dispuesto a dejarse morder, atar, arañar, lo que fuera. Se veía en su mirada, como de cachorro herido, como de cristiano que se ha ido de putas y busca la expiación de sus pecados.

Nora notó cómo se humedecía automáticamente. Más que humedecerse, estaba empapada. Le puso a Xavi un condón que había sobre la mesilla de noche y saltó encima de él. Le soltó las manos y rodaron por la cama, en una confusa maraña de brazos, piernas y sexo. Nora, según le contó Xavi a la mañana siguiente, estaba fuera de sí, mordiendo y arañándole la espalda.

En un momento dado, se puso a cuatro patas, con la espalda arqueada —en esa postura que la gente llama «el perrito» pero que en Nora tenía un aire claramente felino—, y le dijo: «Cógeme. Cógeme fuerte, ahora».

Xavi se aplicó, dando golpes de pelvis cada vez más fuertes. Ahora el que se sentía poderoso era él, como si estuviera partiendo a Nora por la mitad. Extremadamente varonil, hombre entre los hombres. Ese rollo. Los jadeos de Nora reafirmaban esa sensación.

Lo estaba haciendo bien.

Oh, sí.

Lo estaba haciendo tan bien que Nora empezó a gritar.

—¿Te gusta, zorra? ¿Te has corrido? —le dijo Xavi, totalmente metido en el rol, mientras le daba un cachete en el culo.

La respuesta no fue exactamente la que Xavi se esperaba...

—¡No, no! ¡Sal de encima de mí ahora mismo! ¡Grito porque me está dando un calambre en las... ahhhhh...! ¡Estas botas, apártate!

Nora tardó un buen rato en quitarse las botas, incluso con la ayuda de Xavi. Cuando acabó estaba tan enfadada que las tiró por la ventana. La aventura había acabado mal, pero la película había sido divertida.

Dos días después, Martí, un viejo pescador de Port Lligat, un pueblo junto a Cadaqués, encontró una presa inesperada atrapada en sus redes.

Capítulo 4

Holiday

—Tú y tus grandes ideas. ¿En qué momento de enajenación mental decidí hacerte caso? Tengo frío, tengo hambre, cuando llegue mi hermano y le abrace, oleré a taberna, a la cerveza que me has tirado por encima y además... ¿te he dicho ya lo del frío?

Carlota fumaba, enviaba mensajes de texto sin parar y apuraba una lata de cerveza, totalmente ajena a lo que Nora le contaba, como si no fuera con ella. Ambas estaban sentadas en un banco fuera del Aeropuerto del Prat, justo debajo del mural de Joan Miró.

—¿Por qué te metes conmigo? A ti te pareció tan buena idea como a mí. Además, eso ha sido así siempre: si te tienes que levantar antes de las seis de la mañana, es mejor no acostarse.

El motivo por el que Nora y Carlota se estaban pelando de frío —aunque era una noche casi veraniega, la proximidad del alba había hecho bajar la temperatura hasta un punto en que les hubiera hecho falta una chamarra que no habían pensado en llevar— a las puertas de la Terminal 2 era la llegada de Nikolas, el hermano mayor de Nora, que, cuando ella llevaba ya más de dos años en Barcelona, había decidido, por fin, dignarse a visitarla.

Su visita coincidía con las primeras vacaciones que Nora se tomaba desde que había llegado a la ciudad, una temporada en la que había trabajado duro y su concepto de descanso había sido desmayarse en la cama después de una noche de fiesta o de ir arriba y abajo como un pollo descabezado durante un rodaje de doce o de quince horas.

Mientras preparaba la visita de su hermano con la ayuda de Carlota —que pese a la ruptura conservaba una buena relación con Nikolas, con el que hablaba de vez en cuando por teléfono, básicamente en forma de insultos cariñosos, e intercambiaba algún que otro mail—, se dio cuenta de que había muchas cosas de su ciudad de acogida que no conocía.

Nunca había estado en la Sagrada Familia, ni se había perdido por los callejones de la Barceloneta ni había subido al Tibidabo o a Montjuïc. Su máximo conocimiento de la ciudad se limitaba al barrio de Gràcia, el Gótico, el Raval con Matías y un poco de la zona alta y pija con Dalmau. Poca cosa más. Eso en cuanto a las zonas de influencia diurna, claro. De noche se movía con soltura de las discotecas y bares del Gayxample a las tascas del Gótico, los clubs más pijos de la zona alta y hasta los afters del Eixample. Incluso podría asegurar sin equivocarse que había puesto copas en todos los distritos...

«Es que de noche todo parece más cerca, más alcanzable. De día siempre tengo algo que hacer fuera o siento esa extraña fuerza que no me permite salir de un radio de acción de cuatrocientos metros de casa, a no ser que una cita, el trabajo o cualquier otra necesidad imperiosa me lleven hasta allí», le rebatió a Carlota cuando le comentó el detalle y esta la acusó de ser una comodona a la par que una borracha y una juerguista. «Yo soy curiosa por naturaleza, pero claro, luego viene la realidad, con sus prisas y sus requerimientos absurdos y me da una torta en la nariz».

Así que su plan para la próxima semana era dejar que sus amigos barceloneses le enseñaran, a la vez que a Nikolas, la Barcelona más turística que aún no conocía. Y ella, a su vez, le enseñaría a su hermano algo en lo que era una especialista: la noche barcelonesa, ya que la visita familiar coincidía con el festival electrónico más famoso de la ciudad: el Sónar. Aunque su hermano siempre había sido más guitarrero que otra cosa, se mostró encantado con la idea de compaginar turismo diurno con conciertos nocturnos (aunque lo segundo hacía peligrar claramente lo primero) y le pidió a Nora, transferencia bancaria mediante —para eso del dinero era muy sueco y muy serio, por suerte—, que comprara abonos para los dos.

Cuando Carlota apagó el enésimo cigarrillo de un pisotón con sus Martens, entraron a la terminal, justo a tiempo para ver cómo Nikolas salía sonriente de la puerta de llegadas, con las gafas de sol puestas y cara de haber dormido más o menos lo mismo que ellas. O sea, nada.

A Nora le pareció que estaba más guapo que nunca, y de repente se dio cuenta de lo muchísimo que le había echado de menos. Estuvo a punto de ponerse a llorar, pero se puso a pensar en lo que se reiría Carlota de ella si se diera cuenta, y eso le dio todas las fuerzas que necesitaba para mantener el lagrimal seco. Salió corriendo a abrazarle, y él la levantó del suelo y le hizo dar varias vueltas.

—¡*Min älskade lillasyster*, cuánto tiempo sin verte, guapa! —le dijo Nikolas en español, con un acento que, después de dos años de vivir en España, a Nora le sonó extrañísimo—. ¡Mírate, si ya eres casi una mujercita!

Nora reconoció inmediatamente esas palabras, se rio a carcajadas y devolvió el chiste a su hermano.

—Y tú, Nikolas, ¿ya tienes novia? Mira que eres alto y guapo, las debes de tener a todas loquitas, ¡y cómo te pareces a tu padre!

Esas eran exactamente las frases con las que los recibía su abuela todas y cada una de las veces que la fueron a visitar. Siempre lo mismo, y después muchos besos cerca del oído, de esos ruidosos que amenazan seriamente con dejarte sordo —que los hermanos llamaban desde siempre «besos de abuela»— y un abrazo sorprendentemente fuerte para lo menuda que era la mujer, que siempre olía a la colonia Heno de Pravia que tenía en la mesita de noche. Su hermano nunca estuvo muy apegado a la familia de Benidorm, ya que desde que su padre dejó Suecia quiso distanciarse de él y de paso de sus raíces españolas. Nora atribuía la tardanza en visitarla a cierta resistencia de su hermano al hecho de que ella se hubiese mudado a Barcelona.

Terminada la sesión de saludos, abrazos y puñetazos cariñosos —Carlota y Nikolas se relacionaban entre ellos como si fueran dos chicarrones, dándose golpes y jugando todo el rato a pelearse, como para intentar de alguna manera demostrar que lo suyo ahora era una camaradería totalmente asexual—, abordaron un taxi en dirección a casa. La ilusión del reencuentro los había despertado, y los tres estuvieron charlando animadamente durante todo el viaje, recordando viejas batallitas y tramando excitantes planes para la semana que tenían por delante.

Durante un momento, viendo a Nikolas y a Carlota juntos, Nora no pudo evitar pensar qué habría pasado si hubieran seguido siendo pareja en vez de ser víctimas de la tendencia a la promiscuidad de su hermano. «Seguramente habrían sentado la cabeza, a su manera, y tendrían (o estarían a punto de tener) unos hijos guapísimos. Carlota sería ingeniera, aunque, claro, a lo mejor no sería feliz, porque en realidad ella...».

¡Plas!

Una contundente palmada en la frente la sacó de sus pensamientos, y esta vez no había sido Carlota (que estaba a punto de mearse de risa viendo la cara que se le había quedado), sino su propio hermano.

—¡Espabila, hermanita, que no te enteras! ¿Quieres dormir un rato o aprovechamos ya el día? Podemos pasear por la mañana, y ya dormiremos después de comer, ¿no? Tenemos millones de cosas que hacer, y solo una semana...

Nora se frotó la frente enrojecida.

«Bien, esto es la familia», sonrió para sí misma. «Cuando no la tienes, la echas de menos, y a los cinco minutos de estar con ellos ya tienes ganas de matarlos. Así ha sido desde que el mundo es mundo y así será para siempre, mejor ir asumiéndolo».

Antes de subir a casa decidieron tomarse otro café en el bar de abajo, menos Nora, que se decantó por una manzanilla. Compraron algunos cruasanes en la panadería de la esquina —aunque habían hecho la compra en previsión de la visita de Nikolas, al llegar a casa se dieron cuenta de que el cincuenta por ciento de ella consistía en cervezas y demás brebajes alcohólicos, y el resto en patatas fritas y *snacks* con alto contenido en grasas saturadas, de los que le gustaban a Carlota— y subieron a planificar el día, ducharse y cambiarse de ropa para afrontar el día con fuerzas renovadas.

Nada más llegar a casa y depositar la maleta de Nikolas (cuya cama «oficial» durante la visita era un sofá de Ikea, lo que provocó airadas protestas por su parte, y proclamó ser víctima de un «boicot antisexo, porque a ver dónde voy a ir si ligo») en un rincón del salón, se lanzaron sobre los cruasanes como alimañas y se los comieron en unos segundos, lamentando no haber subido más.

Nora se ofreció para ducharse la primera, y dejó a sus compañeros de correrías organizando el día, sentados cada uno en un sofá y rodeados de gatos curiosos que se acercaban en busca de mimos y con ganas de descubrir más cosas sobre el visitante, lleno de nuevos y emocionantes olores.

Con más diligencia que placer, pensando que una exposición prolongada al agua caliente le daría demasiado sueño, Nora cumplió con el ritual jabón-champú-mascarilla lo más deprisa que pudo, se puso un vestido floreado y unas Converse y salió al comedor.

—¡El siguienteeeeee, yo ya estoy!

Carlota dormía entre migas de cruasán, y Nikolas estaba fumando en el balcón. Nora y su hermano fueron juntos a ese misterioso lugar llamado mercado que tan pocas veces Nora había frecuentado —pese a vivir a poco más de cien metros de él— y compraron todo lo necesario para preparar la comida más saludable que esa casa hubiera visto jamás... lo cual no era demasiado difícil, teniendo en cuenta las horrorosas tendencias alimenticias de Carlota y lo descuidada que Nora se había vuelto al respecto.

—Cuando llegué aquí, pensé que podría ayudar a cambiar eso, y al final ha sido ella la que me ha cambiado a mí —le contaba durante el paseo a su hermano, que la escuchaba con interés—. Carlota es la manzana podrida, y yo el cesto de manzanitas frescas e inocentes que se han podrido también por su culpa. Bien, pues hoy le tocará comerse una rica ensalada y un potaje de garbanzos como los de la abuela. Esa será la mejor venganza...

Compraron manzanas, lechuga, tomates, cebollas, lentejas, garbanzos y todo lo necesario para alimentar de forma digna a su pequeña familia, y se sentaron a tomar una cerveza y unas tapas en un bar del mercado.

—Venga, ahora cuéntame —le soltó Nikolas mientras les traían unas deslumbrantes setas con ajo y perejil.

Nora sabía lo que su hermano mayor quería saber, y le empezó a explicar el estatus complicado de su vida amorosa. Le describió la pasión que sentía con Matías, y lo difícil que resultaba en cambio llegar a él. Y luego siguió con Xavier Dalmau, afirmando que él era un amigo siempre dispuesto a cuidarla, mimarla y sorprenderla.

Se dieron consejos mutuos, o más bien Nikolas se los dio a su hermana, ya que él pasaba por una etapa de ligón empedernido y no quería nada serio con nadie. Y hubo mucha conexión entre hermanos, de esa que hizo pensar a Nora lo mucho que le costaba estar lejos de él.

También hablaron de Carlota, y Nora le contó que un par de semanas antes, en un día especialmente gris, aburrido y resacoso habían decidido que ya estaba bien de «trabajar como perras y quedarse en casa como abuelas» (palabras literales de Carlota) y que era el momento de irse de vacaciones. Sus ahorros no les daban para el viaje transoceánico con el que casi todo el mundo relaciona sus vacaciones soñadas, pero estaban tan emocionadas con la idea que casi cualquier cosa les iba bien.

O eso creían...

Después de desestimar París porque «los franceses son insoportables», Roma porque «los italianos solo piensan en ligar» y Londres porque «el tiempo es deprimente», se dedicaron a pensar en positivo y a decidir lo que sí querían para su escapada.

—Yo voto playa seguro. Quiero tostarme el culo al sol en una playa nudista, beber vino blanco, comer pescado fresco y no tener que vestirme en todo el tiempo que estemos allí —anunció Carlota, muy en su línea.

—Yo también quiero playa, pero para nadar durante horas y horas. Me apunto al pescado y al vino, aunque si no te importa, yo sí llevaré algo de ropa, y espero que tú también, al menos a la hora de comer. No sé si comer sardinas a la brasa con tu parrús a veinte centímetros es una experiencia que quiero vivir. Bueno, sí lo sé. Y no, gracias, no quiero.

—Desde luego, hija, para ser sueca a veces eres bien estrecha. Y creo que la última vez que alguien usó en serio la palabra «parrús» la tele aún era en blanco y negro, antigualla —la chinchó Carlota, mientras le daba una cariñosa patada que le acertó de pleno en la espinilla.

Después de consensuar durante una hora y repartirse innumerables cojinazos y patadas cada vez que estaban en desacuerdo —y provocar todo tipo de bufidos en la emergente colonia de gatos que campaba a sus anchas por el departamento—, decidieron que Ibiza era el lugar ideal. Muchos de sus amigos estaban allí haciendo la temporada en clubs como Space, Pachá o Privilege. Sirviendo copas siete noches a la semana a los fiesteros más fiesteros del planeta o haciendo *performance* con los míticos Monstruos de Ibiza. En definitiva, todos reunidos allí para tocar con los dedos la leyenda del «*house music all day and all night long*» y, de paso, sacarse suficiente dinero para viajar durante la temporada de invierno, pagarse una carrera o, simplemente, tomarse la vida con un poco más de calma.

Por un precio casi simbólico podían dormir en un cuartito del apartamento que Bea y Lola compartían con otra pareja —también haciendo la temporada— en Santa Eulària.

«No te voy a engañar, el sitio no es gran cosa», les informó Lola, tan comunicativa como siempre, desde el otro lado de la línea telefónica. «Un colchón doble en el suelo y poco más... Pero, vamos, con que se pueda dormir ya está. Ibiza no es un sitio para quedarse en casa: de noche estás de fiesta y de día, en la playa. Venga, no os hagáis más de rogar que no os lo podemos poner más fácil. ¿Cuándo vienes?». Tomaron inmediatamente unos billetes de barco («lo que nos ahorremos en el billete nos lo podremos gastar en paellas», apuntó Nora, siempre práctica), con salida el 18 de junio y vuelta diez días después, con el placer añadido de pasar la mágica noche de San Juan en la isla.

—Sabes, Niko —se sinceró Nora antes de finalizar el relato de la preparación del viaje a Ibiza—, ninguna de las dos lo dice, pero creo que las dos sentimos un poco como si este cambio de aires fuera la ocasión perfecta para salir de la rutina en la que se ha convertido nuestra convivencia. Creo que puede salir muy bien o fatal, como las parejas que tienen un hijo a la desesperada intentando salvar un matrimonio que hace aguas por todas partes.

Un mensaje de texto de Carlota en el móvil de Nora le hizo darse cuenta de que la conversación y el reencuentro de hermanos era tan agradable que les habían dado las cinco de la tarde sin acordarse de Carlota y la comida. Una hora después, y frente a sendos cafés con hielo —y un par de cigarrillos para Carlota y Nikolas—, decidieron la ruta turística que pensaban empezar esa misma tarde.

Después de visitar a fondo la colección del MACBA, el Museo de Arte Contemporáneo, y el CCCB, el Centro de Cultura Contemporánea, lo que les llevó «la friolera de tres horas», según Carlota, Nikolas pidió por favor si podían llevarle a algún lugar cuyo nombre no estuviera compuesto por siglas «a no ser que estas fueran BAR», matizó. También ironizó sobre las heridas en la retina que le podía causar la sobredosis de arte moderno y lo muchísimo que tendría que beber para superar ese horrible trauma.

Todavía no eran las nueve, Nikolas no llevaba ni doce horas en Barcelona y ya buscaban un bar. «Superguay», pensó Nora, y empezó a despedirse mentalmente de cualquier tipo de aspiración mínimamente relacionada con el intelecto para el resto de las vacaciones. Pero al menos había tenido su tiempo a solas con su hermano y estaba contenta, se imaginaba que ahora podía perder un poco el control de la situación.

Y así fue, al menos durante los dos primeros días. Por la noche, con Nikolas a la cabeza pero alegremente secundado por Carlota —y con Nora levemente enfurruñada y a años luz del furor etílico que parecían sentir sus *partners*—, se dedicaron a ir a saludar a todos los amigos que tenían repartidos por todas y cada una de las barras de la ciudad.

Tras tres días de festival Sónar y uno de resaca, Nora decidió cerrar la visita de su hermano con una invitación a cenar solo los dos —cosa que no dejó a Carlota muy contenta— en uno de los restaurantes chulos y caros que le había enseñado Dalmau, el Tragaluz, en un pasaje oculto transversal al paseo de Gràcia. Era un domingo y el restaurante estaba tranquilo, había unas cinco mesas ocupadas, pero se sorprendió al descubrir que el propio Dalmau —menuda casualidad ridícula e innecesaria, pensó Nora— estaba con una rubia en una de las mesas.

—¿Pasa algo, Nora? —le preguntó su hermano al notarla un poco inquieta y nerviosa.

—Ese de ahí, el de la mesa junto a la planta. ¡No mires! ¡Cuidado, sé discreto! Ese es el chico del que te hablé, Dalmau —le dijo mirando hacia otra parte.

En un segundo Nikolas estaba de camino a la mesa de Dalmau, lo cual puso a Nora completamente histérica, pero le siguió. Dalmau se puso de pie y los saludó, y Nora tuvo que desmentir a Nikolas, que se presentó como su novio sueco, y aclarar que era su hermano. Dalmau a su vez le presentó a Natascha como «una amiga», y Nora la saludó con la mano, aunque la chica le había acercado la cabeza para darle dos besos.

La situación era rara y Nora la cortó diciendo que debían ocupar su mesa, y rechazando la idea de Natascha, que debía de ser una modelo rusa que no pesaba mas de cuarenta kilos, aunque medía metro ochenta más o menos, de cenar los cuatro juntos.

La cena de despedida de su hermano se vio un poco aguada por la sensación de celos que Nora no conseguía sacudirse de la cabeza. Sabía que no tenía derecho a sentirse así porque, aunque Dalmau lo sugería a veces de manera más o menos velada, ella siempre rechazaba que su relación pasara a algo más serio y formal.

El lunes pasó volando, y entre llevar a Nikolas al aeropuerto y volver a la ciudad para hacer las maletas, cuadrar la organización gatuna —no era fácil conseguir una *babysitter* para cuatro mininos, y para hacer acopio de comida y tierra para diez días tuvieron que pedir prestado un carrito del súper— y superar el típico momento de pánico *made in Nora* de perder el billete de barco y el pasaporte, el momento de salir hacia el puerto llegó antes de lo que esperaban.

Embarcaron sin más problemas y fueron a la borda a ver zarpar el barco, un espectáculo que defraudó un poco a Nora, que esperaba una banda y muchos rollos de papel higiénico, como había visto en las películas. Después dieron una pequeña vuelta de reconocimiento

Los Angeles Public Library
Central Circulation
7/14/2015 4:33:57 PM

- PATRON RECEIPT -
- CHARGES -

1: Item Number: 37244220952759
   Title: La cancion de Nora /
   Due Date: 8/4/2015

2: Item Number: 37244190616319
   Title: Purgatorio /
   Due Date: 8/4/2015

3: Item Number: 37244220976733
   Title: El estudiante /
   Due Date: 8/4/2015

To Renew: www.lapl.org or 888-577-5275

------- Please Keep this Slip -------

y se prepararon para pasar la noche a bordo. Esta vez Nora no pensaba hacerle ni caso a Carlota, y así se apresuró a hacérselo saber, de la manera más clara posible.

—Antes de que me líes con tus teorías mostrencas sobre las ventajas de no dormir, te anuncio que no tengo ni la más remota intención de llegar a Ibiza muerta de sueño, con resaca ni nada que se le parezca. Quiero que mi primer día de playa sea mágico y maravilloso, así que me voy a estirar en mi butaca lo más cómodamente posible, me voy a tomar una dormidina y voy a intentar descansar al máximo. Y te aconsejo de todo corazón que hagas lo mismo, porque no dormir es malísimo para la piel y además hay estudios que demuestran que...

Carlota se mostró absolutamente de acuerdo y dispuesta a hacer cualquier cosa «con tal de que dejes de soltarme el rollo», le espetó. Así que aceptó la pastilla que le ofrecía su amiga, hizo una almohada bastante sui géneris con el jersey (y un antifaz con una manga de este, lo que le daba un aspecto de superhéroe un tanto friki) y se dispuso a dormir durante las ocho horas de trayecto del ferry. Nora, sorprendida de que, por una vez, la cabezota de su amiga le hubiera hecho caso, se dispuso a hacer lo mismo, aunque antes fue al baño a lavarse los dientes y hacer pis. En el camino se cruzó con varios grupos de jóvenes que se dirigían al bar, con claras intenciones de empezar la fiesta ibicenca incluso antes de llegar a la isla.

Cuando salió del baño, el corazón le dio un vuelco.

A pocos metros delante de ella estaba Matías, ¿era él? ¿La noche anterior se había encontrado a Dalmau y ahora a Matías? Tenía su misma espalda, el mismo pelo, hasta caminaba igual. Más nerviosa que contenta, pero sin intenciones de dejar escapar la ocasión de saludarle, se le acercó por detrás y le dio unos golpecitos en el hombro.

—¡Hola! ¿Qué... qué se supone que haces aquí?

Cuando se giró, Nora se dio cuenta de que el chico no era Matías. De hecho era más delgado, más alto y tenía el pelo más oscuro.

—Perdona, yo... Me he confundido... Creía que eras alguien que conozco... —Se giró sin acabar la frase, muerta de vergüenza, y se fue por el pasillo.

Mientras el falso Matías le gritaba algo sobre que le encantaría que se conocieran y contarle con pelos y señales qué estaba haciendo allí, Nora volvía deprisa a su asiento, con las mejillas aún calientes y pensando que esto de creer que veía a Matías le pasaba demasiado a menudo. Le pasaba por la calle, en el cine y hasta en los rodajes. También soñaba con que le veía, e incluso en sueños no era él, algo que, una vez despierta le generaba muchísima frustración.

Seguramente llamarle por teléfono y quedar con él habría sido suficiente para rebajar un poco esa tensión que le hacía ver argentinos por todas partes, pero había dos motivos por los que no lo había hecho. Uno, porque Nora era cabezona como ella sola, y con Matías había decidido hacerse de rogar hasta para ir al cine (en el fondo, él se lo había ganado). Y dos, porque Matías llevaba tres meses en Argentina después de conseguir el que posiblemente fuera el trabajo de sus sueños (y el de cualquiera con su profesión): encargarse de la dirección de fotografía de la película de Juan José Campanella, el director que había puesto a Argentina en el punto de mira de la industria gracias al éxito de *El hijo de la novia*.

Cuando la llamó para despedirse de ella con una de sus típicas citas de café, cine y cena (parecía un hombre de costumbres hasta para eso, pensaba Nora, un pelín desquiciada como siempre que estaba con él), se le veía, dentro de su imperturbabilidad habitual, bastante emocionado.

El hecho de que un compatriota se hubiera fijado en él y le hubiera ido a buscar «a la otra punta del mundo», como le repitió varias veces, le hacía recuperar la fe en el cine y —aunque eso no lo dijo— Nora pensó que también, de alguna manera, en una carrera profesional que tenía bastante parada y que, intuía, no iba exactamente por donde él quería. Además, como le hizo notar Nora con retintín, iba a participar en el «cine de las grandes historias, ese que tanto te gusta, ya sabes, el cine con mayúsculas y esas cosas».

Matías sonrió y decidió obviar la ironía. Estaba tan contento que era difícil cortarle el rollo, pensó Nora. En ese momento era, de alguna manera, invencible.

Mientras tomaban una interminable copa de *arak* con hielo —antes de despedirse con el típico beso en la mejilla que siempre duraba más de lo necesario y menos de lo que a ella (y seguramente también a él) le gustaría—, Matías le preguntó por primera vez, sin mirarla a los ojos y sin darle importancia, como el que no quiere la cosa, por su relación con Xavi. A Nora casi se le paró el corazón del susto.

Primero, porque no creía que esa «relación» existiera como tal, y segundo, porque no sabía cómo Matías había podido saber de ella. Durante los últimos meses

Xavi se había mostrado algo insistente con hacer su relación más pública, mientras Nora, que no lo tenía nada claro, se esforzaba precisamente por lo contrario.

—Si por relación te refieres a que nos vemos de vez en cuando para cenar o salir o lo que sea, que no es mucho más, pues... no sé, va bien, supongo —respondió intentando parecer todo lo fría que podía, pero temblando como un flan por dentro—. Si te refieres a cualquier otra cosa... pues no hay ninguna otra cosa, así que...

Mientras hablaba, Nora se estaba dando cabezazos contra la pared con la imaginación y recitando un mantra consistente en la repetición infinita de las palabras «soy idiota, qué idiota soy, pero mira que llego a ser idiota».

—Si no fuera tan cabezona, o tan absurdamente digna, o él no hubiera sido tan capullo aquel día, ahora le habría saltado encima, le habría dado el beso de su vida y posiblemente habríamos cogido en el primer portal, porque en realidad cuando le miro de alguna manera ya me lo estoy cogiendo, y él... ¡él también! ¡Es que no lo puede disimular!» —le contaba un par de horas después a Henrik, al que había ido a ver para llorar sus penas (previamente empapadas de vodka con Red Bull en grandes cantidades) en su hombro—. «¿Por qué las cosas tienen que ser tan puñeteramente difíciles? ¿Por qué?

Para rematar aquel sentimiento tan «noresco» que no sabía si llamar amor u obsesión, dos días antes de las vacaciones había recibido un sms de un número larguísimo que decía: «¿Cómo estás, pelirroja? Te extraño desde Buenos Aires, mi ciudad te encantaría. Besos grandes. Matías».

¡Te echo de menos!, le había dicho. Te echo de menos. Con dos huevos. Nunca antes le había dicho nada parecido a eso, y tenía que hacerlo justo ahora, ahora que él estaba en la otra puñetera punta del mundo y ella estaba a punto de irse de vacaciones a su destino soñado dispuesta a pasárselo teta, descansar y no pensar demasiado en nada. Y ahora, claro, tenía la cabeza más liada que nunca y su deseo por el argentino más sexy y tocapelotas del mundo se había multiplicado por un millón. ¿Qué haría cuando le viera? ¿Le besaría? ¿Saltaría a su cuello? ¿Le invitaría a casa? ¿Le...?

Nora aparcó cualquier recuerdo que pudiera perturbar su descanso tomando un par de dormidinas más «por si acaso», y descansó como una piedra y sin ser consciente de haber tenido ningún sueño durante todo el trayecto.

Al llegar las esperaban Bea, Lola y algunos otros amigos, que habían ido a buscarlas al salir del trabajo. Se abrazaron y dieron grititos de felicidad, realmente contentas de encontrarse de nuevo. Mientras buscaban un taxi para ir a casa a dejar las maletas, les contaron historias de barras VIP donde podías conseguir billetes recién acuñados de quinientos euros como propina, de príncipes que llevaban a todas partes su propio equipo médico por si se pasaban con la cocaína y de gogós a las que jeques árabes habían ofrecido una mansión o cien camellos —«de los peludos, ¿eh?, los animales, vamos», apuntó la siempre cándida Lola— a cambio de una noche de sexo.

—Lola es como el *Tómbola* ibicenco —resopló Bea, dándole un cachete cariñoso en la pierna—. La más cotilla de la isla, mi niña.

En seguida se generó un ambiente de amable cordialidad. La otra pareja que vivía en la casa las saludó amablemente y se fueron a sus cosas, y las chicas decidieron ir a pasar el día a la playa.

Durante cuatro días enteros Nora fue fiel a sus intenciones de vivir más la Ibiza de día que la de noche, aunque Carlota olvidó pronto la decisión que habían tomado en común antes del viaje: que era mejor invertir sus ahorros en paellas y pescado fresco que en alcohol y discotecas. De vez en cuando recibía algún sms de Matías explicándole dónde estaba, qué hacía o alguna situación que le había hecho pensar en ella. Curiosamente desde la distancia se mostraba mucho más cálido que cuando la tenía delante, «el muy idiota», pensaba Nora. Como método de castigo, solo respondía un sms de cada dos que le mandaba Matías. Esa era su manera de hacerse la dura y de demostrar, por esa vez, que ella era la que no estaba *tan* interesada en comunicarse con él como él con ella. Esa sensación de poder, no podía engañarse a sí misma, le encantaba.

Mientras Nora iba en bici y llegaba a calas desiertas donde solo cabían como mucho cuatro personas, Carlota llegaba a casa ya entrado el día y cada vez con peor cara. Una vez incluso la trajo un inglés porque ella no era capaz ni de andar. Cuando Nora la llamó inconsciente y le echó la madre de todas las broncas, Carlota se rio de ella y la llamó monja.

Nora se ofendió tan profundamente que decidió no volver a decirle nada más, aunque la pillara inconsciente en plena orgía con un equipo de rugby americano al completo.

—Tú verás, Carlota. Ya eres mayorcita.

Tomó la bici, se compró unas gafas, un tubo de esnórquel y mucho protector factor cincuenta, y se dedicó a admirar durante horas los millones de pececillos que se movían en grupo —siempre, todos en la misma dirección—, contrastando con la blanca arena del fondo. Cinco horas de la actividad más zen que se le ocurría no hicieron que no se planteara cuánto había de verdad en las acusaciones de su amiga, y, tras pensarlo mucho, su conclusión fue contundente: absolutamente nada. No era una ursulina, pero su cuerpo aún no se había recuperado de los estragos del Sónar, y comer buen marisco, playita y limitar el alcohol —como mucho vino blanco a la hora de comer— era, por el momento, lo que más le apetecía.

Pero llegó la noche de San Juan, y Bea y Lola la amenazaron con echarla de la casa «como a los perros» si esa noche no se dignaba a acercarse a verlas a la discoteca.

—La noche de San Juan hay que salir, eso es así —le dijo Lola con contundencia—. Os ponéis guapas, os vais juntas a cenar vuestros pescaditos y vuestras cosas, que menudo despiporre de vacaciones lleváis, cada una por su lado, y después os venís al Privilege, que queremos fardar de amigas.

Era una oferta difícil de rechazar, y después de una larga siesta, una corta sesión de chapa y pintura —Carlota nunca se maquillaba, y Nora se sentía tan bien con su bronceado que solo se puso un poco de rímel— y de ponerse unos zapatos «de verdad» por primera vez en la isla, comieron algo rápido y, sin intercambiar demasiadas impresiones —Nora silenciosa, Carlota incluso huraña—, fueron a la discoteca donde trabajaban sus amigas. Los porteros, muy amables, las dejaron pasar, y Nora alucinó con el tamaño del club, el más grande en el que había estado nunca, que debía de tener por lo menos cuatro pistas, otras tantas terrazas y unos cuantos miles de personas con muy poca ropa moviéndose a ritmo de *house*.

Cuando fueron a la barra de Bea a pedirle una copa, Nora se dio cuenta de que esta le metía algo a Carlota en la boca. Su amiga interceptó su mirada y le hizo la pregunta del millón, como intentando recuperar de esa manera la conexión que habían perdido.

—¿Quieres probar?

—No, gracias. Las drogas no están en mis planes estas vacaciones. Bueno, ni estas vacaciones ni nunca. Igual que no estaban tampoco en tus planes, ¿te acuerdas?

Un instante después de hacer el comentario que puso la puntilla a la frase, se arrepintió de lo que había dicho.

La mirada helada de Carlota la fulminó.

—Está bien, como quieras. Pero al menos te voy a buscar una copa, ¿o tampoco vas a beber?

Nora aceptó un vodka con Red Bull a modo de pipa de la paz, muy sorprendida por la capacidad de su amiga para olvidarlo todo en un segundo. Agarró el vaso con una sonrisa y se lo tomó casi de un trago; las gambas de la cena y la tensión vivida unos momentos antes le habían dado muchísima sed.

Media hora después, el mundo tal y como lo conocía había cambiado. Todo. Estaba como raro, como del revés, según le dijo a Carlota, que asentía con la cabeza, riéndose por lo bajini y sin hacerle demasiado caso.

Nora nunca había bailado tanto ni de esa manera. Se había sentido parte de la música, sí, y se había dejado transportar por ella. Pero ahora... bueno, ahora era ella la que hacía la música. Eran sus movimientos los que decidían cuál iba a ser el próximo sonido, y no al revés. Ella era la mujer que dirigía la orquesta global, la madre de todos los sonidos. Los bombos salían de su estómago, los sonidos más agudos de sus manos, los graves los generaba con los movimientos de sus pies. Y de repente, empezó a sonar una de sus canciones favoritas, *And I miss you,* de Sade, el único detalle que faltaba para lanzarla directamente y sin pasar por la casilla de salida a la estratosfera del placer sensorial...

Carlota estaba a poco más de un metro de ella, también bailando sola y como si le fuera la vida en ello. Su amiga se contoneaba moviendo los hombros, con los ojos cerrados, los brazos casi pegados al cuerpo, siguiendo el ritmo de la música a su manera, algo arrítmica en ocasiones.

A Nora le pareció más guapa que nunca, tan alta, tan inalcanzable, tan sola y a la vez tan cercana, tan adorable...

De repente Nora se dio cuenta de lo mucho que echaría de menos a Carlota cuando sus vidas se separaran. ¿Qué sería de ella, quién la cuidaría, a quién cuidaría? De hecho, Nora pensó que *ya* la echaba de menos, esos centímetros que las separaban se le antojaban una distancia infranqueable, como si estuviera en otra calle, en otra ciudad, en otro mundo.

Tuvo una necesidad irrefrenable de acercarse a ella y tocarla, tomarla de la mano, después acariciar la misma mano suavemente, y acercarla a su cara. Como si ella misma se estuviera acariciando con la mano de Carlota, las caricias que ella nunca le hacía, ¿por qué nunca se abrazaban ni se tocaban ni nada?

—¿Por qué nuuuunca me abrazas, Carlota? Abrazarse es muy bonito, es muy dulce y muy agradable, y suave, y tú eres suave y yo también, la gente que se quiere se abraza, y yo te quiero muuuuucho, Carlota, te quieeeero... —susurraba cerca del oído de su compañera de departamento, que obviamente no entendía nada (gracias en parte al colocón que seguro que llevaba y en parte al volumen de la música), y la miraba entre tierna y divertida, con un cigarrillo entre los labios que se le había consumido hacía por lo menos diez minutos.

Nora abrió los brazos de su amiga, que no entendía nada, y se arrebujó entre ellos, como autoabrazándose sin que Carlota tuviera nada que ver en el proceso. Necesitaba tanto, *tanto*, un poco de amor en ese momento, se sentía tan sensible, tan sola, tan desprotegida, como si le acabaran de decir que era huérfana o que todos los gatitos del mundo habían muerto. Tenía tantas emociones aflorando en distintas direcciones que estaba a punto de ponerse a llorar.

Nora todavía no se había dado cuenta, pero un grupo de chicos y chicas con pinta de nórdicos revoloteaban a su alrededor desde hacía un buen rato, bailando, bebiendo y haciendo comentarios sobre ellas. Especialmente uno de los chicos, que las observaba con ojos golosos —y con las pupilas dilatadas que delatan el consumo de éxtasis— a la par que divertidos. Era alto, guapísimo y tenía los músculos de los brazos más definidos que Nora hubiera visto nunca. Un tatuaje tribal adornaba su bíceps derecho. Era como un dios griego, pensó Nora. Alucinante.

Se acercó a la pareja de amigas y le quitó a Carlota la colilla de los labios, ofreciéndole un cigarrillo nuevo y encendiéndoselo cuando ella —tras unos segundos de vacilación— lo aceptó.

—Mi nombre es Otto.

Nora, como saludo, acarició su tatuaje y sonrió.

Le besó en la mejilla, y él a ella, y los dos a Carlota.

Bailaron los tres abrazados, bebieron lo que a Nora le parecieron tres bañeras de vodka con Red Bull, se prometieron visitarse, intercambiaron direcciones de mail y números de teléfono, organizaron viajes futuros a los cinco continentes, compartieron confidencias de todo tipo y se juraron amor y amistad eternos.

Nora no sabía qué le pasaba, pero entendía exactamente los sentimientos de los demás, casi podía leer sus mentes, se sentía muy sensible y capaz de casarse con la primera persona que le dijera que necesitaba cariño, que la vida le había tratado mal o que su equipo favorito de fútbol había perdido un partido. Nunca se había sentido tan desprotegida y a la vez tan protectora.

«La empatía es la peor de las enfermedades», pensó para sí misma. O tal vez lo dijo en voz alta, tampoco lo tenía muy claro. Hacía unas cuantas horas que no tenía nada muy claro, ese vodka con Red Bull estaba haciendo un efecto la mar de extraño, aunque muy agradable.

Cuando se acabó la música y sus amigos empezaron a salir de detrás de las barras y a proponerles millones de planes relacionados con afters, más música y más fiesta, a Carlota, Nora y su nuevo amigo Otto les entró la más absoluta de las perezas, hasta que él propuso un plan que sedujo inmediatamente a las dos amigas.

—La casita que tengo alquilada con mis amigos no está muy lejos... y tiene una pequeña piscina y vistas al mar. Ellos van a seguir de fiesta hasta la noche (por lo menos), así que no molestaremos a nadie ni nadie nos molestará... ¿Quién se apunta? —propuso mientras apuraba una copa y calculaba a ojo el contenido de su «cajita mágica», de la que ya había compartido varios «tesoros» con Carlota.

Lola y Bea se apuntaron inmediatamente, no tenían ganas de irse a dormir porque acababan de salir del trabajo y «necesitaban hacer la descompresión y que les dejaran de zumbar los oídos», pero tampoco de enrocar con gente que llevaba toda la noche de fiesta y estaba hasta el culo de todo y en una onda totalmente diferente. Como la casa no estaba lejos y el tema taxis en las horas punta (esto es, los cierres de las discotecas) estaba imposible, decidieron ir andando.

Cuando llegaron, las cuatro amigas empezaron a dejar ir un coro de «ooooohs» y «ahhhhs» que no parecía tener fin. La «casita» resultó ser una auténtica mansión, la «piscinita» tenía casi las proporciones de una olímpica y al lado tenía un *jacuzzi* donde cabían holgadamente diez personas. El interior no era menos impresionante, con chimenea, sofás y cojines por todas partes y esa extraña mezcla entre diseño y calidez tan difícil de conjuntar.

En el salón había un mueble bar lleno a reventar y una nevera exclusivamente para la bebida.

—Si alguien tiene hambre, hay otra nevera llena de comida en la cocina. Hay fruta, queso, lo que queráis

—explicó Otto mientras repartía cervezas y demás bebidas entre sus nuevas amigas.

Después de un breve descanso en un mullido sofá y otra visita a la surtida caja mágica de Otto —a la que incluso Bea y Lola se apuntaron, mientras Carlota, solícita, le preparaba a su amiga otro vodka con bebida energética—, todo el mundo sintió la llamada de la piscina se dirigieron corriendo hacia allí —quitándose la ropa y tirándola por el camino, gritando y empujándose como adolescentes— y se tiraron, entre risas escandalosas y grandes salpicaduras.

Disfrutaba de la sensación del agua —más caliente que el aire a esas horas de la mañana— y la sentía, al contacto con su cuerpo desnudo, como una especie de vestido líquido. Su textura le recordaba por momentos a la del mercurio, y se quedó atrapada jugando con sus manos durante unos minutos.

Cuando volvió en sí y miró a su alrededor, todo el mundo en la piscina iba a su rollo, sin reparar demasiado en los demás.

Otto buceaba por debajo de la superficie, aguantando sin respirar lo que a Nora le parecían larguísimos minutos.

Carlota flotaba encima de una colchoneta y se metía en la boca chicles de un paquete que había encontrado por ahí, intentando hacer la mayor pompa de la historia y encontrándose con serios problemas para despegarse los restos de chicle del pelo.

Bea y Lola se acariciaban el cabello la una a la otra y se miraban a los ojos con la frente y la nariz pegadas, como intentando de alguna manera mirar dentro del cerebro de la otra, usando los iris como el ojo de una cerradura que te permite ver lo que hay al otro lado: ideas, sensaciones y pensamientos, en este caso.

Otto salió del agua chorreando y canturreando una extraña melodía, entró a la casa y estuvo toqueteando un equipo hasta que consiguió que la música sonara en el jardín. Una canción pop llena de armonías y melodías acompañadas por una voz que parecía la de un hada o un ángel, o las dos cosas a la vez, y que Nora no supo localizar en el disco duro de su memoria.

Carlota se sentó en la colchoneta y empezó a cantar, en voz baja primero, pero cada vez más alto. Con la espalda erguida, el cabello rubio mojado, la piel morena y la cara mirando hacia el cielo, desnuda, era un espectáculo impresionante. Nora volvió a pensar, por enésima vez ese día, que su amiga era la mujer más guapa sobre la faz de la tierra.

Mientras, sentadas en las escaleras de la piscina, Bea y Lola se besaban, ajenas a todo. Se besaban en las mejillas, en los labios, en el pelo, en el pecho y en el cuello, se miraban con cara de deseo, sus ojos decían «cómeme». Lola se sentó encima de Bea y esta tomó uno de sus pezones y se lo metió en la boca. Otto parecía muy interesado en la escena, y las miraba a un par de metros de distancia, dentro del agua, con cara de curiosidad más que de nada relacionado con lo sexual.

Nora —que también se había hecho con una colchoneta y flotaba boca abajo con los brazos dentro del agua— estaba bastante sorprendida de lo sueltas que estaban sus amigas, pero lo que la noqueó completamente fue ver la cara que ponía Carlota mientras las miraba. Carlota parecía hipnotizada por sus amigas, no podía apartar la mirada de ellas. Se mordía un poco el labio inferior y ponía la cara que Nora creía que debía de poner cuando veía porno, aunque nunca la había pillado en una situación parecida. Remando con las manos, Nora llegó a la colchoneta de su amiga y la tiró al agua, en parte por ganas de molestar y en parte porque le estaba incomodando ligeramente su actitud.

En un segundo Carlota tumbó también su colchoneta y le hizo una ahogadilla. Después se puso frente a ella y, con una expresión muy seria, le lanzó una pregunta bomba.

—Nora, ¿tú alguna vez has estado con una tía? Estar-estar, quiero decir. No besos ni hacer el tonto y tocarse un poco las tetas por encima en un club. Para que nos entendamos: ¿has visto alguna vez un coño de cerca?

Nora se contagió de la gravedad de su amiga, tomándose la pregunta muy en serio.

—La verdad es que no, nunca. Como dices, he besado a alguna chica y me he puesto bastante cachonda haciéndolo, pero cuando he ido a más siempre me ha dado corte, o le ha dado corte a ella, y lo hemos dejado ahí. Pero tengo mucha curiosidad, me encantaría probarlo...

Sin darle tiempo a terminar la frase, Carlota le puso una mano en el pecho y le dio un beso en los labios. A Nora se le abrieron tanto los ojos que creyó que se le iban a caer. De todas las cosas poco probables que había fabulado que le podían pasar en su vida, esta estaba entre cogerse a Viggo Mortensen en el lavabo de un avión y que Brad Pitt le pidiera matrimonio.

Dejó pasar unos segundos para ver si su amiga se reía, la llamaba idiota y le daba una colleja o algo así, pero eso no pasó. Su mano derecha seguía pegada a su pecho izquierdo —aunque un tanto rígida—, tocando levemente el pezón con el dedo pulgar.

Pasó medio minuto, un minuto, ¿dos minutos, tal vez? Carlota ni avanzaba ni retrocedía, tal vez esperando a que su amiga diera el siguiente paso.

Y Nora, curiosa por naturaleza, lo dio. Y lo hizo poniendo su mano derecha en el pecho izquierdo de Carlota.

Y así permanecieron durante unos segundos más, como una suerte de estatua renacentista. Dos cuerpos femeninos perfectos a su manera —a la par que diferentes— conectados en una especie de extraño ritual demasiado casto para ser considerado como algo sexual, más bien como si estuvieran escuchando los latidos de su corazón o haciéndose algún tipo de confidencia.

Un rumor de agua revuelta las hizo salir de su trance. Otto —que ya no podía seguir mirando a Bea y Lola porque se estaban yendo en busca de un lugar más discreto para seguir con sus arrumacos, un poco incómodas con tanto acontecimiento extraño a su alrededor— se acercaba a ellas con una cerveza en la mano.

Cuando llegó a la altura de las dos amigas —ni Nora ni Carlota se habían movido desde lo que parecía una eternidad, excepto para girar las cabezas hacia Otto—, besó primero a una y después a la otra. Un segundo más tarde, agarró suavemente las cabezas de ambas y las acercó para que se besaran entre ellas.

Y ese fue el empujón definitivo que necesitaban.

Se besaron al principio con más curiosidad que lascivia. Se notaba que les daba un cierto reparo, y el cerebro de Nora estaba racionalizando la situación más de lo que le hubiera gustado.

Sus pensamientos iban del peor escenario posible («¿y si después de esto nos vemos raras y dejamos de ser amigas?») al mejor («mejor con ella que con otra, nos queremos, ¿por qué no?»), y vuelta a empezar. Tal vez por eso no se acababa de centrar en la realidad: Carlota y ella —y, seguramente, también Otto, que no parecía tener intenciones de quedarse sin su parte— estaban a punto de tener una sesión de sexo.

Otto puso una mano en las nalgas de Nora y otra en las de Carlota, invitándolas de nuevo a acercarse, y empezó a besar en el cuello a la pelirroja. Carlota tenía una mano en cada pecho de su amiga, y se acercó a mordisquearle un pezón. Nora optó por cerrar los ojos, «por lo menos al principio», y concentrarse en ella misma a ver qué pasaba. Acercó su estómago al de su amiga (las manos de Otto en sus respectivos culos tampoco les dejaban mucha opción) y se dejó llevar.

Besó a Otto, besó a Carlota, Carlota besó a Otto.

Se tocaron, se acariciaron, se mordieron, y cada vez que lo hacían, todo parecía más natural y menos tenso. El estado en el que se encontraba hacía que el contacto con la piel ajena —sobre todo la de Carlota, tan suave— fuera especialmente placentero.

Nora sintió que se estaba poniendo muy caliente, y por la manera en la que empezaban a subir de tono sus compañeros de juegos —unos lametones que se convertían en mordiscos cada vez más fuertes, algún ronroneo o unos dedos que rozaban la zona púbica—, se dio cuenta de que ellos también estaban empezando a ir en serio.

Carlota la empujó contra la pared de la piscina y aprovechó la falta de gravedad que el agua le proporcionaba para rodear su cintura con sus piernas. Nora tomó las nalgas perfectas de Carlota con las manos, y la acercó todavía más a sí misma. Al ser más alta que ella, sus pechos quedaban bastante cerca de su cara, y no tuvo que hacer grandes esfuerzos para lamerlos con cada vez más lascivia.

Los lamió y los mordió mientras Carlota le sostenía la cabeza y jadeaba ya con una cierta urgencia. Otto había aceptado, al menos temporalmente, su condición de *voyeur*, y estaba muy cerca pero sin participar, disfrutando de lo que veía y acariciándose bajo el agua. Su aspecto de Adonis del siglo XXI se potenciaba cuando las gotas se deslizaban por los músculos de su pecho y su abdomen, tan perfecto que parecía fruto de las manos de un escultor y no de la propia naturaleza.

Nora deslizó unos centímetros su mano derecha y llegó al pubis de Carlota, perfectamente depilado. Lo acarició levemente, por encima, sin decidirse a ir más allá pese a que su amiga parecía encantada con sus avances.

De repente, se dio cuenta de lo que estaba a punto de hacer. El último de los escenarios posibles estaba a la vuelta de la esquina, y ya no le parecía tan buena idea.

—Tócame, por favor. Me muero de ganas. Eres tan guapa, tan sexy... —le dijo con una voz un par de notas más grave de lo habitual.

Los dedos de Nora se deslizaron hasta el sexo de su amiga, totalmente expuesto por la postura en la que esta estaba, e iniciaron una ronda de reconocimiento. Era la primera vez que Nora tocaba un sexo femenino que no fuera el suyo, y la sensación era muy extraña, tan familiar y tan diferente a la vez...

En ese preciso instante, Nora se dio cuenta de que ese no era ni el momento ni el lugar en el que quería estar, ni Carlota y Otto las personas con las que quería compartir esos momentos.

—Yo... no... un momento... ¡tengo que ir al baño!

Desenroscó las piernas de Carlota de alrededor de su cintura y, directamente, se la puso encima a Otto, que la cargó encantado entre sus fuertes brazos tatuados. Se besaron lascivamente desde el primer instante y, mientras entraba en la casa envolviéndose en un pareo que había encima de una tumbona, vio cómo Carlota le metía los dedos en la boca.

Recorrió la casa buscando su bolso, y con él su teléfono. Cuando lo encontró, había un nuevo sms por leer: «Feliz noche de San Juan, pelo de fuego. Tengo mucho que contarte, ¡nos vemos pronto! Matías».

Sin pensárselo ni un momento, le dio al botón de llamada, dispuesta a quemar las naves y la armada entera si era necesario.

Teléfono desconectado o fuera de cobertura.

Bastante lógico, teniendo en cuenta que en Buenos Aires eran las cuatro de la mañana, pensó haciendo un cálculo rápido. Pero necesitaba hablar con alguien, necesitaba saber que alguien la quería, que era importante para alguien, *muy* importante, necesitaba ser lo más importante del mundo, y también hacerle saber a alguien lo importante que él era para ella.

«¿Qué me pasa? Menudo lío tengo...», pensó, sin entender mucho sus propios actos. El paso siguiente, todavía más incomprensible, fue marcar el teléfono de Dalmau.

Un timbrazo.

Dos timbrazos.

Tres timbrazos.

Cuando ya iba a cortar la comunicación, el buzón de voz respondió al otro lado de la línea: «Hola, soy Xavier Dalmau. En estos momentos no puedo atenderte. Por favor, deja tu mensaje y me pondré en contacto contigo tan pronto como pueda».

Y Nora dejó un mensaje: «Hola, Xavi, soy Nora. Perdona que te llame tan pronto, no te preocupes, no ha pasado nada, estoy bien. Supongo. Bueno, quiero decir que no ha pasado nada grave, ni un accidente ni nada de eso... Yo... yo te llamaba solo para decirte que te echo mucho de menos, y que eres muy importante para mí, y que sé que no te lo digo nunca, pero que aunque no te lo haya dicho nunca, yo... bueno, que a veces soy un poco seca, pero eso es porque soy sueca, no soy tan latina como tú. El caso es que estoy de vacaciones y un poco borracha y me he dado cuenta de que pienso mucho en ti, y que ahora mismo me encantaría abrazarte y estar contigo y, bueno... no sé si esa puta rusa sigue contigo, claro... pero, bueno... que te quiero... y que te echo de menos... y...».

Incapaz de entender por qué había dicho eso, ni qué podía hacer ya para pararlo, colgó el teléfono.

«¿Qué... qué hostias acabo de hacer? ¿Qué me pasa? ¿Por qué he hecho esto?». No sabía si estaba más sorprendida o enfadada consigo misma.

Cuando volvió a la piscina a buscar compañía y consuelo, vio que Carlota y Otto todavía se estaban besando, mientras se tocaban con furia. Otto se acercó a besarla, y después Carlota hizo lo propio, pero Nora no estaba demasiado por la labor y los rechazó, con toda la amabilidad que pudo.

No parecieron muy afectados, y siguieron a lo suyo, saliendo del agua e instalándose en una enorme cama balinesa que presidía el jardín.

Carlota se puso a cuatro patas, con la cabeza agachada. En esa posición podría notar cómo Otto llenaba cada centímetro de su sexo, y se notaba en su mirada que la idea la estaba poniendo muy cachonda otra vez. Miró a Otto por encima del hombro y este no dudó un segundo en aceptar la invitación. En menos de cinco segundos la embistió hasta el fondo.

Una vez.

Dos veces.

Tres veces.

Las siguientes embestidas fueron más suaves, y se notaba que permitían a Carlota disfrutar de la sensación de ser penetrada poco a poco. Cuando el ritmo de su amante y el suyo se volvieron uno solo, Carlota empezó a gemir suavemente. Llevó su mano derecha hasta su clítoris —aunque eso hacía que su cara se apoyara en la cama de una manera un tanto forzada— y se acarició hasta correrse de manera relativamente silenciosa.

Había tanta energía sexual en ellos en ese preciso momento que casi se podía oír un zumbido como el que emiten los fluorescentes.

Unos segundos antes de llegar al orgasmo Carlota, que la estaba mirando directamente con una sonrisa desafiante en los labios, se metió dos dedos en la boca, lo que hizo que Nora fuera perfectamente consciente de su condición de *voyeur*, y se sintiera por primera vez ligeramente incómoda.

Unos minutos más tarde Carlota gritó, y Otto dijo algo en alemán. Después los dos se desplomaron, agotados. Uno al lado del otro. Jóvenes, furiosos, agotados y a la vez con ganas de más. Nora, después de pensar cuál era el siguiente paso, qué tenía que hacer ahora, qué le diría a Carlota y cómo reaccionaría esta, se quedó dormida en su tumbona como un bebé.

Cuando se despertó, Otto no estaba, y dentro de la casa salía el canturreo de una voz masculina que desafinaba con un tema que podía fácilmente ser de Guns N'Roses, de AC/DC o vete tú a saber. Carlota fumaba y miraba al cielo. Seguía desnuda, nunca le había dado ningún pudor enseñar su cuerpo. Nora estaba cubierta por el pareo con el que se había tapado horas antes. El silencio entre ambas era tenso, casi violento. Nora buscó la mirada de su amiga en varias ocasiones, pero esta la evitaba, fingiendo no darse cuenta de su búsqueda de contacto visual.

Por primera vez en todo el día, Nora se preguntó qué hora sería. Estaba poniéndose el sol, así que debían de ser las ocho de la tarde, con lo que llevaban unas doce horas en casa de Otto.

—¿Volvemos a casa? —preguntó Nora, con miedo de la posible respuesta.

—Yo me voy a quedar un rato más, mientras dormías Otto me ha dicho que si me apetecía salir a cenar y le he dicho que sí. Ve tirando tú si quieres, ya nos veremos más tarde.

Ni el tono ni la actitud de Carlota —que ni siquiera se había dignado a mirarla mientras le hablaba— eran especialmente cordiales. De hecho, parecía esforzarse en ser desdeñosa, como si tuviera ganas de molestar a Nora. O tal vez solo se lo parecía a causa del bajón químico del éxtasis.

De repente le entraron unas ganas incontenibles de llorar, y no pudo ni despedirse de su anfitrión por miedo a arrancar en sollozos en el momento en el que abriera la boca.

Aguantando las lágrimas a duras penas, se levantó de la tumbona envuelta en el pareo para buscar su ropa, desperdigada alrededor de la piscina. Lola y Bea habían desaparecido (seguramente hacía horas) y algunos chicos y chicas de los que conocieron en la discoteca la noche anterior estaban por allí en una mesa, alrededor de varias botellas de vino vacías y unas copas semillenas. Declinó la invitación a una copa (una oferta muy amable, teniendo en cuenta que iba desnuda y enrollada en un pareo) y localizó su vestido, sus sandalias de tacón y su sujetador. No fue capaz de encontrar las braguitas y pasados unos minutos de búsqueda infructuosa asumió que volvería a casa sin ellas, y que se lo tomaría como un buen resumen de la noche.

Cuando se vistió estaba tan triste que estuvo a punto de aceptar esa copa, pero la idea de ver a Carlota bajando las escaleras con Otto y que la mirara con cara de desprecio —o, peor aún, que ni siquiera la mirara— le rompió el corazón, así que salió por la puerta cerrando de un portazo, sin saber exactamente cómo podía volver a casa.

Por el camino recibió aproximadamente quince llamadas desde el móvil de Dalmau, pero no respondió a ninguna.

Básicamente porque no sabía qué responder.

Cuando por fin consiguió llegar, un par de horas después —su sentido de la orientación y sus tacones no ayudaron demasiado—, el apartamento estaba vacío. Las dos parejas habían salido a preparar sus barras para la sesión de la noche, y le (les, a ella y a Carlota, en realidad) habían dejado un mensaje en la pizarra de la cocina —llena de corazones y otros dibujos adolescentes como labios y nubes— que decía: «Chicas, estáis en la lista de invitados, ¡venid si queréis! XXOOXX».

Por supuesto, Nora no fue.

Carlota tampoco.

De hecho solo apareció por allí al día siguiente.

—¿Cómo estás? —preguntó.

—Estoy hecha polvo, no se qué me pasa, tengo ganas de llorar...

—Mira, siento haberlo hecho así, pero ayer te puse un poco de éxtasis en la copa, por eso estás de bajón. Bueno, lo hice un par de veces... Lo siento, pero es que estaba tan aburrida... y yo sabía que te iba a gustar, ¿a que te lo pasaste bien?

La cara de Nora se convirtió en la máscara de la estupefacción.

No se podía creer lo que acababa de oír.

—¿Lo estás diciendo en serio? ¿Me drogaste en contra de mi voluntad? ¿Tú sabes lo que me podría haber pasado? Joder, ¡mira lo que he hecho! ¡Tuve sexo contigo, llamé a Matías y después a Dalmau y le dije que le quería, y ahora me siento culpable y fatal por todo, y estoy JODIDA! ¿Cómo pudiste hacerme esto? ¡Estás loca, Carlota, estás loca, y eres una miserable incapaz de aceptar que los demás no necesitamos pasarnos la vida de pedo como tú! —Nora lloraba, hipando y con los hombros temblorosos, totalmente fuera de sí.

—Y tú eres una mala amiga, una rancia y una aburrida a la que le da igual cómo me sienta yo porque solo piensas en ti y en tus putos amantes, que a ver si te haces a la idea de que ninguno te va a querer ni a aguantar lo que te he aguantado yo, ¡que solo quieren cogerte, no les interesas para nada más! ¡No te quieren, ilusa!

Nora quedó tan impactada al oír esas palabras que incluso dejó de llorar, y Carlota empezó a meter su ropa en la maleta, la cerró de golpe y se marchó gritando un contundente «hasta nunca».

Nora se sentó en el colchón y rompió a llorar amargamente. Lola, que rondaba por allí y se había enterado de todo lo que había pasado —«como para no enterarse, con lo que habéis gritado», le dijo a Nora, casi disculpándose—, le dio al momento el abrazo que necesitaba desde el día anterior.

—Pues, hija, la verdad es que está feo lo que te hizo, no se hace eso de darle cosas a la gente sin saber si quiere, a ver si les va a dar un chungo, pero, vamos, con lo amigas que sois no creo que haya para tanto. Pues con el pedo os dio un calentón y aquí paz y después gloria, ¿no? Hay que ver cómo sois los heteros para esas cosas —le dijo Lola, en su estilo de ametralladora parlante, mientras le preparaba una tila con whisky «que es mano de santo para los disgustos, que es lo que se toma en mi casa de toda la vida y va la mar de bien».

El brebaje, la conversación y el cariño de Lola —que de alguna manera le recordaba un poco a su abuela, aunque nunca se había atrevido a decírselo por si se lo tomaba mal— le templaron el cuerpo y el alma, y esa noche durmió once horas del tirón.

Se despertó triste pero llena de energía, dispuesta a dar un giro a su vida.

Las llamadas y mensajes de Dalmau se multiplicaban, y decidió apagar el teléfono hasta que decidiera cuál sería su respuesta a lo que, estaba segura, Dalmau le iba a decir.

Los días que le quedaban en la isla fueron para Nora un ejercicio de introspección en toda regla. Casi sin cruzar una palabra con nadie, evitando los sitios donde existía la posibilidad de cruzarse con amigos o conocidos y llevando su bici prestada por los caminos más inhóspitos.

Salía pronto por la mañana, pasaba por el supermercado para comprar pan, algo de fruta, agua y un poco de embutido o queso —o una lata de atún— y se dirigía a alguna playa remota para exponerse al sol sin tregua y bañarse en aguas verdeazules.

El primer día de su nueva vida, como lo llamaba para sus adentros, compró también una libreta con la intención de tomar alguna nota para su futura película. Cuando Lola y Bea la acompañaron al puerto para despedirse de ella, cuatro días después, la libreta estaba casi llena, y la espalda de Nora tan quemada por el sol que un solo roce le hacía gritar de dolor y tenía que llevar la mochila en la mano.

«Es muy difícil ponerte crema a ti misma en la espalda», se justificó delante de sus amigas cuando la

riñeron y la llamaron inconsciente y «víctima propicia-
toria del cáncer de piel». Pero la realidad era que ni siquiera se había dado cuenta de que se estaba quemando,
porque estaba absolutamente concentrada en lo que estaba volcando en esa libreta.

Nora siempre había tenido un plan, aunque parecía
que últimamente se le había olvidado.

Y gran parte de ese plan estaba en esas ochenta hojas
tamaño A4 cuadriculadas y encuadernadas en espiral,
con un dibujo de Snoopy en la portada.

Capítulo 5

As Tears Go By

La despertó el ruido de risas, golpes, el sonido húmedo de dos cuerpos sudorosos en contacto, chocando, más risas ahogadas.

«¿Otra vez?», se preguntó a sí misma, mirando el reloj. «Las seis de la mañana, joder. ¿Esto va a ser cada día? Me gustaría saber qué come Henrik para tener esta vitalidad y este vigor sexual, porque, desde luego, esto no es normal, que ya empieza a tener una edad »

Nora refunfuñaba de rabia, sueño e impotencia, a pesar de —o precisamente por— saber que el hecho de ser una refugiada en el sofá de su mejor amigo no le daba demasiado derecho a pataletas ni a ataques de dignidad.

Tampoco es que hubiera tenido mucho donde escoger. Aunque su amiga (o examiga, hablando con propiedad) en ningún momento le dijo de manera oficial que se fuera, que le devolviera las llaves ni nada por el estilo, Nora había decidido terminar la etapa de vivir con Carlota y se pasó un año de peregrinaciones a través de tres departamento compartidos. Al ver que no cuajaba en ninguna casa ajena y que la ultima experiencia fue particularmente desesperanzadora, aceptó temporalmente la oferta de Henrik de dejarla dormir en su sofá «hasta que encontrara algo propio», ese momento de

155

tiempo indeterminado que puede ir desde una semana hasta, en el peor de los casos, varios meses.

Como Nora tenía claro que no quería que la relación con su amigo terminara «como el rosario de la Aurora» —una frase que su abuela usaba muy a menudo y que le hacía mucha gracia desde pequeña, aunque nunca supo exactamente qué significaba—, estaba segura de que su estancia en ese sofá debía tener los días contados. Ahora si que debía enderezar su economía y su vida profesional, y sobre todo empezar a vivir sola.

Mientras se resignaba a quedarse despierta y se hacía una cafetera tan cargada que fácilmente podría haber explotado, Nora empezó a hacer mentalmente las cuentas de lo que le quedaba por cobrar, lo que tenía que pagar ese mes y los siguientes, los trabajos que tenía por delante y demás horrores relacionados con la siempre desagradable economía doméstica de su familia de un solo miembro. El resultado de su ejercicio mental le dio ganas de volver a meterse bajo el nórdico, cerrar los ojos fuertemente y esperar a que pasara el invierno consumiendo el mínimo de energías, como los osos.

«Tal vez así podría mantenerme los próximos meses sin tener que prostituirme o vender alguno de mis órganos... ¿Cuánto me darían por un riñón? ¿Qué tal le debe sentar el vodka al cuerpo cuando solo tienes el cincuenta por ciento de tus filtros para mantenerlo limpio?», se preguntó a sí misma, con un humor tan ácido que rozaba la amargura.

Se dio cuenta de que últimamente lo hacía mucho, eso de hablar consigo misma.

«Es lo que pasa cuando eres una nómada sin casa desde hace casi doce meses y, como si las cosas no estuvieran ya suficientemente complicadas, de paso decides cargarte casi toda tu vida social para encerrarte con un ordenador y un montón de notas escritas a mano (con letra indescifrable, por cierto) para hacer una película», pensó soplando el café y apostando a si los golpes del cabecero de la cama de Henrik acabarían tirando al suelo o no el póster enmarcado de *Cabaret* de Liza Minnelli que presidía el microsalón de la no menos microcasa que su amigo se había comprado en pleno Gayxample barcelonés (por supuesto, con ayuda de sus padres). Dada la violencia con la que se bamboleaba con cada golpe (que iba acompañado de gruñidos), los números estaban diez a uno a que sí.

Durante unos segundos, tuvo dudas de si los jadeos que oía eran de dos hombres o de tres.

Sacudió la cabeza, como si eso le fuera a ayudar a quitarse de la mente la imagen de Henrik, su amigo, casi su hermano, cogiendo con dos hombres. La idea no le ponía lo más mínimo, y el festival de sexo en el que se había convertido la vida de Henrik desde hacía cuatro semanas, cuando su novio francés se fue a su París natal sin intenciones de volver, era de escándalo.

Nora decidió aprovechar la mañana para dar los últimos toques al *briefing* visual sobre la película que pensaba presentar a diferentes productoras, en unos pocos días, cuanto antes mejor.

La dedicación casi exclusiva a su proyecto personal había hecho que dejara de trabajar sirviendo copas y ahora estaba empezando a notar la magnitud de la tragedia en su cuenta corriente.

«Pero valdrá la pena el esfuerzo, estoy segura. A veces los grandes planes piden también grandes sacrificios, así que si no puedo comprarme ni unas bragas hasta el estreno de la película, pues que así sea», le contó a Lola unas semanas antes, cuando salió a cenar con ella porque la amenazó con ponerse a cantar bajo su ventana hasta que se dignara a salir con ella. «Que tú ya sabes que lo hago, chocho, que yo no tengo vergüenza», le dijo entre risas al otro lado de la línea.

Salir de su encierro le sentó bastante bien, le permitió hablar de la película con alguien que no sabía de su existencia. Incluso le ayudó a concretar pequeñas partes de la trama que no había acabado de cerrar: al verbalizarlas, de una manera casi mágica, empezaron a ponerse solas en su sitio.

—Siempre quise usar el cine para contar una historia... normal —le contó a Lola mientras devoraba el segundo bocadillo de salchichas con pimientos rojos y queso roquefort (su plato favorito del bar Fidel)—, una de esas cosas que nos podrían pasar a ti, o a mí, o a cualquiera de las personas que nos rodea en este mismo momento.

Lola miró a su alrededor con cara de no haberlo entendido del todo.

—Entonces, ¿quieres decir que la vida de este señor que tiene toda la pinta de ser profesor de matemáticas en un instituto puede ser tan entretenida como *Pretty Woman*? Tía, igual estás exagerando una mijita con esto del cine normal, ¿eh? No lo tengo yo tan claro... —respondió, intentando hacer ver que se enteraba de algo.

Nora pensó que esa era la historia de su vida. Tratar de defender un modelo de historia que se salía de lo habitual, sin guerra de Secesión, asesinatos ni hambrunas de por medio. Le pasó en la escuela, le pasaba con Matías y le pasaba, evidentemente, con Lola.

—Cuéntame de qué va la cosa, que yo me entere —le dijo por fin Lola después de pedir un par de copas de vino blanco más.

Y Nora lo hizo, con pelos y señales.

Le habló de Alice, Sofía, Nuria y Miguel, los cuatro amigos que compartían un departamento en Barcelona. Le habló de sus problemas: uno no llegaba a fin de mes, otra tenía dudas sobre su sexualidad, otra problemas con las drogas, otra era sistemáticamente abandonada por todos los hombres que le interesaban, y casi todos fingían ser más felices de lo que en realidad eran. Sus historias, juntos y por separado, formaban diferentes tramas que se entrelazaban de una manera fresca y casual durante el transcurso de la historia. Amantes compartidos de manera consciente o sin saberlo, líos de faldas y pantalones, noches alegres, mañanas tristes, y cómo que alguien se coma tu último yogur puede desatar la mayor de las batallas campales y sacar cosas que llevaban meses, incluso años, esperando salir.

Le contó eso y muchas cosas más: historias que le habían inspirado, referencias estéticas, el tono cercano que debía tener todo, la fotografía para hacerlo parecer fresco y próximo. Las escenas en grupo y las cámaras puestas justo encima de la cama de los protagonistas, para ver qué hacen cuando se quedan solos y ya no tienen que fingir, y pueden ser ellos mismos y llorar, masturbarse, hincharse a pastillas para dormir o escuchar a U2 en la intimidad.

Cuando acabó su discurso —Nora hacía tiempo que había perdido la noción del tiempo, pero debía de llevar un buen rato dándole la matraca, porque el bar estaba casi vacío—, Lola la miraba con la boca abierta.

—¿Y esto cuándo se podrá ver? ¡Tiene muy buena pinta! —comentó con su dulzura característica.

—¡Cuando te toque la lotería y me des la pasta para producirla! —sonrió Nora, apurando los restos de una cerveza ya casi caliente.

Rieron, se pelearon por ver quién pagaba la cuenta y se despidieron.

De eso ya hacía más de tres semanas, y Nora no había vuelto a ver a nadie —que no fuera Henrik o Xavi, que en una ocasión la había casi arrastrado a cenar— desde entonces.

Andando y poniendo las cosas en su sitio mentalmente, pensó que tenía que volver a llamar a Lola, o a alguna otra de sus amigas, antes de que se convirtiera en una anacoreta absoluta, y salió de casa dispuesta a meterse en la guerra de las mil gestiones, imprimir las presentaciones que acababa de terminar, empezar a repartirlas, soportar las miradas bordes de las recepcionistas y todas las desventajas de ser una cineasta novel que intenta mover su película sin apenas contactos.

La mañana pasó volando, y Nora se comió un bocadillo por el camino, pensando que eso le permitiría echarse una pequeña siesta reparadora y seguir batallando por la tarde.

Justo cuando iba a entrar en casa sonó el teléfono. Era Xavi, y dudó entre contestar o devolverle la llamada con calma al día siguiente. Aunque había solucionado con una elaborada disculpa la llamada fuera de tono que le hizo bajo los efectos del éxtasis ibicenco, y él había sido muy comprensivo con comentarios en plan «no te preocupes, eso nos ha pasado a todos», era evidente que Xavi hubiera preferido que aquello fuera verdad, y que Nora cayera en sus brazos al salir del barco que la traía de Ibiza para irse a vivir juntos a su palacete y ser felices y comer perdices para siempre. Tal vez casarse, posiblemente tener preciosos hijos bilingües y llevarlos a colegios de pago.

Pero él, que tonto no era, no dejó entrever la decepción y siguió jugando con Nora a los mejores amigos del mundo, coyuntura que había aprovechado para dejar de acostarse con él, especialmente en el momento en el que estaba decidida a sacar adelante su película y a hacerlo por méritos propios.

No respondió la llamada, pero cuando Dalmau insistió por tercera vez pensó que tal vez había pasado algo grave, y respondió.

—¡Hola, Xavi! ¿Va todo bien? Estaba a punto de echarme una siestecita española, he madrugado mucho, perdona que no haya respondido antes...

—¡Hola, *rouge!* Solo una cosa, ¿tú sigues buscando trabajo? Porque me han comentado una cosa que igual te interesa. Necesitan a alguien en producción en un concurso de la tele, ¿quieres que te ponga en contacto con ellos?

Nora lo pensó rápidamente: no era un trabajo en su productora, no tenía que ver con el cine, no se estaba acostando con él y su paupérrima situación económica ya no dejaba mucho margen a hacerse la digna. Así que la respuesta solo podía ser una.

—¡Claro! Muchas gracias por pensar en mí, ¿dónde tengo que llamar o mandar el currículum?

—Te mando una dirección por sms, tienes que estar allí mañana a las doce, ¿puedes?

—Sí, ¡claro! Bueno, quería ir a llevar unos dosieres pero... —Nora se dio cuenta de que estaba dando demasiada información y dejó la frase en el aire.

—Perfecto, te esperan allí, pregunta por Marta Sierra. ¡Buenas noches, *pretty*, duerme bien!

—Igualmente, Xavi, y gracias de nuevo.

Se preparó su sofá-cama mientras pensaba que a ver qué salía de todo eso, pero tampoco tenía nada que perder, así que decidió que se tomaría la tarde libre para ir al cine.

Y así lo hizo, vio dos películas seguidas en una sesión doble medio improvisada que la dejó hecha polvo. Al salir se fue a casa directa, con intención de dormirse a la hora de las gallinas, y puso el despertador pronto para ir a visitar un par de productoras antes de la entrevista. Si iba a optar por un trabajo mercenario, tenía más que nunca la obligación de seguir trabajando en su película.

Pero, claro, el despertador no le hizo ninguna falta, porque la sexualidad vikinga de Henrik ya se ocupó de desvelarla un rato antes de que saliera el sol.

«Necesito salir de aquí, necesito mi casa, necesito mi espacio», se repetía Nora como un mantra.

Vestirse en silencio, cargar la bolsa con las impresiones y los CD que había preparado el día antes, salir a la calle, tomarse un café en el bar del metro. La calle era bastante deprimente a las ocho de la mañana, pensó Nora. Llena de gente gris, o tal vez era la luz gris la que hacía que todo el mundo pareciera anodino. De hecho, Nora también se sentía bastante gris en ese momento.

Solucionó sus gestiones matinales —«por supuesto, señorita, lo pasaremos al departamento correspondiente, no, lo siento, no puede verlos, todavía no han llegado, bla, bla, bla»— y abordó un ferrocarril para llegar a tiempo a su entrevista. Los estudios estaban fuera de Barcelona, y cuando cruzó la puerta (después de entregar su carné de identidad y pasar tropecientos controles de seguridad), se quedó alucinada con la envergadura del proyecto. Nora nunca había trabajando en televisión, y su primera sensación fue que aquello le venía grande.

Obviamente, no lo dijo.

Intentó borrar la expresión de alucine de su rostro cuando un asistente de un asistente la llevó hasta donde estaba Marta. Era una mujer enganchada a un *walkie*, pequeñita, pero, de alguna manera, imponente. Tenía algo en su voz que hacía que dieran ganas de cuadrarte cuando te hablaba, un cierto timbre marcial de institutriz alemana.

La saludó con dos besos y le hizo un *tour* rápido por las instalaciones. Nora estaba impresionada, pero se preguntaba cuándo empezaría la entrevista. Después de marear la perdiz durante veinte minutos, Marta le espetó:

—Y bien, ¿entonces cuándo puedes empezar? Aquí ya, como has visto, vamos de culo, y la verdad es que cuanto antes puedas, mejor.

Nora se quedó clavada en su sitio. No entendía nada de nada.

—Pero... ¿y la entrevista?

—¿Qué entrevista? Alguien nos pasó tu currículum y el videoclip ese tan entretenido. Es genial ver lo que pudiste hacer con tan poco, es uno de los videoclips más divertidos que he visto en mi vida, un becario casi se cae de la silla de risa. Déjate de entrevistas, si te interesa, estás dentro. Además, tienes muy buenas referencias... Aunque entiendo que antes tienes que pasar por recursos humanos, claro, y ver si el sueldo te convence, pero te agradecería que me dijeras hoy mismo si sí o si no, porque lo ideal sería que empezaras el lunes.

Nora tuvo que contenerse para no lanzarse al cuello de su futura compañera de trabajo.

—¡Por supuesto que me interesa! ¿Qué tengo que hacer ahora?

Marta llamó a otro de los mil asistentes que pululaban por allí como hormiguitas obreras, y le pidió que la llevara hasta administración. Se despidió de ella muy brevemente y se fue hablando por el *walkie;* al fin y al cabo optimizar el tiempo era parte de su trabajo.

El chico de detrás del mostrador de recursos humanos tenía hechuras de robot. Hablaba despacio y marcando las sílabas, y no era demasiado expresivo. Al contrario que Nora que, cuando tuvo delante la oferta económica de su sueldo mensual, casi se pone a llorar de felicidad. Emocionada, pidió una copia de la oferta (para asegurarse de que no estaba soñando, más que nada) y se comprometió a traer cuanto antes los papeles necesarios para el contrato.

Entre el sueño que tenía y el que estaba viviendo, Nora salió de allí como en una nube. Llamó inmediatamente a Xavier Dalmau para darle las supergracias, pero tenía el teléfono apagado... Entonces llamó a Henrik para darle la noticia, y él le insistió en ir a celebrarlo con él y una amiga suya con la que estaba a punto de quedar para comer. «Y no acepto un no por respuesta», remató.

El camino hasta la callecita del Born donde la había citado Henrik le llevó cerca de una hora y media, y cuando llegó, su amigo y Joanna, una morena despampanante que andaba con unos tacones de doce centímetros con la naturalidad de una gacela, ya estaban disfrutando de un delicioso tiramisú.

Nora pidió un plato de pasta y, mientras comía a dos carrillos, le contaba a su sonriente audiencia el futuro que le esperaba, lleno de opulencia, viajes a lugares paradisíacos y «todo lo que la vida me ha estafado hasta ahora, ¡viva!».

—Henrik, y esto también es una buena noticia para ti, porque pronto podré buscar mi propio departamento y dejarte coger tranquilo todas las noches..., aunque no es que te cortes un pelo porque yo esté allí, ¿eh? —bromeó Nora metiéndose en la boca los cuatro últimos *penne rigate all'amatriciana* que le quedaban en el plato.

—¿Buscas departamento? —preguntó casi en un susurro la misteriosa morena, buscando en su bolso—. Te dejo mi tarjeta, trabajo en una agencia inmobiliaria, sobre todo trabajamos con lofts en zonas céntricas como el Gótico o el Born. Cuando quieras, llámame, dime lo que necesitas y vemos si podemos encontrar algo para ti. Nuestra misión es buscar viviendas tan especiales como nuestros clientes —dijo rematando el eslogan con una sonrisa tan forzada que hizo pensar a Nora que tenía que tratarse de una broma.

Pasaron la tarde entre *amarettos*, copas de vino y risas. Hacía mucho tiempo que Nora no se relajaba, y todavía más que no conocía a alguien nuevo que le cayera bien. Joanna parecía muy seria, pero tenía un sentido del humor tan sarcástico que a veces daba miedo. Su presencia era impactante, de esas mujeres que parece que corten el aire, como si hubieran hecho un pacto con la gravedad para andar cinco centímetros por encima del suelo.

A Nora le recordó un poco a Carlota, en algunos gestos, el cuello larguísimo, las manos tamborileando en la mesa rítmicamente mientras hablaban.

Después de un chupito más del que le convenía, Nora pensó que ya era hora de citarse, por fin, con Matías. Hacía un par de días que había vuelto de Buenos Aires, pero entre que el argentino llevaba muy mal el *jet lag* y que estaba muy liado con un par de asuntos, todavía no habían encontrado el momento para verse. Seguían intercambiando sms de complicidad llenos de segundas intenciones, pero Nora no había tomado ninguna iniciativa para verle, esperando que fuera él quien se lo pidiera. Además, Nora sentía la curiosidad de qué pasaría tras estos meses de juegos de seducción a distancia, tenía ganas de Matías, de su cuerpo, pero también de ver si por fin podían ser algo más que amigos.

«¡Telepatía! ¡Excelente señal», pensó Nora cuando recibió un sms de Matías convocándola en uno de los restaurantes/*lounge*/club más de moda del momento en la ciudad, en una actitud muy poco habitual en él (quizás había cambiado en el viaje, quizás no tenerla cerca le había hecho reflexionar sobre lo que sentía por Nora).

Nora quiso responder con un «¡GENIAL! Te quiero», pero al final consiguió contenerse y envió un «Ok, allí nos vemos».

Dejó a Henrik y Joanna con una nueva botella de licor, y se fue a casa a recuperar algo del sueño que las noches le robaban, excitada ante la perspectiva del encuentro con Matías.

Mientras dormía profundamente, sonó el teléfono. A todo trapo y con una canción de Eminem como melodía, por si fuera poco.

«Mierda, me he olvidado de silenciarlo», pensó mientras se levantaba sobresaltada.

Número oculto.

Pensando que algo le podía haber pasado a su madre, o su abuela (la mítica tendencia al pensamiento negativo de Nora le daba muchos sustos relacionados con el teléfono), lo contestó.

—*Hej, det är Nora...*

—Buenas tardes, ¿la señorita Berga?

—Bergman, querrá decir —aclaró, con el hastío de quien ha oído su apellido convertido en innumerables aberraciones—. Sí, yo misma, dígame.

—La llamo de parte del señor Rocasans. Esta mañana le ha traído usted un dosier de su proyecto audiovisual, y quiere concertar una reunión mañana para que le cuente más con vistas estudiar la posibilidad de colaboración. ¿Cuándo le iría bien a usted? ¿A las once y media? El señor Rocasans tiene el resto del día ocupado, y si no es a esa hora, ya tendrá que ser... espere que consulte la agenda...

—¡No hace falta! —casi gritó Nora—. Esa hora es perfecta, ¡perfecta!

—De acuerdo, ¿puede usted tomar nota de la dirección? Un momento, no se retire, tengo una llamada por la otra línea.

Nora esperó hasta que la secretaria le dio la dirección y colgó el teléfono, y cuando se aseguró de que ya no la oía, empezó a gritar y a saltar. ¡Una reunión! ¡Tenía una reunión! Solo hacía dos días que estaba repartiendo dosieres y ya tenía una reunión... ¡y además tenía trabajo! La mezcla de emoción y alcohol le hizo marearse ligeramente, y se tumbó en el sofá, donde se dejó llevar por ensoñaciones que incluían romances con guapos actores, alfombras rojas y todo tipo de maravillas.

Decidió no contárselo a nadie, «porque estas cosas si las cuentas, se gafan, y salen fatal». Hasta que no fuera definitivo —pero definitivo-definitivo— no le diría nada a nadie. Ni siquiera a Matías ni mucho menos a Xavi, ese sería su secreto.

Se duchó, se maquilló, se arregló —se imponía ponerse su único vestido decente, aunque aquello de no tener ropa para arreglarse iba a cambiar mucho en breve, pensó Nora, soñando con un vestidor con cientos de pares de zapatos, abrigos y vestidos de todos los colores y materiales— y tomó un taxi hasta el restaurante, repasando incrédula los acontecimientos de las últimas veinticuatro horas, tan intensas que podrían haber sido veinticuatro semanas.

Cuando llegó, Matías ya estaba sentado en la mesa que habían reservado. Delante de él había una botella de vino a medias y una copa de cóctel vacía con un palillo dentro. Se dieron uno de esos besos en la comisura del labio que siempre les dejaban con ganas de más, y que ya eran marca de la casa. Olía ligeramente a ginebra, como si hubiera estado bebiendo.

Nora se dio cuenta de que Matías tenía la barba más larga de lo habitual, más ojeras. Parecía cansado y un poco más delgado, pero eso le marcaba todavía más las facciones y a Nora le parecía que le favorecía ese *look* un poco tocado.

«Hasta cuando se le ve hecho polvo está sexy, el muy capullo. De hecho, ahora está todavía más sexy», pensó Nora mientras se quitaba la chaqueta y hablaba con Matías, intentando darse cuenta de si la miraba a la cara o al generoso escote que mostraba su modelito.

Hablaron del viaje de Matías, del rodaje, de la vida en Argentina. O más bien habló Nora, porque él se mostraba especialmente esquivo en sus respuestas. Más de lo habitual, que ya era decir.

Nora decidió cambiar de tema.

—¿Has decidido tomarte un cóctel porque he dicho que invitaba yo? Espero que no hayas pedido la langosta Thermidor y el caviar o no podré pagarlo y tendré que quedarme a fregar los platos. O mejor, ofrecerle a cambio sexo al propietario... —Nora miró al hombre vestido con camisa de seda morada que saludaba a la gente que entraba y mandaba en todo ese ballet de camareros y sonrió—. Bueno, tal vez serás tú quien le tengas que pagar con tu cuerpo, ahora que me fijo bien.

Los vinos de la comida aún estaban haciendo su efecto, y a Nora su comentario le pareció lo más divertido que había oído nunca, y se rio hasta que le rodaron un par de lágrimas por las mejillas.

Matías bebía y sostenía la copa en la mano, mirando las ondas que hacía el rioja cuando lo agitaba en círculos con su mano. Concentrado en su actividad, como si no la oyera.

—Se te ve tremenda con ese vestido. Es el mismo que llevabas la noche que nos conocimos, ¿verdad? —le preguntó, mirándole las tetas directamente y sin ningún disimulo.

«¡Síiiiiii! ¡Bien! Punto para mí», pensó Nora, simulando que no se daba cuenta de nada.

—Es lo único de vestir que tengo, aparte de vaqueros, camisetas de cuando vivía Kurt Cobain y vestidos de flores con los que mi abuela hace tiempo que estaría limpiando los cristales —respondió sirviéndose una copa de vino y tratando por todos los medios de ver la añada con la intención de calcular por cuánto le iba a salir la broma.

—Recuerdo la primera vez que te vi. Estabas de espaldas, con el pelo suelto, como una hoguera bajo las luces de la discoteca. Hablando con el pusilánime de Dalmau. Con tacones, y las piernas largas pero bien torneadas. Pensé que estabas buenísima, antes de verte la cara ya te habría cogido por todas partes. Pensé que tenías el culo más apetecible sobre la faz de la tierra.

A Nora estuvo a punto de caérsele la copa de las manos. Era la primera vez que Matías le decía algo ni remotamente parecido.

Sus discursos más pasionales —por llamarlos de alguna manera— fueron los sms que le mandó mientras estaba trabajando en Argentina, donde le decía que la echaba de menos.

El resto del tiempo, antes y después de eso, era poco menos que pétreo. Cordial, sí, y siempre correcto, pero sin dejar ver nunca que sentía ningún interés sexual por ella.

«¿Qué se supone que tengo que hacer ahora?», se preguntó Nora, apurando la copa y sirviéndose otra para superar el *shock*. «¿Será un comentario con trampa? ¿Lo dirá en serio o cuando yo me lance me hará la cobra y dirá que me lo he imaginado todo?».

Nora estaba mareada y, algo que le pasaba muy pocas veces, no sabía qué responder. Optó por lo que le pareció más evidente.

—¿Me estás vacilando? Quiero decir, ¿es alguna clase de broma extraña o una cámara oculta o algo así? —preguntó, aguantándole la mirada.

—No, claro que no. No me digas que es la primera vez que un hombre te dice que tiene ganas de acostarse contigo, porque evidentemente no me lo creo. Eres el tipo de mujer a la que apetece tocar, besar y penetrar desde el instante en el que la ves. Pareces hecha para el sexo, pelirroja. Tus caderas están hechas para agarrarlas fuerte y perderse en ellas.

Matías estaba evidentemente borracho, más de lo que parecía a primera vista. Su discurso, entre lo romántico a lo película comercial de Hollywood y la grosería de un obrero de la construcción, tenía a Nora cada vez más desconcertada.

Era el momento de respirar hondo y tomar una decisión.

Jugar o no jugar.

Lanzarse o no lanzarse.

Comerse el pastel o pretender que estás a dieta.

171

Dejarse llevar por la pasión o por la dignidad.

Sí o no. Así de simple.

Y Nora, que siempre había pensado que si le pones muy lejos la zanahoria al burro, es difícil que llegue a comérsela, decidió jugar, lanzarse, comerse el postre apasionadamente.

«Sí, quiero», pensó. «Quiero que me vuelvas a abrazar entre tus brazos fuertes y me mires a los ojos, y sonrías y me cojas fuerte, y después despacio, y después aún más fuerte. Quiero que me lleves a tu casa y tengamos que parar en cada piso porque no podemos estar ni un segundo sin tocarnos, y quiero llegar a la puerta ya sin ropa interior y húmeda. Quiero que tengamos sexo aquí y ahora, aunque nos detengan por escándalo público. Habrá valido la pena. Sí, quiero. Y lo quiero *todo*».

Nora sintió como si se acabara de quitar una especie de tapón que hacía tiempo que contenía sentimientos y emociones que no deberían estar contenidas.

Sin darse cuenta, separó ligeramente las piernas.

Sin ser consciente de ello, puso morritos.

Sin querer, rozó la mano de Matías con la suya cuando recogió de la mesa una servilleta que no necesitaba.

Sin querer o queriendo, qué más dan los matices.

—Es muy interesante todo esto que me cuentas, Matías. No puedo evitar preguntarme por qué lo haces precisamente ahora, pero supongo que tampoco me lo vas a contar, así que como ya estamos en un punto en el que me has puesto bastante cachonda, y me gustaría solucionarlo rápidamente porque no soy la persona más paciente del mundo (aunque contigo lo he sido bastante, pero ya te digo que no es mi estilo) y ya hemos pedido unos platos carísimos que no se cómo voy a pagar, podríamos buscar un sitio donde tener por lo menos un orgasmo que haga que pueda disfrutar mi lenguado, porque si no, en vez de disfrutarlo, lo sufriré y, la verdad, no es plan, así que lo vamos a hacer de la siguiente manera: yo iré al baño de mujeres y tú vendrás dentro de un minuto. Intenta que no te vean, como ya te he dicho tengo toda la intención de comerme ese lenguado y ninguna de que llamen a la policía.

Tuvo que respirar muy profundamente para conseguir recuperar el aliento después de ese discurso sin pausas, aunque finalmente emitió un sonido que más bien parecía un suspiro.

Se levantó y se dirigió al lavabo, contoneándose un poco más de lo necesario mientras sentía la mirada de Matías clavada en su trasero.

Se estaba excitando cada vez más, pensando que aquello tenía pinta de acabar siendo uno de los mejores polvos de su vida.

Delante del espejo se colocó bien el pecho, se mordió los labios, se pellizcó las mejillas para darles un rubor natural. Puso la cabeza hacia abajo y revolvió su melena con los dedos.

Volvió a la verticalidad, se miró al espejo y vio la cara de una mujer fuerte y poderosa.

Le gustó lo que veía, y entró a uno de los cubículos para quitarse los zapatos, las medias y las braguitas de encaje. Volvió a ponerse los zapatos, y respiró hondo.

Dejó pasar unos segundos, medio minuto, un minuto.

«Qué mal se me da esto de tener paciencia», pensó Nora, contrariada.

En lugar de esperar decidió actuar, algo que se le daba bastante mejor. Se metió dos dedos en la boca, humedeciéndolos, y los metió debajo de su falda, buscando otra humedad que ya hacía rato que sentía.

El primer contacto la hizo ronronear de placer. Quería sexo y lo quería ahora, ¿dónde se había metido el memo de Matías?

El ruido de la puerta respondió a su pregunta, y abrió la puerta de su cubículo para invitarle a entrar.

—Estoy aquí... ¡ven! —dijo Nora en un susurro.

Matías entró y cerró la puerta de golpe, echando el pestillo, y la besó con fuerza, tomando su cara entre las manos, como para que no se le escapara o para protegerla de algún peligro. Se besaron sacando mucho la lengua, de una manera casi obscena similar a la de las películas porno, uno de esos besos que a veces son más pornográficos que los primeros planos de coños y vergas, porque en realidad son más íntimos que el propio coito.

Matías dio el beso por terminado y la hizo girarse, con una cierta autoridad, un poco bruscamente. La apoyó contra la pared del lavabo, y la invitó a separar las piernas metiendo su mano entre ellas.

Sin demasiados preliminares, deslizó sus dedos índice y corazón dentro de Nora, y los dejó dentro, moviéndolos suavemente. A la vez le apartó el cabello de la espalda, pasándolo por encima de su hombro.

Le mordió el cuello, tal vez un poco más fuerte de lo que a Nora le hubiera gustado.

Sintió un escalofrío, arqueó la espalda y abrió un poco más las piernas.

La mano con la que Matías no acariciaba su zona más íntima había tirado hacia abajo del escote palabra de honor y dejado el pecho de Nora al descubierto, y retorcía uno de sus pezones entre los dedos índice y pulgar, otra vez un poco más fuerte de lo que a Nora le hubiera gustado.

«¿Qué le pasa a este tío?», se preguntó entre jadeos. «Se ha pasado meses sin ponerme la mano encima y ahora se porta como el puñetero Rocco Siffredi, ¿se ha dado un golpe en la cabeza o qué?».

Matías abandonó su pezón y bajó la mano, levantando su falda y apretándole las nalgas con fuerza, empujando a Nora hacia delante hasta casi hacerla caer y emitiendo un gruñido.

—Qué buena estás...

Le metió los dedos en la boca —repitiendo exactamente, sin saberlo, el gesto que Nora había hecho solo unos minutos antes— y los empapó en su saliva.

Volvió a buscar debajo de su falda, pero esta vez por la parte de su vientre. Le acarició los muslos, el monte de Venus.

Nora estaba tan excitada que le temblaban las piernas, y pensó que en algún momento tendría que morderse un brazo para no gritar, recordando que estaban en un sitio más o menos público. Para reforzar esta sensación de poca privacidad, oyó a dos mujeres que entraban hablando de lo bueno que estaba el pollo con salsa Café de París.

Se giró para buscar la complicidad de Matías, poniéndose un dedo en los labios para crear esa imagen universal que significa silencio. Lo que vio en su cara la dejó un poco descolocada: Matías no le devolvió la sonrisa, ni siquiera con la mirada. No hubo ni el más mínimo signo de reconocimiento, y por un momento, Nora se preocupó.

Pero solo por un momento, porque unos segundos después Matías empezó a hacer círculos sobre su clítoris, ya hinchado y palpitante, y se dio cuenta de que el orgasmo estaba muy, muy cerca. Como dejarse llevar mientras las dos señoras conversaban fuera —en ese momento acerca de la acertada textura del tocinillo de cielo que habían compartido— no era la mejor idea del mundo por si la oían, Nora empezó a pensar en cosas desagradables para intentar parar aquello durante unos segundos, solo hasta que las no-invitadas terminaran de secarse las manos y volvieran a su mesa.

Pensó en una paloma atropellada que había visto en la calle el día anterior, con todas las vísceras desparramadas sobre la acera.

Pensó en esa incómoda vez que entró en el baño sin llamar y pilló a su hermano masturbándose.

Pensó en la cara de Margaret Thatcher porque un amigo del instituto le contó que a él le iba bien cuando no quería correrse muy deprisa.

Pensó en la gente que deja que se le acumule saliva seca en las comisuras de los labios.

Pensó en un par de cosas asquerosas más, pero las manos de Matías eran tan hábiles, y ella estaba tan caliente y tenía tantas ganas de él que, a pesar de eso, se corrió y, efectivamente, tuvo que morderse el brazo para ahogar el sonido de su placer.

Dejó una marca roja ovalada casi perfecta, excepto por un diente de la mandíbula inferior que siempre había tenido desplazado y rompía la armonía de la forma geométrica.

Matías notó sus contracciones y metió sus dedos más profundamente, y con tanta fuerza, que casi la levantó unos milímetros del suelo y le hizo golpearse la cabeza contra la pared, generando un sonido sordo.

Por suerte las señoras acababan de salir por la puerta.

En el momento en el que cruzaron el quicio estaban alabando el delicioso *prosecco* con el que habían maridado el primer plato, lo que hizo pensar por un momento a Nora en la cara que pondrían los camareros cuando les llevaran los platos a la mesa y se dieran cuenta de que ellos habían desaparecido.

Pero, por supuesto, le dio igual.

Se dio la vuelta y abrazó a Matías, con su cabeza a la altura de su hombro, oliendo el aroma particular de esa zona tan íntima que se sitúa justo entre el cuello y el hombro, al lado de la clavícula.

Todavía llevaba el pecho fuera del vestido, y Matías la acarició al momento, con las dos manos, y emitió un sonido que era prácticamente una secuencia sorda de emes, una detrás de la otra.

—Mmmmmmmmmm... Chúpamela, pelirroja, todavía me acuerdo de la última vez que estaba en tu boca...

«Este tío es una caja de sorpresas», se dijo Nora, mientras se sentaba en el lavabo y le desabrochaba la cremallera, dispuesta a cumplir con su petición. «Lleva más de un año y medio haciéndose el modosito y de repente hoy me sale con estas. O se ha dado un golpe en la cabeza, o el alcohol le está afectando, o me ha tenido engañada todo este tiempo».

Cuando vio su verga a pocos centímetros, dejó de pensar automáticamente en cualquier otra cosa. Cuando pensaba en él no recordaba necesariamente esa parte de su anatomía, pero la verdad es que era preciosa, imponente, impresionante. Como una especie de tótem indio, algo casi mágico que daban ganas de venerar.

Y así lo hizo Nora.

Acarició el tronco, suavemente primero y con más fuerza después. Lo lamió. Lo mordisqueó. Su intención era esperar un poco, hacer que Matías lo deseara todavía más y entonces metérsela en la boca hasta el fondo y mantenerla allí unos segundos, algo que la experiencia le había enseñado que podía volver loco a cualquier hombre.

Pero ese día Matías no estaba para sutilezas, y le tomó la cabeza, empujándola e indicándole exactamente lo que quería que hiciera, otro detalle que incomodó un poco a Nora. Pero no era momento de indignarse, que estaban a lo que estaban y en cualquier instante podía volver a entrar alguien y fastidiarles el plan.

Nora se dedicó a fondo a la verga de Matías, haciendo todo lo que se suponía que debía hacer. Cambios de ritmo, cambios en la presión que ejercía con la lengua, algún que otro mordisco que hacía que él se estremeciera notablemente. En un momento dado le agarró una nalga —duras y musculosas, como ya descubrió aquella vez, hacía ya tanto tiempo...— con cada mano.

Tuvo la imperiosa necesidad de apretarlas fuerte, hasta que notó que le clavaba las uñas tal vez un poco demasiado.

«Para que te des cuenta de cómo me estoy sintiendo, so bruto», pensó Nora.

Pero la verdad es que se lo estaba pasando pipa. Se sentía salvaje, clandestina y transgresora, ligeramente achispada, sin bragas, en el lavabo de un restaurante de lujo y por fin teniendo sexo con uno de los hombres que más le habían gustado en la vida, ¿cómo no iba a pasárselo bien?

Pronto notó que Matías estaba cerca del orgasmo, y viendo la trayectoria que llevaban —y teniendo en cuenta que ese no era el sitio más indicado para un doblete, y que cuando él se corriera la cosa se terminaba—, Nora no pensaba ni de coña dejarle tener un fin de fiesta a él solo.

Dejó de chupársela, se puso de pie —generando un momento de duda en la mirada de Matías, que no entendía cuáles eran sus intenciones— y dobló la rodilla derecha, apoyando el pie sobre la tapa del retrete.

Se levantó la falda y arqueó la espalda, dejando su sexo al descubierto e invitando a Matías a entrar en ella.

No se hizo esperar, y entró en ella de un solo empujón, limpiamente y hasta el fondo. Nora notó cómo se deslizaba esa maravilla de la naturaleza, caliente y palpitante, en su interior, cómo encajaba perfectamente en ella, como un guante, y gimió de felicidad y placer. Hasta que cayó en la cuenta de que allí faltaba algo...

—¿Llevas condones? —preguntó, casi en un susurro.

Matías siguió, sin dar demasiadas pistas de haberla oído, o de tener intención de hacerle ni el más mínimo caso.

—¿Me oyes? ¡Te digo que si llevas condones! Yo tengo en el bolso, para un momento, te pongo uno...

El silencio y unas cuantas embestidas más por respuesta.

Estaban llegando al límite de lo que Nora podía soportar sin montar en cólera, pero tampoco quería boicotearse lo que estaba siendo un polvo de categoría. Así que decidió no enfadarse (más) y echó las caderas hacia delante para sacar la verga de Matías de su interior, buscó en su bolso, tirado en el suelo del cubículo, sacó un preservativo y se lo puso. Estaba muy excitada, y tenía ganas de correrse tranquilamente, si es que eso era posible.

Toda la operación no duró más de treinta segundos, durante los que no intercambiaron ni una sola palabra. Cuanto estuvo enfundado, Matías le dio la vuelta de nuevo, y la volvió a embestir de un solo golpe, esta vez con más furia, casi con violencia.

Nora lo entendió como un gesto de necesidad primitiva, y se puso de puntillas para sentirle todavía más dentro. Le encantaba esta sensación de piernas temblorosas, como de fragilidad. Matías la tomó del pelo y tiró, obligándola a arquear —aún más— la espalda.

Un ruido sordo empezó a acompañar cada golpe de pelvis de Matías, y Nora dedujo que había apoyando un pie en la puerta para poder empujar más y llegar más dentro.

Y lo estaba consiguiendo. Cada vez que llegaba al centro de su ser, Nora se estremecía. Notaba cómo las oleadas de placer iban en aumento y, por los sonidos ahogados que emitía Matías, parecía que él tampoco se iba a quedar atrás.

Nora gritó, Matías gruñó y justo en ese momento alguien entró en el baño.

—¿Señorita? ¿Está aquí? ¿Está usted bien? Su cena está servida desde hace un rato, y el caballero que la acompañaba tampoco está en su sitio... ¿Hay alguien ahí? ¿Necesita ayuda?

«Que hay alguien aquí es evidente, teniendo en cuenta el ruidazo que estamos haciendo en el cubículo del fondo, pero los camareros de los restaurantes finos son la sutileza personificada», pensó Nora, intentando recomponerse rápidamente para intentar negar lo evidente.

Abrió la puerta, aplastando su melena rebelde y colocándose bien el corsé del vestido. Lo de ir sin medias en pleno otoño... bueno, esperaba que eso no se notara mucho.

—Sí, no se preocupe, solo estaba un poco mareada, he tenido un día muy largo y no había comido demasiado, no se preocupe que ya me encuentro bien. El caballero debe haber salido a fumar, es que fuma pero le molesta el humo cuando está comiendo, ¿sabe? Es un hombre un poco raro, si usted supiera... —le dijo Nora al camarero, aparentando la máxima naturalidad.

De detrás de la puerta apareció una mano que le dio un puñetazo en el hombro.

La cara del camarero cambió por completo.

—Por supuesto, señorita. Ahora mismo hago que les calienten de nuevo los platos. Espero que se encuentre usted bien... y que el caballero haya fumado a gusto —le espetó mientras salía de la estancia, entre cómplice y escandalizado.

Nora no esperó a que Matías saliera del lavabo, y volvió directa a la mesa después de retocarse el *gloss*. Cuando él volvió, ella ya estaba apurando su copa y degustando el *mi-cuit* con manzana caramelizada que había pedido como entrante. Se sentó, con el rostro serio, y cuando Nora acercó su mano a la de él en un gesto cómplice, la apartó en seguida, un poco bruscamente, para servirse una copa.

—Bueno, y ahora que estamos más relajados, ¿quieres que te cuente para qué te he traído aquí? Porque para coger no era, que eso podríamos haberlo hecho perfectamente en tu casa...

—¡Por supuesto! Perdona por no haberte preguntado antes, he tenido una mala semana. De hecho sería más realista decir que he tenido un mal mes... ¡Cuéntame!, ¿qué celebramos? —preguntó Matías, que realmente tenía pinta de haber pasado por mejores épocas.

Una vez más, Nora se pilló a sí misma con la guardia baja y decidió cometer uno de sus habituales since/cidios. Si alguien se iba a alegrar por ella, ese era Matías, y a lo mejor hasta le levantaba un poco la moral.

—Pues en realidad dos cosas, una que me va a solucionar un poco la vida y otra que me la va a complicar bastante. Ahí va: ¡me han dado un trabajo en la tele! Es de producción, en el *reality show* ese de cantantes blancos que intentan sonar como negros, ¡y pagan obscenamente bien! ¡Se acabó vivir en el sofá de mi amigo Henrik, volveré a tener mi propia cama, a poder ir en pelotas por casa... ¿Te lo puedes creer? —le contó Nora con los ojos brillantes, emocionada como una niña.

—Oh. Felicidades. Me alegro por ti. Quiero decir, no es exactamente cine, y de producción... pero, vamos, si pagan bien, seguro que está genial. Felicidades, brindemos por tu carrera —espetó Matías sin apenas cambiar la expresión de amargura de su cara.

«¿"No es exactamente cine"? ¿Pero cómo se atreve? Ahora vas a flipar, chulo, que eres un chulo», pensó Nora, bastante rabiosa ante su reacción.

—Y la otra cosa, que sí es de cine, es que mañana he quedado con un productor que está muy interesado en mi película. Ha visto algo de mi trabajo, ha leído el guion que le mandé, con un *book* de *casting* de posibles actrices para los diferentes papeles, ideas para las localizaciones... Me he pasado meses con esto, pero parece que al fin, ¡al fin!, la cosa se está moviendo para mí, ¡todavía no me lo creo! —le explicó, pletórica.

Matías miraba a su plato, con la cabeza baja y expresión humillada.

Levantó la mirada y buscó los ojos de Nora.

—Te has pasado meses... meses... y ahora por fin... ¿por fin, dices? Querida, guapa, tu qué diablos sabes en realidad de mover proyectos de cine, y de trabajar años para realizar tus propias ideas... Y de ser rechazado vez tras vez, que nadie te escuche, te entienda... y que hasta cuando parece que llega el momento, tu momento, en realidad es solo una gran mierda. Pero, claro, tú eres una tía, y guapa de cojones, para ti es más fácil...

Nora estaba estupefacta.

—Dime la verdad... ¿Qué has tenido que hacer para que las cosas se movieran así de rápido? ¿Has visitado muchos lavabos de muchos restaurantes pijos últimamente, Nora? No es la primera vez que haces lo que acabas de hacerme a mí, ¿verdad? No te culpo, es una muy buena manera de hacer contactos con productores dispuestos a pagar películas a una tía buena...

No pudo terminar la frase.

Nora, que temblaba de furia, se había puesto de pie y le había vaciado su copa de vino encima, tirándosela a la cara.

Goterones rojo sangre caían por su cuello, manchando su camisa blanca de cuello mao, mientras él intentaba aparentar máxima normalidad mientras sopesaba cuál debía ser su reacción.

Todo el restaurante se quedó callado, mirando hacia ellos. El *maître* se acercó, con las tablas del que no ve una escena por primera vez y sabe cómo reaccionar.

—Señorita, la invito a que me acompañe, debe abandonar el restaurante, está haciendo una escena —le dijo en voz baja pero firme.

—No hace falta que me invite, ya sé irme yo sola, gracias. —Y se levantó lo más dignamente que pudo, recuperó su chaqueta y su bolso y se dirigió a la puerta, aguantando las lágrimas a duras penas.

Salió disparada en dirección a la puerta, paró un momento y volvió sobre sus pasos. Antes de que el *maître* pudiera pararla, Nora le dio a Matías una bofetada en la cara con todas sus fuerzas.

Estuvo a punto de decirle algo, pero no encontró las palabras y se fue, ya sin poder contener las lágrimas.

Salió a la calle y no llovía, lo que hubiera venido muy bien en una escena de película. En cualquier otro momento habría ido a ahogar las penas en alcohol y en los brazos de algún amigo, pero su pragmatismo nórdico le dijo que no era el momento ni de llorar ni de beber. Se sentía como la protagonista de la canción triste que su madre escuchaba de pequeña cantada por Nancy Sinatra, en la que contaba que el mundo sonreía, pero no para ella.

Respiró hondo y decidió irse a casa a preparar la reunión del día siguiente y no volver a pensar en la gran estafa que había resultado ser Matías hasta que pudiera permitirse perder el tiempo con eso. O, en un mundo ideal, no volver a pensar en él *nunca*.

Cuando llegó al departamento, Henrik no estaba, se dio una ducha larga y disfrutó de la paz de tener la casa para ella sola. Picó algo —al final ni había cenado ni pagado la cena, acababa de caer en la cuenta—, ordenó otra vez el dosier de su proyecto, vio un poco la televisión. Esa noche la libido de Henrik debió de flojear, porque durmió toda la noche del tirón sin que la despertara una de sus vigorosas sesiones de sexo anal. De hecho se despertó sola, cuando el sol empezó a entrar por las rendijas de las ventanas, y se levantó descansadísima y relajada, como hacía meses que no se sentía.

«Ya llegará el bajón», pensó. «Pero este tiempo extra me viene muy bien, hoy es un día importante, ¡será un gran día!».

Escogió su estilismo al detalle, quería parecer seria pero no aburrida, profesional y creativa a la vez. Después de probar todas las combinaciones posibles (y dejar el salón hecho un asco), decidió robarle una camisa a Henrik y combinarla con una falda negra tableada por la rodilla. Su vieja cazadora de cuero le quitaba un poco de solemnidad al asunto, y le pareció el complemento perfecto. Se calzó un par de zapatos planos y salió por la puerta, practicando en las escaleras la expresión de directora de cine experimentada.

Llegó a la emblemática Torre Mapfre de Barcelona, junto al mar, uno de los edificios más altos de la ciudad, y subió hasta la planta treinta y dos, las oficinas de la productora DreamFilms, de la que Rocasans era el principal accionista. La depresión de Nora por la catastrófica noche anterior se veía neutralizada por estar a punto de tener una reunión con un pez gordo de una productora que había investigado, y entre cuyas producciones se contaban un par de películas premiadas en Cannes, Venecia, Berlín y Toronto.

La reunión con Joan Rocasans fue extraña, porque Nora entendió muy rápido que aquel pez gordo —no solo por su poder, sino porque era un cincuentón de unos cien kilos— no había leído el proyecto y se decepcionó mucho. De todas maneras, se mostró interesada durante la reunión y finalmente, tras explicarle el productor que no hacían películas de directores noveles ni guiones como el de Nora, ella le preguntó para qué la había llamado.

—Es que quizás hay otros proyectos en los que te puedes involucrar, qué te parece si lo comentamos mañana. Te invito a cenar a un sitio muy guapo junto al mar que es ideal para charlar.

Nora se derrumbó por dentro, ese hombre asqueroso se la quería coger. La había llamado por la foto que precedía el dosier del proyecto, en la que salía particularmente guapa.

«¡Mierda!», dijo para sí misma mientras se disculpaba con Rocasans diciendo que mañana tenía otro compromiso.

—Si quiere quedamos otro día aquí en su oficina, yo por la noche no puedo quedar nunca. No es mi estilo —le espetó, y tomó su bolso para despedirse estrechando su mano.

Salió del edificio tan cabreada con el mundo, y especialmente con los hombres, que sintió la necesidad de decir lo que no había dicho la noche anterior.

Marcó el teléfono de Matías, y cuando este descolgó e intentó decirle algo, fue breve y contundente.

—No, escúchame tú. Cualquier cosa que pudiera haber habido entre tú y yo (y cuando digo cualquier cosa, eso va desde regarte las plantas hasta chuparte la verga) se terminó ayer por la noche. Me gustaría desearte que te vaya bien, pero no te mereces ni eso. Es una pena, porque me gustó jodidamente mucho cogerte ayer, y juraría que tú también te lo pasaste de puta madre, pero no va a volver a pasar nunca más.

En cuanto colgó, eliminó el contacto de Matías de su viejo Nokia. Su nombre en la agenda, todos sus sms.

«Hasta nunca, imbécil de mierda», se dijo mientras apretaba con tanta saña el botón que confirmaba que, efectivamente, quería borrar esos mensajes que le dejó la marca visible de una uña.

Deleted.

«Hasta nunca».

Capítulo 6

SELF-OBSESSED AND SEXXEE

¡BUM! ¡BUM, bumbumbum! ¡BUM! ¡BUM, bumbumbum! ¡BUM!

Nora abrió los ojos de golpe.

«No puede ser», pensó. «Estoy soñando. Mejor dicho, esto es una pesadilla. Seguro. Una pesadilla, ¡claro! Debe de ser eso».

Pero no lo era, era otra vez aquella horrible música que invadía su dormitorio. Otra vez. Como casi cada puñetera mañana y especialmente los días que tenía fiesta.

Todavía en los brazos de Morfeo, miró el reloj preguntándose qué hora era y temiéndose lo peor.

«¡Solo son las ocho! ¡Las ocho! Joder, ni siquiera se habrán tomado un café y ya están con la musiquita...», se dijo Nora, pensando por qué el asesinato tenía que ser siempre ilegal, sin aceptar matices, y si podría convencer a un juez de que la masacre vecinal había sido en defensa propia.

Se tapó la cabeza con el almohadón y cerró los ojos.

«Necesito dormir un poco más, solo un poquito más, aunque sea media hora. Ayer acabé de grabar a las tres de la mañana, ¡solo hace cinco horas! ¡No hay derecho!».

Aunque su recién alquilado loft le encantaba —el baño moderno, nuevo y brillante, la cocina impoluta, el ascensor y todo tipo de comodidades frívolas y pijas—, lo de los vecinos Erasmus fiesteros era un imponderable que le estaba amargando la vida.

La música se detuvo y Nora tardó solamente dos minutos en dormirse completa y profundamente.

Exactamente el mismo tiempo que los espantosos vecinos tardaron en encontrar una nueva canción con la que torturarla. Esta vez se trataba de una maravilla que mezclaba *techno* y una base brasileña con la voz de alguna señora negra cantando.

Y sólo eran las ocho y dieciséis.

Nora se levantó y se dirigió al cuarto de baño, mientras pensaba en montar una matanza vecinal, como venía haciendo prácticamente cada mañana desde hacía tres meses.

«¿Cómo puede vivir así la gente? Cada puñetero día, todas las mañanas, siempre, siempre, siempre, escuchar la música más horrible del planeta para desayunar, como el que se come un donut... Estoy a punto de llamar a Joanna para pedirle que me busque otra casa. Esto no es normal, *herre gud*...».

Paró cuando se dio cuenta de que otra vez estaba hablando consigo misma, una costumbre que había desarrollado desde que vivía sola y que le hacía temer un poco —mejor dicho, un poco más— por su salud mental.

Los vecinos subieron el volumen. Para rematar, le pareció oír risas, voces, gente cantando. Se estaban viniendo arriba por momentos, y a juzgar por el ruido que hacían, debían de ser por lo menos cinco personas.

«Estupendo, o sea, que además están de after. Lo tengo clarísimo, mañana por la mañana, cuando me vaya a trabajar, pienso enganchar el altavoz a la pared y poner toda la discografía de Sonic Youth a todo volumen. Un CD tras otro. Sin piedad. Si quieren, que llamen a la puerta, que se peleen para ver si ellos pueden dormir, que yo estaré en el trabajo. Que llamen a la policía, si quieren, que ya les contaré yo cuatro cosas».

Nora tramaba venganzas de día porque nunca iba a poder molestarlos de noche, ya que, ahora que tenía el loft magnífico, su trabajo agotador no le dejaba tiempo para organizar cenas o fiestas.

«Trabajar para vivir o vivir para trabajar, siempre es el mismo rollo», se dijo, filosofando mientras escupía el Listerine en el impecable lavamanos lacado en rojo con acabados en acero mate.

Antes de entrar en el bucle mental periódico en el que se preguntaba si todo eso valía o no la pena, empezó a organizarse el único día libre que tenía en toda la semana. Sus jornadas eran maratonianas, de doce horas de trabajo (y de vez en cuando, quince), como asistente de la productora ejecutiva de Operación Triunfo, el programa más visto de España. Era una responsabilidad monstruosa, ya que el programa era en directo y cualquier fallo podía ser mortal. Y por si fuera poco, su jefa era el prototipo de ejecutiva de la tele: decidida, ambiciosa, muy exigente y con poca paciencia.

Nora salió del baño con la intención de hacerse un café en su nueva Nespresso cuando sonó el teléfono fijo y atendió a su abuela; o sea, que si no la hubiesen despertado los del after, habría sido la abuela, que siempre llama antes de las diez.

Charlar veinte minutos con la yaya Maruja le levantó el ánimo por un momento, y hasta dibujó una sonrisa. El mes anterior había conseguido tres días libres —de los que, por supuesto, le avisaron solo con veinticuatro horas de antelación— y sin pensárselo ni un segundo, ni avisar a nadie, compró un pasaje a Benidorm.

Lo bueno de ir a visitar por sorpresa a una abuela es que tampoco tienen una vida social trepidante más allá del bingo del barrio, y a Nora no le costó nada encontrar a la suya, que calcetaba con una amiga en la puerta de la casa de esta.

Aunque estaban a principios de marzo y ya anochecía, Maruja y sus amigas eran de esas personas a las que la calle les da la vida, ver a la gente pasar y saludar a todo el mundo y enterarse de todo lo que pasa les gustaba más que cualquier telenovela. Así que se negaban a meterse entre cuatro paredes a no ser que la lluvia o la nieve las obligaran, y tejían sin parar bufandas larguísimas en invierno y tapetitos de ganchillo en verano, que después ponían en los lugares más inverosímiles, cosa que hacía mucha gracia a Nora.

Cuando su abuela la vio y la reconoció —cosa que tardó un rato en hacer—, sus ojos cansados pero todavía llenos de vida se inundaron de lágrimas.

—Nora, Norita... ¿Eres tú? ¿De verdad eres tú? ¡Ay, madre, qué alegría me das! ¿Ha pasado algo? ¿Estás bien? ¿Cómo es que has venido así, sin avisar? No estarás enferma, ¿verdad? ¡Ay, que no me has avisado y no he preparado nada para cenar! ¿Te hago un huevo, unas patatitas fritas? ¡Ay, qué guapa estás, qué mayor, cómo has crecido!

Nora abrazó a su abuela fuerte, en parte porque se moría de ganas y en parte para ver si conseguía acabar con la ráfaga de preguntas y exclamaciones en la que se había convertido su discurso de bienvenida.

Era relativamente comprensible que su abuela se asustara porque no la hubiera avisado de que venía, pero Nora sabía que también se habría preocupado en el caso contrario, y la habría obligado a llamarla antes de salir de casa, antes de subirse al avión, nada más bajar de él y, si se descuidaba, también durante el vuelo.

«Desde luego, el que tiene un vicio si no se mea en la puerta, se mea en el quicio», pensó Nora, repitiendo una de las frases más épicas de la mujer a la que ahora abrazaba, y que juraría que había menguado por lo menos cinco centímetros desde la última vez.

Cuando consiguió librarse de sus brazos, que serían los de una anciana, pero la abrazaban con la fuerza de una boa constrictor, la miró a los ojos y se sintió en casa por primera vez en mucho tiempo. Las dos amigas de cabello blanco recogido en un moño con las que Maruja calcetaba también lloraban, de profunda emoción o por simple empatía, quién sabe.

La blusa de su abuela, gastada pero limpia e impecablemente planchada, y su olor a colonia Heno de Pravia —que no había cambiado desde que Nora tenía uso de razón— le parecieron las cosas más tiernas y emocionantes del mundo, y Nora tampoco pudo contener las lágrimas.

A pesar de «no tener nada en la nevera», en menos de diez minutos había preparado un festín pantagruélico a base de tortilla de patatas, chorizo frito, lomo rebozado y todos esos platos tremendamente engordantes con los que las abuelas declaran su amor incondicional a los nietos.

Y Nora, por supuesto, se lo comió todo, porque esa es la manera en la que los nietos declaran su amor incondicional a sus abuelos.

Los dos días y medio que pasaron juntas fueron fantásticos, a pesar de que no hicieron nada especial. Las últimas visitas de Nora coincidieron con su adolescencia más salvaje y festiva, con lo que hacía fácilmente ocho años que no pasaban tanto tiempo juntas. Cocinaron, cotillearon y se dedicaron a tejer con tanto ímpetu que Nora volvió a casa con una bufanda que le daba seis vueltas al cuello y una tendinitis galopante.

La despedida fue especialmente emocionante.

Nora pensaba que, con el ritmo frenético laboral que llevaba últimamente —y que no tenía pinta de ir precisamente en descenso—, era posible que pasara mucho tiempo antes de volver a ver a la yaya.

Lloraron largo rato, abrazándose, y después su abuela le dio una bolsa con magdalenas caseras (su merienda favorita desde que tenía uso de razón) y le deslizó discretamente un billete de veinte euros en la mano, en un gesto fruto de otra costumbre ancestral de las abuelas.

Nora aprovechó para desahogarse y se sinceró con su abuela sobre sus sentimientos y sus hombres: la rabia que le daba Matías, sus dudas respecto a Dalmau. Para sorpresa de Nora, Maruja le dijo que «el buey suelto bien se lame», lo que dio a Nora un subidón de autoestima como los que solo saben inyectar las buenas abuelas.

El recuerdo de Maruja le hizo desear inmediatamente y con todas sus ganas una magdalena esponjosa y mantecosa, recién horneada y con un ligero sabor a limón, y decidió ir a por ella.

Entró en su armario a buscar ropa para vestirse, y repasó su vestuario.

Escoger su *outfit* le daba bastante más trabajo desde que su colección de trapos había aumentado exponencialmente, coincidiendo con su nueva condición económica.

Su casa también había mejorado muchísimo. De hecho se había vuelto un poco loca con los temas de muebles y decoración, pero era la primera vez que tenía dinero en su vida y pensaba sacarle todo el partido posible. Cada cuadro que colgaba, cada funda de cojín que ponía en su sitio, cada pequeño detalle que colocaba cuidadosamente en una estantería la ayudaba a hacer de su casa un sitio mejor y más feliz. Nunca había pensado que esas pequeñas tonterías pudieran ponerla tan contenta.

Compraba revistas extranjeras de decoración e incluso pensaba empezar a coser «cuando tuviera tiempo», los cuadritos de punto de cruz le estaban empezando a volver loca desde que descubrió a cierta artista inglesa que reproducía con esta técnica los mensajes más *punk*, creando una mezcla divertida entre la estética de los cuadros de la abuela y el arte de guerrilla.

«Supongo que decorar la casa es la única manera que tengo de poder disfrutar de lo que compro», le explicaba a su hermano en un correo electrónico, como justificando su recién adquirida adicción a la decoración. «Si me compro libros, los pongo directamente en la estantería y ahí se quedan. De viajar, mejor ni hablemos. Qué ironía, ¿verdad? Cuando tienes dinero para comprar libros, no tienes tiempo para leerlos. La vida es muy injusta», se quejó, a sabiendas de lo que venía después y seguramente esperando que Nikolas le diera caña, como hacía habitualmente.

Pero esta vez su hermano puso el dedo en la llaga, tal vez incluso demasiado, en el correo de respuesta.

¿Cómo puedes ser tan quejica, Nora? Si tuviera un euro por cada vez que te he oído quejarte de que no tenías dinero, sería millonario. ¿Me estás diciendo que ahora que tienes pasta te voy a tener que oír lamentarte de lo contrario? ¡Kom igen, Nora! ¡Espabila! Busca tu puñetero lugar en el mundo y luego, cuando por una vez en la vida estés contenta, me llamas y me lo cuentas.

Aquello le sentó como un puñetazo en la cara. Vale que normalmente Nikolas confundía sinceridad con sincericidio y tiraba a matar, pero es que en esa ocasión hasta Nora tuvo que reconocer que algo de razón tenía. Estaba rabiosa con el mundo, enfadada y con la sensación constante de que, de alguna manera, la estaban estafando.

Y sí, a lo mejor eso la convertía, a veces (solo a veces), en una persona algo complicada de tratar.

De entre toda la oferta, escogió sus viejos vaqueros y unas Converse a punto de desintegrarse. Otra ironía más que le regalaba la vida.

Se vistió deprisa y esquivó sin mirarla mucho su mesa de comedor de mármol, convertida en un improvisado estudio, ya que comer sola en ese armatoste de dos metros y medio por uno veinte la deprimía, y siempre usaba la mesita pequeña de delante de la tele, que le creaba mucha menos angustia. En cambio, dada su expansiva naturaleza laboral, era perfecta para llenarla de libros, papeles, revistas y todo tipo de documentación, que la ayudaba a pulir más y más el guion y todos los detalles de su futura película.

Después de la horrible experiencia con el productor ligón, había tomado dos decisiones importantes: una, quitar su fotografía del dosier de la película —seguro que a Kevin Smith nadie le había concedido una entrevista después de ver su foto—; y dos, no volver a enseñárselo al mundo hasta que estuviera cien por cien segura de que la película era tan tan buena que la oferta que vendría después no tendría absolutamente nada que ver con tocarle la entrepierna.

«Pero hoy no», pensó Nora. «Porque hoy no es día de trabajar, no, señor. Hoy es día de disfrutar de la primavera, de pasear, dar vueltas, ver a los amigos, tal vez ir al gimnasio y todo, ¿por qué no?».

Llamó a Henrik para proponerle su plan especial de los días libres (aunque Nora no tenía claro si algo que llevaban haciendo casi tres meses semanalmente seguía siendo especial): ir a comer al restaurante italiano de Diego, el amante de Joanna, y alargar la sobremesa a base de *amaretto* y risas. Su respuesta la desconcertó un poco y la preocupó bastante.

—Sí, Nora, me parece genial vernos, precisamente estaba pensando en llamarte porque tengo que contarte una cosa.

Su tono tenía un punto inequívoco de tristeza.

—¿Me tengo que preocupar? —preguntó Nora—. ¿Estás enfermo? Dime que no has contraído ninguna enfermedad de transmisión sexual. ¿Tienes...? Oh, no, dime que no, dime que no te vas a morir, ya me parecía a mí que cuando estuve en tu casa estabas cogiendo demasiado con desconocidos, ¿es hepatitis? Oh, dime que usabas condón, dime que no te vas a morir...

La rueda del tremendismo de Nora había arrancado, ya tenía los dos pies en el peor escenario posible y se veía tomándole la mano en su lecho de muerte a un Henrik agonizante y demacrado, que se retorcía entre terribles dolores.

Su amigo soltó una carcajada al otro lado de la línea.

—A veces se me olvida cómo eres y cómo te embalas con ciertas cosas. No, Nora, estoy bien, no me pasa nada, de hecho ayer fui a recoger unos análisis de rutina y estoy perfectamente, pero gracias por matarme una vez más en tu mente hipocondríaca. Va, te lo cuento luego, no te preocupes, ¡todo está bien! ¡Hasta luego, *älskling!*

Nora no se quedó tranquila, por supuesto. Henrik y Xavier Dalmau eran ahora sus mejores amigos, los amigos entre los que dividía su tiempo.

Dada su situación, y de una manera totalmente natural, sin que ninguno de los dos lo forzara, había vuelto a recuperar su relación de «amigos con sexo» con Dalmau, algo que le causaba sentimientos contradictorios. El asunto con la modelo rusa nunca fue a mayores, y una noche cenando, él le contó unas cuantas intimidades de esa corta relación, riéndose de tal manera de Natascha que volvieron a hacerse cómplices y amantes esporádicos.

Por un lado estaba bien con él, la cuidaba, le mostraba cosas de la ciudad, la seguía sorprendiendo siempre con su humor irónico y fino. Con Dalmau tenía un adepto, un fan enamorado, un hombre divertido y con pasta que siempre estaba disponible para ella.

Por otro lado, no podía evitar pensar que no jugaban en la misma liga, que él quería más, cuando ella seguramente hubiera querido menos. La sensación de estar jugando al gato y al ratón en general le incomodaba, y cada vez que Xavi daba un paso adelante —lo cual pasaba demasiado a menudo—, ella daba uno atrás, para plantarse exactamente en el mismo sitio donde estaban.

Nora a veces tenía la sensación de que conformarse con Xavier le cerraba las puertas de conocer a alguien nuevo de quien se enamorase de verdad. ¿O era el fantasma de Matías el que le impedía estar plenamente con Xavier?, pensaba de vez en cuando en sesiones de vino tinto y autocrítica mutua que hacía con Joanna.

Pero Dalmau parecía completamente inmune a sus desplantes, y volvía a la carga en pocos días con energías renovadas (y un ramo de rosas, una planta carnívora o un dildo de cristal que tenía pinta de costar una fortuna como ofrenda de paz).

En su día de fiesta, antes de comer, Nora se regaló una sesión de *beauty treatment* en su peluquería favorita.

No había pedido hora, pero últimamente se dejaba caer por allí un par de veces al mes y la trataban como a la cliente VIP en la que se había convertido. De esa peluquería le gustaba todo: era un espacio blanco, diáfano, con una decoración chulísima entre *vintage* y bohemia.

David, el dueño y maestro de ceremonias del salón, le recomendó cortar las puntas, y Nora, como siempre, pasó por todas y cada una de las fases en las que se planteaba diferentes peinados: corto, largo, rizado, alisado. Su peluquero le dio los pros y los contras de todos y cada uno de ellos sin perder la sonrisa. Por eso le gustaba tanto a Nora.

Para variar, después de soltarle todo el rollo y perder unos veinte minutos, le pidió el mismo corte de siempre pero «medio dedito más corto, y por favor no te pases que me daré cuenta».

Se acomodó en el sillón lavacabezas, y mientras notaba cómo su cuero cabelludo se relajaba gracias a las manos mágicas de David, se puso a practicar mentalmente el discurso que pronunciaría cuando le dieran un premio por su peli, algo que hacía de vez en cuando para desconectar la cabeza de cualquier otro pensamiento y con lo que entraba en un estado casi zen.

«Tú te ríes, pero si algún día me dan de verdad un premio, cuando salga a dar el discurso me van a dar otro premio también por él», le dijo a Henrik cuando una noche, en la que ambos estaban en avanzado estado etílico, le confesó su curiosa afición.

Nora se relajó tanto mientras agradecía a su madre y a su abuela que la hubieran ayudado a crecer como persona y como cineasta que se durmió durante unos minutos.

La despertó el sonido del teléfono móvil, dándole un susto mayúsculo. Últimamente se sorprendía a menudo a sí misma pensando en Matías cada vez que sonaba el móvil. Por supuesto no estaba entre sus planes concederle una tercera oportunidad a ese pedazo de cretino, pero eso no implicaba que no le deseara, a veces hasta con un sentimiento casi de violencia.

Cada vez que sonaba su teléfono, algo dentro de ella esperaba que fuera él. Cada sms recibido hacía que el corazón se le saliera un poco del sitio. Aunque fuera para responderle que no quería verle, ni muerta, bajo ninguna circunstancia. Solo para sentir que de alguna manera seguía siendo importante para él, que todo lo que había entre ellos no había sido solo fruto de la imaginación enamoradiza de Nora.

Pero, claro, nunca era él.

Y cada vez contestaba el teléfono de más mala gana, y hasta le estaba agarrando tedio al aparato en cuestión.

No había día en el que no pensara cómo sería su vida en ese momento si su relación con Matías hubiera ido bien en lugar de ser un auténtico desastre. Le imaginaba sentado a su lado en el sofá, comiendo palomitas y analizando una película de Bergman o de Ang Lee, en calzoncillos en la cocina preparando un plato de pasta, en la ducha pidiéndole que le pasara el champú mientras ella se secaba el pelo o cogiendo apasionadamente un domingo por la mañana, antes de salir a comprar los periódicos y a tomar el aperitivo.

Y además, por supuesto, no podía contarle esto a nadie, porque la habrían tomado por idiota profunda, lo que lo hacía todo todavía más triste y frustrante. Era la primera vez que se sentía así, más triste que enfadada, nada dispuesta a perdonar, pero sin tener la opción de quitárselo de la cabeza. Como un antojo que le atacaba desde dentro de su estómago de un plato que sabía que no podía ni debía comer.

Pero no era Matías, sino una llamada mucho más previsible, Xavier Dalmau.

—¡Hola, Xavi! Perdona, es que antes me has pillado en la peluquería...

—Buenos días, *sweetie*. ¿Qué tal? Hoy es nuestro día, ¿no? Mejor dicho, nuestra noche. Espero que este «finde» no me pongas excusas, como que tienes que trabajar en ese guion que nunca me dejas leer, porque tengo un sitio al que llevarte.

Esta vez fue Nora la que interrumpió la conversación. Le agobiaba que le intentara sonsacar todo lo que tenía que ver con la película, de que se ofreciera continuamente —sin hacer ni caso de sus reiteradas negativas— a ayudarla, a presentarle a este o a aquel o a producirle él mismo una película que apenas sabía de qué iba, asegurándole siempre que no lo hacía porque se acostaran, sino porque creía ciegamente en su talento. Así que cada vez que él sacaba lo de su película, ella cambiaba de tema ipso facto y sin molestarse ni siquiera en disimular.

—Sí, claro, veámonos esta noche. ¿Vamos al cine? Yo había pensado en ir a la filmoteca y después a cenar.

—Pues yo llevo tres días pensando en sentarte encima de mí, desnudarte y lamerte los pezones, y también morderlos un poco mientras te cojo fuerte el culo, hasta que te queden mis dedos marcados. Después te toco donde tú ya sabes, despacio, y te miro a los ojos mientras tú te vas poniendo cachonda, cada vez más, y al final me pides que te folle... ¿Es esa la película que querías ver? —preguntó su amigo, arrancándole una carcajada.

—Lo mío era más bien una cosa de cine *indie* que de porno, pero tu plan tampoco es que me parezca mal —respondió Nora mientras notaba un ligero cosquilleo en la boca del estómago y, por un instinto casi animal, se humedecía los labios.

—Escucha, *rouge*, que esto va en serio —le dijo Xavier—. Ven hoy conmigo, no te arrepentirás. Es una oportunidad única en la vida, Nora. Esta noche verás cosas que nunca olvidarás... —contestó en un tono tan serio que hizo que a Nora se le escapara ya del todo la risa—. Quizás hasta te inspiras para el guion de tu peli.

—Vale, vale, te creo. Y supongo que no puedes contarme más porque si no tendrías que matarme, y esas cosas. ¿Cómo quedamos?

—Te recojo a las ocho debajo de tu casa. Tengo tantas ganas de verte, de tocarte... Te prometo que hoy te voy a sorprender. Ponte guapa por dentro y por fuera, ¡hasta luego, *pretty!*

Nora salió de la peluquería y se dirigió al restaurante Grande Italia, donde el sincero abrazo de Joanna acabó de templarle el ánimo. Dos copas de *prosecco*, unas muestras del ácido humor de su amiga y la tapa de parmesano con reducción de vinagre de módena que le puso en la mesa el camarero la pusieron casi, casi, en paz con el universo. Su amiga, en cambio, parecía de muy mal humor, se tomaba las copas de vino de un solo trago y hablaba en voz muy alta, como esforzándose para que la oyera todo el mundo. Cuando la conversación cambió de derroteros, Nora se dio cuenta rápidamente de por dónde iba la cosa, y pidió a Joanna que saliera fuera con ella a tomar el aire.

Se sentaron en un banco del paseo del Born, donde daba el sol de lleno.

Joanna, guapísima como siempre, con esos vaqueros ajustadísimos que solo ella podía llevar con dignidad, sus tacones vertiginosos, el moño de institutriz y los labios rojos entre los que colgaba un cigarrillo recién encendido.

Llevaba una copa de vino en la mano, que vació de golpe y tiró contra el empedrado, asustando a una bandada de palomas que picoteaban restos de comida.

—¿Qué te pasa? —preguntó Nora—. Y por favor, no me digas que nada, porque es muy evidente que te pasa algo...

—Pues claro que me pasa algo. El capullo de Diego me tiene hasta el mismísimo coño, así te lo digo. Lleva dos años diciéndome que va a dejar a su mujer, y al final nunca lo hace. Al principio fue porque ella estaba embarazada, el año pasado porque tenían un niño pequeño, y no podía dejarla sola. Ahora que el bebé ya no es tan bebé y estábamos buscando un departamento para mudarnos juntos, resulta que el muy cabrón ha vuelto a dejarla embarazada. —Joanna fumaba con rabia, consumiendo visiblemente el cigarrillo con cada calada—. Pues ya me dirás. Si él (que dice que ya no la quiere y que apenas cogen, ¡ja!) la sigue dejando embarazada cada año y medio, ya me contarás en qué lugar me deja eso a mí. Le voy a dar una patada en el culo que lo voy a mandar a la estratosfera, y te juro que será el satélite más feo del puto sistema solar.

Nora rompió a reír a carcajadas. Joanna era divertida incluso sin pretenderlo, y ella misma empezó a reírse mientras dos lagrimones corrían por sus mejillas.

—No te rías, Nora, que lo digo en serio. Estoy harta: harta de él y harta de mi trabajo, que consiste básicamente en estafar a niños pendejos alquilándoles departamentos a precios obscenos. Lo dejo. Yo paso: en serio, lo dejo todo... todo...

A lo lejos vieron acercarse a Henrik, que fumaba un cigarrillo. Sonreía como para sí mismo, ya que todavía no las había visto. Cuando pasó por su lado, aún sin verlas, Joanna, le dio una sonora palmada en el culo, y él gritó, asustado.

—¿Qué hacéis aquí fuera, tías buenas? Venid dentro y pidamos una... —Su mirada se dirigió hacia los restos de la copa que su amiga había destrozado poco antes—. ¿O tal vez debo decir «otra» botella?

Entraron, los tres tomados del brazo, felices de verse y de tenerse los unos a los otros. Una vez dentro y con sendas copas, mientras Joanna lanzaba furiosas miradas a Diego —visiblemente preocupado ante la posibilidad de que su futura examante le montara una escena de las que no se olvidan—, Henrik les contó a ambas la noticia que le había avanzado a Nora esa misma mañana.

—Una agencia de viajes alemana, pero con sedes en todo el mundo, me ha pedido que me ocupe de una nueva facción del negocio. Han visto que en Estados Unidos está empezando a funcionar muy bien el turismo gay, unas agencias de viaje especializadas que organizan viajes para gays solteros o en pareja a diferentes ciudades, con rutas de interés para el colectivo, etc. Quieren que imitemos el modelo de negocio, y que yo sea el máximo responsable.

Las dos amigas le aplaudieron, le abrazaron y pidieron otra botella en su honor, felicitándole calurosamente por la gran noticia.

—Pero ¡eso es genial, Henrik! Cuando me lo has contado parecías preocupado o triste, ¡y por eso creía que había pasado algo malo!

—Bueno, es que hay una parte un poco más triste. La sede central de la agencia está en Berlín, así que tendré que mudarme allí por lo menos durante cuatro o cinco años...

A Nora casi se le cayó la copa de las manos de la impresión, pero su talante nórdico le impidió comunicarle a Henrik lo que sentía para no estropearle el día. Aunque, como él era igual de nórdico que ella, era muy difícil engañarle, y con solo mirarla a los ojos se dio cuenta de que algo dentro de ella se acababa de romper en mil pedazos.

—Nora, ¡ven conmigo! ¡Empecemos de nuevo en otra ciudad! Será genial, seguro que encuentras trabajo en seguida, ¡a lo mejor tu misma empresa también produce programas allí! Es una multinacional, ¿verdad?

Nora sonrió, y le prometió que lo pensaría, pero estaba claro que aquellos planes acababan allí y en ese mismo instante.

Aunque tal vez el futuro volviera a unirlos en algún momento —y estaba claro que serían amigos para toda la vida—, no sería en Berlín y en esa ocasión.

El resto de la comida tuvo el sabor agridulce de las despedidas. Aunque todavía le quedaban un par de semanas para marcharse, y Henrik les repitió como una docena de veces que «tampoco me voy a Australia, chicas, que Berlín está a poco más de una hora de avión», no acabaron de levantar cabeza. El vino, en lugar de animarlos como de costumbre, les dio sueño, y cuando Henrik y Joanna renunciaron al café porque querían dormir un rato, Nora recordó que esa noche tenía planes y decidió subir a casa a hacer lo mismo.

Se tumbó en el sofá y tomó uno de esos cómics que nunca tenía tiempo de leer, y lo ojeó durante un rato.

Cuando estaba a punto de dormirse se iluminó y pensó que descansaría mucho mejor después de un orgasmo, y usó su vibrador favorito, uno en forma de conejito, para conseguir uno rápidamente y sin demasiados preliminares.

«A veces el sexo debería ser así», pensó Nora después de humedecerse los dedos con saliva para lubricar el conejito. «Práctico, sin tonterías. Hay que tomárselo como si fuera una medicina, una clase de yoga o una de gimnasia. Casi como tocar un interruptor y correrte como si te atravesara una bala...».

No pudo pensar mucho más, porque empezó a notar las primeras contracciones. Mientras jadeaba, se acordó de los vecinos y sus ruidosos despertares, y por un momento casi se desconcentra.

Pero no fue así, y un minuto después dormía como un bebé.

Tuvo sueños rarísimos en los que aparecían conejos gigantes que la perseguían con la intención clara de violarla. Matías estaba allí, mirando cómo iban detrás de ella, cada vez más cerca, pero no hacía nada para ayudarla. Nora le llamaba, y él se giraba y se iba, abandonándola a su suerte. Al final, después de lo que le parecieron horas de angustiosa huida, cuando un conejo estaba a punto de atraparla y desgarrarla con una gran verga rosa, Nora se despertó de golpe dando un grito.

Miró el reloj, y faltaban justo cinco minutos para que sonara la alarma que había programado antes de dormirse. Prometiéndose a sí misma no volver a masturbarse usando juguetitos con forma de animal, se preparó para la noche prometedora.

En un claro homenaje a su amiga Joanna —que posiblemente a estas alturas estaba quemando su restaurante italiano favorito con el propietario dentro—, se puso una falda de tubo negra, una blusa clara de blonda y se hizo un moño alto. Pensó en no ponerse medias, como cada primavera le apetecía que le diera el aire en las piernas, pero estaba tan pálida que al final optó por unas de redecilla.

Un poco de máscara y pintalabios rojo (que tuvo que buscar en el fondo de su estuche de maquillaje, porque hacía años que no usaba), un lunar pintado en el pómulo derecho para darle un punto teatral al *look* y un toque de perfume y dio el estilismo por terminado.

Cuando se miró al espejo de cuerpo entero que presidía su vestidor, se quedó alucinada con lo que vio.

¿Esa mujer era ella? Parecía cinco años más mayor, más sofisticada, más segura de sí misma. Nunca se había visto como una mujer-mujer, pero así vestida (un poco disfrazada, en realidad) no había duda de que lo era.

Se puso unas gafas de sol y practicó todo tipo de miraditas y morritos para quitarle importancia al asunto hasta que una llamada perdida la avisó de que era el momento de bajar. Tomó un bolso pequeño, las llaves, algo de dinero y las tarjetas (aunque sabía que Xavi no le iba a dejar pagar nada) y llamó al ascensor.

Cuando entró en el coche (con una cierta dificultad por culpa de la falda), Xavi no pudo evitar un silbido de admiración.

—Joder, *chérie*, tú siempre estás preciosa, pero hoy... hoy tienes algo diferente. Pareces...

Nora le interrumpió.

—Una profesora sexy, ¿verdad?

Xavi se echó a reír.

—Algo así, una profesora sexy y un poco putón que hace que las madres prohíban a sus maridos ir a buscar a los niños al colegio, y con la que los alumnos más mayores fantasean en sus sueños húmedos. Incluso algunas madres fantasean con ella, y hasta la directora se muere de ganas de tumbarla encima de su mesa y quitarle las braguitas, darle unos azotes, enseñarle cómo se trata a las niñas malas...

Dalmau se estaba embalando solo, e intentó meter la mano en la entrepierna de Nora mientras tomaba la avenida del Paralelo. Pero su estrechísima falda no se lo puso fácil, y Nora, que era extremadamente prudente con el tráfico, tampoco le dejó seguir mucho más allá.

—Déjate de pelis porno baratas, caballerete, y cuéntame dónde me llevas, que me muero de curiosidad.

—Vamos a una fiesta —le anunció Dalmau muy contento, encendiendo un cigarrillo—. Seguramente la fiesta más exclusiva que hay en este país. Una fiesta secreta que solo se da una vez cada dos años, en la que solo pueden entrar pocas, muy pocas personas, bajo estricta invitación directa, y donde todo lo que pasa es alto secreto. Llevo años oyendo hablar de esto y queriendo asistir, y este año por fin me han invitado. Todavía no me lo puedo creer.

Nora no supo cómo tomarse esa información, pero de entrada se asustó un poco. Sabiendo cómo le fascinaba a Dalmau ser miembro de clubs superselectos y privados, el sitio donde se dirigían podía ser desde una reunión de los Illuminati hasta el puñetero rodaje de una *snuff movie*.

—A ver, ¿pero de qué va exactamente esto? Porque ahora no tengo muy claro si quiero ir o no... —desconfió.

—¡Claro que quieres ir! Todo el mundo quiere ir alguna vez en su vida a una fiesta tipo *Eyes Wide Shut*, *darling*. Hay gente que paga cantidades obscenas por entrar en ella. Va a ser la mejor fiesta del año, estoy seguro.

Aunque no compartía del todo la emoción de su acompañante, tampoco quiso ser una agorera. Mientras él fumaba un cigarrillo tras otro, Nora se dedicó a elucubrar sobre el tipo de evento que habría al final del misterioso viaje.

Pararon el coche delante de una casa enorme con una valla altísima de la zona alta, donde aparentemente no había nadie. Cuando Dalmau hizo una llamada telefónica, las puertas se abrieron con algún sistema mecánico, dejando a la vista un sendero ligeramente iluminado por luces de muy baja potencia. Era imposible encontrar aquello si no sabías dónde ibas, estaba claro que fueran quienes fueran los que estaban montando ese tinglado no querían que los encontraran.

Al final del caminito, una mujer de unos cuarenta años vestida con una chaqueta de esmoquin, tacones altos y unos minishorts de lentejuelas les pidió los móviles y las llaves del coche. Llevaba el pecho, todavía firme y bien conservado, completamente al aire, y dos *piercings* decoraban sus pezones.

—A la salida se los devolveremos —les informó muy amablemente—. Pero no se permiten los dispositivos electrónicos. Lo que pasa en Villa Roissy debe quedarse en Villa Roissy.

La referencia a la famosa novela *Historia de O* más el trajecito de la recepcionista le dieron a Nora una pista de por dónde iba la exclusivísima fiesta. Decidió seguir adelante con el experimento, o, mejor dicho, ya era tarde para arrepentirse. Entraron por la puerta y los dos se quedaron con la boca abierta.

El lugar era una mezcla alocadísima de todos los tipos de decoración barrocos y rococó que uno se pudiera imaginar. Los sillones Luis XV compartían espacio con las cómodas Biedermeier, tapices de colores pastel representando escenas de alto contenido sexual entre sátiros, faunos y otros seres mitológicos cuya existencia Nora desconocía decoraban las paredes.

Había figuras de mármol representando angelitos con penes gigantescos y otras doradas y de un color cobre más apagado, todas de Venus desnudas con atributos sexuales desproporcionados y tetas mucho más acordes a la época de Pamela Anderson.

En medio, una fuente con el típico angelito meón de la que brotaba algo que parecía champán y en la que retozaban dos gemelas desnudas (excepto por dos tiras de cinta aislante en los pezones), rozándose obscenamente con la figura y restregando su sexo justo por encima de donde brotaba el líquido, en un ejercicio de masturbación artística extremadamente estético.

Nora estaba absolutamente alucinada.

Había visto, como todo el mundo, *Eyes Wide Shut* y casi todo le había parecido un bodrio menos la escena de la fiesta. Le habían contado que estas sociedades existían, pero siempre había sido «un amigo de un amigo de un amigo». Y, claro, jamás había pensado que se podía encontrar con esto en la ciudad en la que vivía.

Una pelirroja auténtica como ella con lentillas en forma de ojos de serpiente y unas botas de pitón como única vestimenta se acercó a ofrecerles un chupito de tequila, que Nora y Xavi aceptaron. Les dio el vaso y un trocito de limón, pero en lugar de darles también la sal la depositó en la punta de sus pezones. Nora pensó que necesitaba varios chupitos más antes de enfrentarse a esa situación, y decidió beberse el chupito a palo seco y darse la vuelta para no poner a Xavi en un compromiso.

Diferentes escenas se desarrollaban en el salón principal. Además de la fuente había una copa gigante llena de un líquido transparente a modo de Dry Martini donde una chica menuda, guapísima y con la cabeza rapada se masturbaba con un vibrador que para Nora era un poco demasiado grande. Otras dos morenas impresionantes se lamían la una a la otra mientras hacían numeritos y cabriolas en un trapecio.

En una pasarela que iba de lado a lado de la sala, una chica hacía un *striptease* llevando una serpiente albina sobre sus hombros. Más allá, una mujer de una edad bastante avanzada pero aspecto impecable, embutida en un traje de látex de aspecto militar, paseaba con correa a un señor al que le sobraban algunos quilos e intentaba desesperadamente lamerle las botas, a lo que ella respondía con patadas que le animaban todavía más.

Pero no solo había mujeres semidesnudas y dispuestas a cumplir cualquier fantasía, sino que por allí también paseaban los cuerpos masculinos más impresionantes que Nora hubiera visto nunca. Exhibiéndose, contoneándose y bailando, repartiendo piezas de *sushi* directamente en la boca de algunos invitados y dejando que otros las comieran encima de sus pubis, tan bien rasurados que parecía que allí no hubiera habido nunca vello.

Nora volvió a buscar a Xavi, que ya llevaba una copa de champán en la mano y le ofrecía otra a ella.

—¿Damos una vuelta por las habitaciones? —le propuso, con ganas de saber lo que había detrás de las diferentes puertas que rodeaban la habitación principal.

Xavi no se lo pensó ni un momento y la tomó de la mano. Por el camino Nora se tomó dos tequilas más sin limón ni nada, tomándolos directamente de la bandeja, pensando que le hacían falta.

La chica de los pezones salados ni se inmutó.

En la primera habitación en la que entraron, media docena de chicas japonesas de aspecto excesivamente juvenil hacían las veces de plato mientras otros tantos hombres lamían cucharadas de nata de diversas partes de sus cuerpos. Una de ellas, que dirigió la vista durante un segundo a Nora, tenía una mirada de aburrimiento tan evidente que fue la pista que a esta le faltaba para ver que aquello era mucho más un negocio que una fiesta privada de aires orgiásticos.

La otra pista que Nora necesitaba para descubrir la verdad sin ser de la Interpol era que lo único que distinguía esa fiesta de la de la película de Kubrik era una pequeña parte de los asistentes, que destacaban entre tanto cuerpo perfecto y lleno de Botox, silicona y horas de gimnasio. Una serie de señores de mediana edad que se comían a las chicas (y a los chicos) con los ojos y a veces, directamente, también con la boca.

Cuando volvió a buscar a la chica del tequila, se dio cuenta de que Dalmau había desaparecido de su lado. Estaba claro que no la había llevado a esa fiesta como su novia, sino como una acompañante sin más, y a ella le parecía la mar de bien.

Se paseó por aquí y por allá, mirando con curiosidad los diferentes comportamientos de los asistentes a la fiesta. Si te fijabas un poco, estaba claro quién había ido allí a trabajar y quién a que se lo trabajaran. La actitud de unos y de otros los delataba. Y, a la gran mayoría, también el aspecto físico.

Pero Nora todavía no había visto nada que la impresionara especialmente en esa especie de Moulin Rouge porno que la rodeaba. Al menos, nada que la pusiera suficientemente cachonda como para pensar en coger, lamer o ser lamida. Tomó una fusta y azotó un poco a una rubita que se lo pidió, casi por compromiso, y se escaqueó en cuanto pudo.

Entró en otra de las habitaciones, donde bailaban una pareja de chicos prácticamente desnudos. Solamente llevaban unos calzoncillos negros de estilo clásico y unas Converse. A Nora le hizo gracia un estilismo ligeramente *rock and roll* entre tanto numerito circense, y se quedó a ver qué pasaba.

Los dos chicos se parecían tanto que podrían haber sido hermanos, algo que se podría decir también de la gran mayoría de hombres que pululaba por la sala. Todos ellos tenían los cuerpos más increíbles que Nora había visto nunca, parecían hechos con Photoshop, como de mentira. No había visto hombres así más que en alguna película porno gay que había robado de casa de Henrik.

Los dos chicos se le acercaron, y Nora estuvo a punto de salir corriendo, pero al final se quedó. Los dos empezaron a bailar a su alrededor, a rozarla, a frotarse contra ella. Aunque hubiera jurado que eso no iba a pasarle, Nora estaba empezando a ponerse ligeramente nerviosa. Salió con prisa de la habitación y volvió a la sala principal en busca de una copa.

La tomó y siguió con su investigación, dirigiéndose al siguiente cuarto. Allí se encontró con Xavi, sentado en un sofá con dos chicas con peluca eduardiana, corsé y la cara empolvada de blanco, una a cada lado. Antes de darse cuenta de la presencia de Nora, se estaba dejando acariciar por ellas de una manera bastante evidente, y sus manos estaban posadas una en cada pubis, pero cuando la vio entrar se puso tenso y se apartó.

Nora sonrió, se apoyó en la pared y le hizo un gesto cómplice con la mano en la que tenía la copa, mientras le guiñaba un ojo, animándole a seguir. Tanto Dalmau como sus acompañantes entendieron a la primera lo que quería decir. Las chicas parecían encantadas de que su *partner* fuera un atractivo treintañero y no un anciano, y se dedicaron a él con todas sus energías.

Mientras una de ellas le desabrochaba la camisa y le lamía el pecho, la otra le acariciaba el paquete por encima del pantalón. A Nora, que seguía disfrutando de su copa, a dos metros escasos de la escena, esto le estaba poniendo cachonda de una manera nueva, extraña.

Mientras una de las chicas acariciaba el sexo de la otra, que a su vez estaba abriendo la cremallera del pantalón de Xavi, se dio cuenta de que la escena le gustaba para verla, pero no tenía ninguna intención de participar. Era bonito ver tres cuerpos jóvenes y agraciados entregándose al placer. Era excitante observar cómo Xavi la miraba a ella mientras otra mujer tenía su verga en la boca. Mientras, la otra chica se masturbaba, tendida en el sofá, mientras Xavi le pellizcaba los pezones.

La escena apenas duró cinco minutos, en los que los ojos de Xavi no se despegaron de los suyos. Dándose cuenta de que su presencia allí no le permitía ser del todo libre para dejarse ir, Nora decidió salir y cerrar la puerta.

Aunque no hubiera tocado a nadie, y nadie la hubiera tocado a ella, experimentó un tipo de placer hasta entonces desconocido.

Y claro, ahora que lo había probado quería más.

Tomó otra copa (y ya iban unas cuantas) y volvió a la habitación de los chicos, que seguían bailando al ritmo de la música, exactamente igual que antes. Y seguían estando solos.

Cuando se acercaron a bailar con ella de nuevo, Nora acarició sus cuerpos musculosos con la punta de los dedos. Parecían dioses griegos, demasiado perfectos para ser de verdad. Intentaron arrimarse a ella de nuevo, pero Nora tomó la mano de uno y la de otro y las juntó.

Los empujó suavemente, animándoles a que bailaran más juntos. Y entonces se besaron. Se besaron con ganas, se comieron a besos. Esa era la relación sexual más auténtica que Nora había visto en toda la fiesta. Se apoyó, de nuevo, en la pared con su copa.

Los chicos la miraron una vez más, con ojos anhelantes, como pidiéndole permiso para hacer lo que se morían de ganas de hacer.

Y Nora, por supuesto, se lo dio.

Uno de ellos, un poco más delgado que el otro, se agachó y tocó con suavidad el impresionante miembro que asomaba bajo la ropa interior de su compañero de baile, su compañero sexual, quién sabe si su compañero en la vida. Le bajó los calzoncillos con cuidado y, mientras le miraba a los ojos con una ternura fuera de toda duda, empezó a hacerle una mamada. Se metía la verga hasta el fondo, con glotonería, y cuando la tenía dentro del todo, Nora notaba cómo ella también se ahogaba un poquito.

Con la mano derecha le acariciaba el escroto, y a medida que se acercaba al orgasmo su compañero le acariciaba la cabeza y se apretaba con más fuerza.

En ningún momento dejaron de mirarse a los ojos, ni siquiera en el instante en el que el más alto eyaculó en la boca del otro, apretando los glúteos perfectos en repetidas ocasiones.

Nora se dio cuenta de que lo que estaba viendo no era sexo, era amor, y de repente se sintió algo violenta. Salió de la habitación cerrando la puerta, y fue al lavabo sola.

«La loca que va al lavabo a hacerse un dedo en una orgía, esa soy yo», pensó justo antes de correrse. Sin saber muy bien por qué, le entraron unas ganas locas de irse en ese mismo instante. «Supongo que es como cuando estás viendo una película porno y ya has tenido un orgasmo. Todo pierde el sentido, ¿para qué seguir viéndola entonces?».

Salió dispuesta a irse sola, pero de camino a la puerta se encontró con Xavi, que también parecía un poco incómodo —o satisfecho— y con ganas de marcharse. En vez de conducir directamente a su casa y usar la excusa de lo difícil que era aparcar en el Born, Dalmau le preguntó si le invitaba a subir. Nora, sorprendida, dijo que sí, y realmente les costó bastante aparcar.

Durante el trayecto, los dos estuvieron primero en silencio, como reflexivos, y luego hablando de lo que habían visto, riendo y sintiéndose como niños cómplices de una travesura. Al llegar a casa comieron algo, se metieron juntos en la cama y Xavier la abrazó por detrás de una manera distinta, Nora notó por primera vez una intimidad y un cariño muy auténtico. Se giró para ponerse de cara a él y le besó, en un beso también muy diferente a los que se daban habitualmente. Muy sincero, muy tierno. Hicieron el amor poco a poco, sin prisa pero con fuerza y pasión, como amantes que saben que tienen todo el tiempo del mundo por delante. Al final, Xavier le preguntó si podía correrse dentro de ella, cosa que nunca había hecho, y Nora, que estaba al límite del éxtasis, le dijo que sí. Fue un final de fiesta tan explosivo que instantes después estaban los dos dormidos.

Se quedaron dormidos allí mismo, y cuando Nora se despertó Xavi ya no estaba. Le resultó extraño que tras un encuentro que a ella le había resultado muy agradable no se hubiera quedado para cortejarla, para un desayuno de cómplices, pero los hombres son así, pensó para sí misma, difíciles de descifrar.

Durante un par de días no dio señales de vida, pero no le dio mayor importancia. No era su novia, no se llamaban cada día ni nada parecido, pero reconocía que lo de la otra noche le hacía tener sentimientos distintos respecto a él. Siguió con su vida, fue a trabajar, comió pizza recalentada, pilló a medias una película de Truffaut en un canal de cine a las cuatro de la mañana, trabajó un rato en su guion.

Cinco días después, justo antes de salir al trabajo, recibió un mail.

DE: Xavier Dalmau.
ASUNTO: Por fin, tu película.

Antes de abrirlo ya lo había matado cuatro veces en su mente.

«¿No habrá sido capaz?», se preguntó. «No habrá...». Lo abrió.

Hola, Nora. Sé que debería haber hecho esto de otra manera, pero soy un cobarde y me das miedo. Mucho miedo. El otro día, después del polvo más magnífico de mi vida, pero antes de irme, copié en mi memoria usb el guion de tu peli. No es buena, es buenísima. No me diste más opción, no es que no quisieras enseñármela, es que ni siquiera querías hablar del tema conmigo. Y te veo trabajar en silencio, y siempre pienso que quiero ayudarte. No lo he hecho por mí, lo he hecho por ti. Tienes que hacer esa película. He hablado con un conocido, un productor inglés (si te digo quién es, fliparás) y le seduce el proyecto. Esta muy, muy interesado. Quiere hacerlo, y quiere hacerlo ya, y tiene pasta. Creo que es una buena oportunidad, no la desaproveches.
Por favor, no me odies, no me grites y no me mates.
Y llámame.
En este orden.
Un beso,
X. D.

P. D. ¿Qué polvazo el otro día, verdad? Awesome!

Nora abrió la puerta para salir de casa, totalmente en *shock*. No podía ni sentarse a asimilarlo, o llegaría tarde al trabajo. Cuando ya estaba en el ascensor, se le iluminó la cara y se dio media vuelta.

Volvió dentro, cargó la minicadena con los tres CD de Sonic Youth, dio la vuelta a los altavoces hasta ponerlos contra la pared y le dio al botón de *play*.

Los primeros acordes de una de sus canciones favoritas atronaron hasta hacer temblar los muros como si fueran de cartón pluma.

«Ahora sí», pensó. «Ahora sí...».

Capítulo 7

Insomnia

Nora últimamente no soñaba, básicamente porque para eso es imprescindible dormir, y hacía tiempo que no lo hacía. Por lo menos tal y como la mayoría de la humanidad entiende el sueño: relajante, reparador y con total pérdida de la conciencia.

Cuando se tendía en su comodísima cama de viscoelástica de última generación y sus músculos empezaban a relajarse, sus ojos se cerraban y el cuerpo se preparaba para el descanso, el cerebro tomaba las riendas y se ponía a funcionar como loco.

Encontraba la fórmula ideal para resolver con excelencia una escena rodada hacía ya un par de meses y que en su momento no le había convencido del todo, lo que —lejos de alegrarle por generar una posible mejora en la película— le estresaba terriblemente por no haberse dado cuenta cuando aún estaba a tiempo de resolverlo.

Se le ocurría el montaje perfecto para la escena a la que se iba a enfrentar en la sala de vídeo al día siguiente, y en lugar de relajarse y pensar «bien, ya lo tengo», se tensaba por miedo a que la idea se esfumara, y en su obsesión enfermiza acababa por ahuyentar del todo el sueño.

Y cuando finalmente su cuerpo se rendía, agotado a todos los niveles, la tensión muscular que había acumulado en los últimos meses en forma de contracturas, tendinitis y todo tipo de dolencias musculares —a las que ni siquiera su prestigioso fisioterapeuta de ochenta euros la sesión encontraba explicación ni solución— le provocaba espasmos que le hacían dar saltos de dos palmos de altura, asustando tanto a su compañero de cama que, en más de una ocasión, este buscaba refugio en su despacho o en alguna de las habitaciones de invitados.

Solo de vez en cuando, muy de vez en cuando, tumbada en el sofá de Santa & Cole que presidía todas las «casas bien» de la ciudad de Barcelona, con su gato ronroneante en el regazo y un par de copas de vino tinto en el cuerpo —la televisión de fondo como ruido blanco, un documental, el cerebro en *stand by*—, una siesta de dos o tres horas le aportaba la auténtica sensación del descanso tal y como lo había conocido hasta entonces. Y cuando despertaba, en lugar de alegrarse de haber dormido a gusto por una vez, recordaba amargamente los tiempos en los que, después de haberse pasado toda la noche poniendo copas a los mismos con los que ahora salía a tomárselas, o haber servido trescientos cafés en un rodaje de publicidad, caía rendida en la cama, durmiéndose apenas la cabeza rozaba la almohada.

Y entonces pensaba que apenas hacía pocos años de aquello.

Y una sensación justo a medio camino entre la más brillante de las victorias y haber perdido estrepitosamente la partida se instalaba en ella durante un buen rato.

La vida de Nora no podía haber cambiado más, y cualquiera que lo viera desde fuera y tuviera que ponerle un título lo llamaría «un ascenso meteórico», «un sueño hecho realidad» o «una vida de cine». Pero ella, como siempre, no acababa de tenerlo claro. Su espíritu autocrítico nunca la dejaba disfrutar del todo de los éxitos logrados, pero esta dificultad para la autoindulgencia se estaba acrecentando en la misma proporción en la que crecían sus logros.

Las dudas sobre lo bien o mal que estaba llevando el proceso de rodaje y posproducción de la película eran, suponía, los habituales en un director novel. No tener referentes previos para saber si la cosa iba o no por buen camino la enervaba especialmente, y el hecho de que le costara preguntar o pedir ayuda —para no parecer vulnerable— lo hacía todavía peor.

Nora pensaba en todo esto y más, tumbada con los brazos cruzados encima del pecho y pasando revista a su vida, esperando un sueño que seguramente tardaría mucho en llegar (si es que lo hacía).

Xavier Dalmau se revolvió a su lado, murmuró en sueños un par de palabras incomprensibles, se dio la vuelta y siguió durmiendo plácidamente.

El reloj digital *vintage* de la mesita de noche marcaba las dos y cuarenta y siete. Cada noche, Nora, con la mirada fija en él, pensaba que al día siguiente lo desenchufaría y lo llevaría al trastero —total, los dos usaban sus teléfonos móviles como despertador, lo que hacía su presencia allí completamente innecesaria—, pero al final, por una cosa o por otra, nunca lo hacía.

Y allí estaba, recordándole el paso inexorable del tiempo y los minutos que no estaba empleando en dormir y que a la mañana siguiente no podría recuperar

pidiendo «cinco minutos más». Las jornadas de posproducción estaban resultando largas, duras y agotadoras.
Al ser la parte del proceso cinematográfico con la que
Nora estaba menos familiarizada —y aunque estaba
arropada por un fantástico grupo de gente con experiencia y muy dispuesto—, le estaba costando un mundo
llegar a resultados plenamente satisfactorios. Igual que
durante el rodaje, se enfrentaba a un mundo masculino,
donde los técnicos no percibían sus sutiles indicaciones
femeninas hasta que no las convertía en órdenes directas. Ella iba con «quizás me gustaría probar» o «que os
parece si fuera...», pero nadie le hacía caso hasta que no
se imponía como un macho.

Xavi volvió a removerse y dijo, esta vez con total clari-
dad: «Un rioja, por favor».

Las tres menos diez.

Nora pensó que tal vez en las palabras de su pareja
estaba la solución a sus problemas, y se levantó en dirección a la cocina, dispuesta a efectuar un pequeño sa-
queo en la surtidísima bodega de la casa.

Que ahora era también su casa.

Se le hacía rarísimo decirlo, incluso pensarlo, pero el
caso es que así era. Unos meses atrás, cuando su relación ya estaba más que establecida (aunque ninguno de
los dos había dicho jamás que fueran «pareja» o «novios», y cuando se referían al otro en presencia de terce-
ros lo hacían por su nombre de pila), Xavi le pidió que
se casara con él.

Con sentido del humor y una gran muestra de sensa-
tez, su regalo de pedida no fue un anillo con un dia-

mante del tamaño de una trufa (que seguramente hubiera horrorizado a Nora a todos los niveles), sino una sencilla cadena con un colgante en forma de claqueta de cine en el que ponía «¡ACCIÓN!», dentro de una caja de joyas *vintage*.

Nora le besó, aceptó el original collar, rechazó la propuesta de matrimonio («al menos de momento»), pero le dijo que, si quería, podían irse a vivir juntos de una manera oficial. Total, como todo en su relación, en los últimos meses y sin hablarlo demasiado, Nora se había ido instalando poco a poco en la casa de Dalmau, y se sentía muy culpable por tener a Kojak abandonado en su loft el noventa por ciento del tiempo. Él, por su parte, también se sentía abandonado, y se lo demostraba sin cortarse, mostrándose huraño en su presencia y meándose en puntos estratégicos de la casa, como el sofá o la almohada de Nora, que se limitaba a limpiarlo todo sin decir ni mu, asumiendo completamente su papel de mala madre.

Pero ahora su cajita-lavabo estaba en el cuarto de la plancha de la casa de la zona alta, y la arena la cambiaba cada dos días una asistenta filipina que llevaba uniforme y que a Nora le imponía sobremanera, hasta el punto de evitar dirigirle la palabra por sentir que no era capaz de hacerlo con la misma solemnidad con la que la empleada (cuyo nombre tenía dificultades para pronunciar, para más inri) la trataba a ella.

Aunque la cantidad de metros cuadrados de los que disponía para triscar y perseguir ratones de peluche había aumentado exponencialmente, Kojak no parecía feliz del todo en esa casa. Seguía siendo cariñoso y alegrándose cuando la veía llegar, pero evitaba compartir su espacio vital con Xavi a toda costa, mostrándole el más absoluto de sus desprecios de todas las maneras (gatunas) posibles. Definitivamente entre los dos chicos de su vida no había *flow*, bromeaba Nora con frecuencia, lo cual enfadaba bastante a Xavi, ya que fue el quien le regaló el gato a Nora.

Cuando oyó que alguien caminaba por el pasillo, el sphynx interrumpió su ligero sueño nocturno de gato («el sueño profundo lo guardan para el día, para no mover un párpado mientras tú te preparas para salir al frío invierno a las siete de la mañana», pensó Nora) para enterarse de lo que pasaba. Cuando vio a su dueña, se acercó a ella, revolcándose por el parqué caliente gracias a una bomba de calor con aire acondicionado incansable que mantenía la temperatura de la casa siempre igual, fuera invierno o verano.

Enredó entre los pies de Nora mientras ella buscaba alguna botella de tinto a medias y, aprovechando que Xavi dormía como un bendito —este tipo de herejías destrozaban su corazón de burgués—, se sirvió una dosis bastante generosa en un vaso de agua. Cuando Nora se dirigió al sillón de la habitación que usaba de estudio (el salón de más de cincuenta metros cuadrados no era especialmente acogedor cuando estabas solo, ya que casi te permitía oír el eco de tus pensamientos), Kojak la siguió, encantado, y saltó hasta su regazo, reclamando toda su atención.

Quedaban solo unas pocas semanas para el estreno de la película, y al final del montaje se le sumaban todo tipo de decisiones —desde importantes hasta minúsculas— que había que tomar, como la tipografía de los títulos de crédito, los retoques finales del cartel de la película y el montaje del final, para el que habían rodado tres alternativas distintas.

Volvió a la cocina a rellenarse el vaso, acabando con el contenido de la botella, y tomó su portátil para aprovechar el tiempo respondiendo mails que tenía pendientes desde hacía días.

El reloj del ordenador marcaba las tres y doce.

Entre los setenta y dos mails sin leer que su correo le anunciaba, había uno que le hizo especial ilusión. Era de Henrik, al que solo había visto una vez en el último año y medio, desde que cambió el Gayxample barcelonés por el mítico Kreuzberg de Berlín.

Aunque le echaba mucho de menos, su trabajo había absorbido el noventa por ciento del tiempo de Nora desde que Xavi le robó vilmente el guion —algo que le dejó muy claro que nunca le perdonaría, y que le pidió encarecidamente que no volviera a hacer— y la película se puso en marcha. El proyecto de agencia especializada en viajes gays de Henrik también era algo que pedía dedicación absoluta, y no le daba para demasiadas escapadas. Pero justo después de acabar de rodar, en ese lapso en el que todo se pone en su sitio antes de empezar con el montaje, Nora consiguió un fin de semana libre para escaparse a ver a su amigo. El reencuentro fue mágico, y pasaron los dos días cotilleando, abrazándose y diciéndose lo mucho que se querían y lo necesario que era repetir eso al menos una vez cada dos o tres meses.

Y de eso hacía ya nueve meses.

«Un éxito sin precedentes, este plan nuestro», pensó con ironía mientras abría el correo de su amigo. En él

Henrik le contaba más o menos lo de siempre: que Berlín era «*the place to be*», que había conocido a un chico que le encantaba, que tenía mucho trabajo, que la añoraba y pensaba en ella cada día. Al final, comentaba la posibilidad de que la agencia montara una oficina en Nueva York, y en breve le mandaban un mes de viaje a hacer un poco de trabajo de campo.

«Me muero de ganas y de pereza a la vez», le explicaba su amigo. «Nunca he viajado a Estados Unidos, y siempre me ha dado mucho respeto, no sé si nos acaban de entender, a los europeos. Y menos a mí, que ya soy una mezcla imposible entre un nórdico y un mediterráneo... ¿Crees que me gustará? ¿Me tratarán bien? ¡Responde, oh, oráculo del cabello de fuego!».

«Mira que llega a ser payaso», pensó Nora, riendo.

Y le escribió largo y tendido, abriéndose como hacía tiempo que no hacía. Le contó sus miedos y sus dudas, intentó tranquilizarle respecto a las suyas, utilizó viejos chistes y el recuerdo de vivencias comunes para hacerle sentir más cerca y romper los más de mil kilómetros que los separaban. «A veces con las palabras adecuadas puedes hacer creer a alguien que estás en la habitación de al lado», pensó, esforzándose al máximo para generar esta sensación en su amigo.

Le dio al botón de enviar.

Y ya eran las cuatro y treinta y dos.

Aunque no pudiera dormir, era el momento de irse a la cama, o cuando sonara la alarma, poco más de tres horas después, se querría morir. En un último intento por cansarse, que solo a veces funcionaba, se masturbó viendo un vídeo lésbico al azar en internet. Aunque en la vida real sus incursiones «homo» habían sido complicadas, cada vez le ponían más las escenas de ese estilo en el porno: no había sumisión femenina, ni semen en la cara de las chicas, ni eran necesariamente idiotas dispuestas a abrirse de piernas ante el mecánico/pizzero/fontanero o lo que fuera de turno. Con suerte —si las protagonistas no eran actrices porno al uso, recauchutadas y con unas uñas que hacían temer por la seguridad vaginal de su compañera de reparto—, la escena tenía un aspecto realista, y Nora se corría de manera rápida y efectiva, en un tiempo récord.

«¿Por qué en el porno hetero no se ven escenas de complicidad entre hombre y mujer, solo de dominación del macho?», le decía Nora a Xavi cada vez (pocas) que decidían poner una peli X y veían al Nacho Vidal de turno escupir en la boca de su *partenaire*. «Yo lo vería, y estoy segura de que mucha otra gente —y no necesariamente mujeres— lo disfrutaría mucho también. ¡Deberíamos hacer algo al respecto!».

Xavi siempre intentaba explicarle que la función del porno no era la de una película normal, y la instaba a «dejarse de tonterías y estar por lo que estaban». Pero, claro, Nora no era de abandonar ciertas ideas, y le seguía dando vueltas a esta de manera recurrente.

Le dio al *play*, y llegó al orgasmo cuando el reloj marcaba las cuatro y treinta y seis. Dejó el ordenador, borrando antes el historial —Xavi nunca miraba su ordenador, pero unas horas antes se había hecho la remolona para no coger con él, alegando un dolor de cervicales que por otra parte era real— y se volvió a la cama.

Se metió bajo el edredón a tientas y con los ojos cerrados, para no ver la amenaza digital en la mesita de noche, la que le comunicaba que al día siguiente sería un despojo humano al que ni una piscina del café *ristretto* que preparaba su asistenta (mejor dicho, la de Dalmau) conseguiría espabilar.

Cuando se despertó, Xavi ya se había ido, su teléfono no tenía batería y su enemigo marcaba las nueve y veintitrés.

«Estupendo», se dijo Nora. «Hace una hora y media que debería estar en montaje. Una hora y media. Felicidades, Nora. Gracias, insomnio».

Mientras cargaba el móvil, se dio la más rápida de las duchas y, con el cabello aún chorreando y en ayunas, salió a buscar un taxi que le llevara al trabajo. Por el camino escuchó los siete mensajes que ya llenaban su contestador, dos de ellos de Matías, preocupado primero por su retraso y después por su desconexión telefónica.

No respondió a ninguno de ellos, más que nada porque en dos minutos iba a entrar por la puerta y tampoco hubiera servido de mucho. La recibieron con una pequeña bronca —muy pequeña, era la primera vez que llegaba tarde en todos estos meses de posproducción del film— y Matías, que la conocía más que los demás, pidió que le trajeran tres cafés «en taza de té y sin azúcar».

Nora le sonrió, dándole las gracias con un gesto.

La verdad es que su relación había cambiado muchísimo desde el día en el que le tiró una copa de vino por encima por haberse portado como un auténtico cretino.

No habían vuelto a verse ni a llamarse desde ese momento, hasta que una serie de circunstancias laborales los volvieron a poner frente a frente. Y cuando ese día llegó —después de que Nora hiciera ejercicios de contención de todo tipo, preparándose para enfrentarse a sus propios sentimientos—, descubrieron que en el trabajo funcionaban todo lo bien que no funcionaban en el terreno sentimental.

Desde el primer momento fueron como una máquina bien engrasada, yendo los dos en la misma dirección, complementándose y pensando como un solo cerebro repartido entre dos cabezas.

Si a Matías le sorprendió esta situación, no lo dejó ver ni por un momento. A Nora sí le pilló totalmente por sorpresa, y el resto del equipo no se creía que esa era la primera vez que trabajaban juntos, así de compenetrados se les veía. Xavi se mostraba muy curioso —tal vez demasiado— respecto a la implicación del argentino en la película, pero su perfil de profesional y tiburón de las finanzas no le permitía mostrar más.

Sin embargo, la experiencia le decía a Nora que esta situación había que gestionarla con cuidado, o le acabaría explotando en la cara. Xavi tenía antecedentes en la categoría de «hombre que se lo calla todo y al final, cuando ya crees que no pasa nada, te monta un pollo del quince», y ella tenía clarísimo que no quería volver ahí.

El hecho de no haber sido responsable directa de la participación de Matías en la película aliviaba un poco la tensión entre la pareja respecto a ese tema. En ese infierno de negociaciones que fue la preproducción —y para el que Nora no estaba para nada preparada, ya que los subterfugios, las sonrisas falsas y la mano izquierda no eran exactamente lo suyo—, tuvo que hacer una serie de concesiones para poder librarse de otras todavía peores. Una de las cosas que impuso la productora fue a Matías como director de fotografía. Sí, el argentino aparecía de nuevo en su vida en una de esas situaciones de «el mundo es un pañuelo», que te dan ganas de sonarte los mocos en ese pañuelo que es el mundo.

—Esto siempre funciona así —le explicó Xavi cuando Nora, con la cara desencajada de horror, le contó algunas de las exigencias que los futuros productores habían sacado a la luz en la primera reunión—. Todo el que pone dinero quiere sacar algo de la película, además del dinero que ha puesto multiplicado por veinte, claro. Es una manera sencilla de hacer feliz a una amante, de ganarse la confianza de un político o de conseguir el patrocinio de una marca o institución para cualquier otro proyecto. Las productoras son como un juego en el que todo sirve para algo, y donde satisfacer a los que quieres que te satisfagan a ti es la principal preocupación. Cuanto antes lo entiendas, mejor te irán las cosas en esto del cine. Que, por si en algún momento se te olvida, es ante todo un negocio.

Nora estaba tan desanimada que ni siquiera abroncó a Dalmau por su tonito paternalista, simplemente se vino abajo, llegándose a plantear abandonar el proyecto en ese mismo momento.

—Mira, Nora, no te voy a hablar del suicidio laboral que implicaría dejar esto aquí y ahora —respondió Dalmau—. Voy a apelar a tu curiosidad, que sé que de eso tienes un rato. Si el primer día te han hecho alucinar tanto, ¿no quieres saber qué pasará en la segunda reunión, y en la tercera? Igual ahí tienes material para otra película...

«*Touché*», pensó Nora. Y se puso la cara de póker como único uniforme de trabajo, dándole a Xavi la razón a regañadientes.

Y la tenía.

Las siguientes reuniones con lo que Nora denominaba «el comité de sabios» fueron todavía más difíciles.

El productor ejecutivo de la película era un inglés llamado Jason Cullen, al que Nora respetaba mucho, porque había conseguido en los últimos cinco años una combinación difícil: que sus films tuvieran éxito de taquilla y en festivales simultáneamente. Pero nunca se hubiera imaginado Nora que para lograr eso el tipo tuviera que imponer tantas condiciones y cambios al proyecto original.

El inglés desplegó sobre la mesa un repóker de condiciones para llevar el proyecto adelante. Xavi, que se había ofrecido a acompañar a Nora en calidad de asesor, casi le destroza la espinilla de las patadas que tuvo que darle para que la sueca recompusiera la cara después de conocer algunas de sus exigencias.

Gracias a su temple y su gestión, Nora, que se sintió protegida y reconfortada por la presencia de Xavi, consiguió aguantar la reunión entera sin lanzar a nadie por la ventana, ni tirarse ella misma.

Dos horas después, y con la promesa de enviarles un informe y sus respuestas en un par de días como máximo, la pareja salía de la productora con un estado de ánimo más que mejorable, especialmente en el caso de Nora.

—Xavi, lo entiendo, el tipo sabe, pero quiere hacer otra película —le dijo frente al *gin tonic* que pidió en el primer bar que encontraron, y que le hacía una falta bárbara, aunque apenas era mediodía—. No puedo pasar por ahí, ¿tú has visto las cosas que me quieren imponer? Eso no sería mi película, como mucho sería un *remake* de mi película... Y para eso prefiero volver a poner copas. En serio, Xavi, no...

Dalmau sonreía con tanta autosuficiencia que Nora le habría abofeteado.

—A ver, *rouge*, hagamos una cosa: me tomo la tarde libre, nos vamos a comer, bebemos vino, después un par de copas más, hacemos el amor el resto del día y mañana, cuando lo veas todo con una cierta perspectiva, hacemos una lista y vemos qué podemos aceptar y qué se haría por encima de tu cadáver. ¿Te parece bien?

Y, qué remedio, le pareció bien.

La comida fue un poco tensa, en gran parte por culpa de la imposibilidad de Nora de dejar «el tema» aparcado. Las copas fueron algo mejor, y a media tarde Nora llevaba «un pedo considerable», como le hizo saber a Xavi antes de pedirle que se fueran a casa a seguir con el plan establecido. Nada más llegar, Xavi dio la tarde libre a «la chica» —a Nora le pareció que los miraba con mala cara y se santiguaba antes de irse, aunque podía ser fruto de su beoda imaginación—, y abrieron una botella de vino.

Pusieron discos, bailaron medio desnudos, encendieron la chimenea. Nora sintió esas mariposas indefinibles que de vez en cuando —desgraciadamente, no muy a menudo— le despertaba Dalmau, y se entregó al máximo, feliz de poder hacerlo por una vez. Se dedicó a él como si estuviera entrenándose para correr una maratón, usando cada músculo de su cuerpo para complacerle, recordando sus posturas favoritas, sus tiempos, las partes de su cuerpo que había que tocar, besar o pellizcar para hacer que saltaran chispas. Esta despreocupación por su propio placer, esta entrega loca, hizo que Nora tuviera los orgasmos más intensos de los últimos meses.

«¿Será esto estar enamorada?», se preguntó en varias ocasiones.

A la mañana siguiente tenía resaca, raspones en las rodillas y en los codos y un montón de decisiones que tomar. Dos cafés, un ibuprofeno y un gelocatil después, Xavi le recordó que tenían algo que hacer, y Nora se dispuso, aunque sin muchas ganas, a cumplir el compromiso que había asumido.

Tres horas y varios insultos en sueco más tarde, las dolorosas decisiones estaban tomadas. Nora le pidió a Xavi que la ayudara a redactar un mail en el que aceptaba que la productora impusiera su equipo técnico de confianza —incluido Matías Falcetti—, darle un papel principal a la actriz inglesa que quería Jason, siete cambios sustanciales en el guion, y el *final cut* para el productor —lo que más le dolió a Nora.

A cambio «prefería declinar, por cuestiones que podían afectar a la calidad de la producción», cosas como que la banda sonora la hiciera un «joven y prometedor productor musical», cuyo perfil en Myspace era sencillamente espeluznante, o trasladar la acción de Barcelona a Valencia, por mucho que el ayuntamiento de esta ciudad les ofreciera todas las facilidades y una buena suma de dinero.

Cuando por fin mandaron la contrapropuesta, ya a Nora le daba un poco igual el resultado. Estaba enfadada y desilusionada, y cuando la llamaron para decirle que aceptaban y para empezar a fijar fechas, ni siquiera se puso especialmente contenta. Le había visto las orejas al lobo, y todo le indicaba que ahí fuera había muchos depredadores más, esperando hincarle los dientes a la ovejita de su película.

Pero todo siguió adelante y, en la primera reunión con el equipo técnico, se encontró, como estaba previsto, con Matías como director de fotografía. Llevó la situación con relativa entereza, pero, como decía su abuela, «la procesión va por dentro».

Otra cosa que tranquilizaba a Xavi frente a la presencia de Matías —y de alguna manera también a Nora— fue Virginie, una francesa con gafas de pasta tres centímetros más grandes de lo que hubiera sido necesario y el mismo corte de pelo que la Amélie de la película de Jean-Pierre Jeunet.

La novia de Matías.

Su *novia*. Así se la presentó él.

Y mientras lo decía fue incapaz de mirarla a los ojos.

A Nora le daba una cierta angustia pensar en que esa figura existía, y mucho más tener que relacionarse con ella. Algo que se vio obligada a hacer en varias ocasiones —los rodajes crean vínculos muy fuertes entre los que trabajan en ellos y se socializa bastante— y que la ayudó a saber más cosas de la francesita. Por supuesto no pensaba preguntarle nada a Matías sobre ella, aunque la curiosidad se la estuviera comiendo por dentro, pero nada le impedía charlar con Virginie tomando una copa de vino en el pub donde todos iban a tomar algo al acabar la jornada. Así se enteró de que estaba doctorada en Literatura Española, que era una eminencia en Francia con una notable cantidad de estudios publicados sobre la Generación del 27 —eso no se lo dijo ella, sino Google— y que había llegado a España por una beca que le concedió el Instituto Cervantes. Para ser una intelectual era bastante locuaz y simpática, y Nora no consiguió que le cayera mal, aunque lo intentó de todo corazón.

Xavi, en cambio, se posicionó desde el primer momento a favor de Virginie, a la que definía como «una chica encantadora» y con la que tenía conversaciones en francés en las que ella alababa a cada momento su perfecta pronunciación. Nora sabía que la presencia de Virginie le tranquilizaba en su interior de machito algo posesivo, pero, claro, hacía ver que no se daba cuenta de por qué le caía tan bien.

—¿Estás lista para empezar o necesitas más café? —preguntó Matías, socarrón—. Los demás llevan ya un buen rato dentro.

Pidiendo perdón de nuevo por el retraso, Nora entró en la sala y dedicó las siguientes diez horas a cuadrar escenas, minutajes y música para convertir esas escenas sueltas en la historia que ella quería contar. Vio a Lola en una de las pantallas y sonrió, reconfortada de alguna manera por su presencia.

Escoger a su amiga para encarnar a la hermana mayor de una de las protagonistas de la película, la dueña del departamento donde todos vivían que terminaba por hacer un poco el rol de madre de los chicos —aunque solo se llevaban cuatro años—, había sido un auténtico acierto. El personaje se parecía mucho a ella, tenía tanto de su candidez y de su dulzura que Nora le propuso que por lo menos hiciera la prueba, para ver si funcionaba. El director de *casting* lo vio claro desde el primer momento, y Lola resultó ser una actriz capaz de cubrir todos los registros a pesar de no tener ningún tipo de formación. Ella todavía no se lo creía, y enamoró a todo el equipo con su naturalidad y esa facilidad que tenía para hacer sentir a la gente como en casa.

Algo que había sido de mucha utilidad en ese rodaje, en el que no todo el mundo se lo puso tan fácil a Nora. Todavía se ponía de los nervios cada vez que recordaba las exigencias de esa cantante de pop inglesa que pusieron en el papel de estudiante de Erasmus. Desde el primer día dejó claro que ella estaba en otra liga, y pidió un camerino para ella sola, el doble de grande que los que compartían otros actores y actrices. Esa fue solo la primera de una lista de exigencias a cual más absurda. Aunque tenía apenas veinte años, sus gustos eran los de una diva de la época del Hollywood dorado.

Rosas blancas recién cortadas, un perfume importado como ambientador y un batido preparado al momento con más de diez ingredientes cada vez que ella lo pidiera eran algunas de las excentricidades que su agente había pedido por escrito. No hace falta decir que casi nadie podía verla, y el resto del reparto, jóvenes y con ganas de reírse, no se cortaba un pelo a la hora de hacerle bromas pesadas que a veces entorpecían el ritmo de trabajo, ya que ella reaccionaba con unas rabietas considerables de las de «no pienso rodar con estos idiotas».

A Nora tampoco le gustaba su costumbre de dejarse caer encima de los miembros del equipo mientras se reía como una auténtica imbécil y gritaba «*oooohhh, myyyy goooosh*», especialmente porque solía hacerlo con Matías, al que le hacía algo más que ojitos.

Igual de molesto, pero por otros motivos, resultó ser una joven promesa del teatro musical, un chico que había dejado boquiabiertos a los críticos especializados, pero que no resultó igual de bien en plató que en el escenario. Era patológicamente tímido —algo que le iba bien a su personaje, que tampoco es que fuera la alegría de la huerta—, y el día que le tocó interpretar una escena de cama se desmayó a causa de los nervios.

Tres tilas, dos chocolatinas y un día después, consiguieron rodar por fin la escena con éxito. Cuando el equipo al completo le aplaudió, al acabar, el chico se desmayó de nuevo. Tardaron media hora en hacer que dejara de hiperventilar.

En general, el rodaje de una película era una especie de montaña rusa emocional en la que un día todo iba bien y al siguiente todo se iba, en un minuto, a la mierda. Había que tener una gran capacidad de reacción, de improvisación y mucho temple para llevarlo con dignidad, y la experiencia, como en todo, también ayudaba. A ese nivel tenía mucho que agradecerle a Matías, para quien este no era ni mucho menos el primer largo. Siempre estaba a su lado y la apoyaba, especialmente en los momentos más difíciles. La tensión de los primeros días de estar juntos se fue convirtiendo poco a poco en camaradería y las pausas para cafés las usaban para que Matías aconsejara a Nora en los aspectos en los que ella no estaba del todo segura de qué decisiones tomar.

Momentos complicados los hubo, y muchos. Pero esa fase ya había quedado atrás, y ahora tocaba acabar con el montaje y dejar de pensar en lo que ya no se podía arreglar a no ser que pudieras viajar en el tiempo o hubiera tiempo y dinero para volver a rodar algunas escenas.

Tras una jornada maratoniana más, Nora se despidió de sus compañeros, llamó a Xavi para decirle que ya iba hacia casa y que necesitaba un baño (tenía claro que si esa noche no dormía, se moriría literalmente de agotamiento, una posibilidad que existía y sobre la que había indagado mucho por internet en los últimos tiempos) y acostarse pronto.

Una cena recalentada frente a la tele, el ansiado baño y una breve conversación sobre cómo les había ido el día, y Nora y Xavi se metieron en la cama, cada uno en su lado y cada uno con su libro.

Antes de poder pasar la segunda página, Nora se quedó sopa con el pesado volumen encima del pecho. Durmió durante ocho horas con las setecientas páginas —y las tapas en cartoné plastificado— encima, sin moverse ni una sola vez, y cuando despertó el mundo tenía otro color.

Por primera vez en muchos meses (¿años, tal vez?), renunció a sus dos cafés matutinos y desayunó tostadas con mantequilla, mermelada y dos vasos de zumo de naranja. Mientras engullía grandes bocados, habló por los codos con Xavi, que la miraba con cara de no acabar de entender qué le pasaba, pero con miedo a romper la magia si preguntaba, y que volviera la Nora malhumorada que le acompañaba últimamente por las mañanas.

Salió de casa con tanta antelación que fue andando a la sala de edición y, a pesar de eso, llegó la primera. Eso acabó de ponerle de buen humor, le parecía una buena manera de compensar lo que había pasado el día anterior y de dejar claro su propósito de enmienda y de que aquello no volvería a pasar. Además le esperaba un día duro, tenían que rematar una escena en la que, en una secuencia de vídeos de corta duración mezclados con foto fija, una de las protagonistas (la «diva Erasmus», en concreto) mostraba cómo había sido un viaje de una semana a su Londres natal. Aprovechó que había un ordenador encendido en la sala para chequear su correo y borrar varios mails que le proponían alargar su pene con pastillas milagrosas azules y hacerse de oro prestando dinero a un inversor senegalés.

Unos minutos después llegó Matías.

Nora siempre se ponía nerviosa cuando estaban a solas, era una reacción que no podía evitar. Le saludó, simulando que justo salía a buscar un café y cruzando los dedos para que no se ofreciera a acompañarla.

Lo hizo, claro. Y mientras sorbían dos brebajes infames del bar de la esquina tuvieron diez minutos de conversación sobre tópicos mundiales de ayer y hoy, como el tiempo, el fútbol y las elecciones estadounidenses.

Cuando se ofreció a pagar los cafés, le puso la mano en el hombro, en un gesto que a Nora no le pasó desapercibido. Excepto por los dos besos de rigor de sus encuentros «sociales» (en el trabajo se saludaban con una sacudida de cabeza), prácticamente no habían vuelto a tocarse desde la fatídica cena. Ambos lo evitaban.

Nora aceptó la invitación y se adelantó con la excusa de ir al baño. Cuando entró, el espejo le confirmó lo que

ya sabía: tenía las mejillas rojas, la cara caliente, su corazón latía deprisa y sentía excitación entre las piernas. El
contacto con Matías, por leve que fuera, seguía desper-
tando algo, o, mejor dicho, mucho, en ella.

Y eso le daba rabia y miedo a partes iguales.

Cuando entró en la sala, ya había llegado todo el
mundo, y poco a poco se olvidó de la anécdota y de lo
que había provocado en ella. Aunque Nora estaba brillante y descansada ese día, la comunicación con el edi-
tor estaba siendo también especialmente difícil, y les
costó mucho tiempo y energía terminar la mayoría del
trabajo programado. A esa sensación de torpeza había
que sumarle el hecho de que era viernes, y el espíritu de
todos los presentes, que mezclaba ganas de fiesta y cansancio a partes iguales.

A las ocho y media pasadas, todo el mundo empezó a
mirar sus relojes, a hacer llamadas y a enviar mensajes
de texto, y Nora decidió dar la sesión por terminada.
«De esto ya no va a salir nada bueno», se resignó.

Mientras todos se ponían las chamarras, tomaban sus
trastos y se contaban los planes para el fin de semana,
Nora decidió quedarse un rato más para revisar el material de la escena del viaje. Total, era imposible que tuviera la suerte de dormir dos noches seguidas, y Xavi le
había avisado un rato antes de que iba a cenar con unos
amigos que a Nora le caían especialmente mal, así que
poca cosa tenía que hacer aparte de adelantar trabajo.

Cuando les dijo a sus compañeros que ella se quedaba, algunos aceleraron el paso para simular que no lo
habían oído, otros se ofrecieron titubeantes para ayudarla y solo uno de ellos se quitó la chaqueta y volvió a
sentarse en su sillón.

Y ese alguien fue Matías.

Cuando los demás, aliviados, se marcharon corriendo antes de que cambiara de opinión, Nora se planteó decir que se lo había pensado mejor y salir corriendo, ahora que aún estaba a tiempo.

Pero no lo hizo. Empezaron a buscar los archivos y abrirlos, seleccionando algunos de los casi cuarenta miniclips y treinta fotos fijas que compondrían la escena. Para ayudarlos a ambientarse, Nora tomó su iPod, lo conectó al altavoz y puso la canción que ponía la banda sonora a ese fragmento de la película, *London Calling*.

A Nora le encantaba The Clash y se dejó llevar por la música, concentrada en su misión de selectora de imágenes al cien por cien. No se dio cuenta de que la canción llevaba una hora y media sonando en modo *repeat* hasta que Matías le suplicó por favor que la quitara, «por el bien de su salud mental».

—Podríamos pedir algo de comer, si vamos a seguir con esto —sugirió aprovechando el silencio que tanto necesitaba—. Conozco una buena pizzería argentina que sirve a domicilio, ¿te parece?

Nora no pudo decir que no —ni quiso, porque se estaba muriendo de hambre hacía ya rato— y poco más de media hora después tenían en la mesa dos pizzas *alla diavola* y una botella de tinto peleón. Se dedicaron a ambas cosas con ganas, y en pocos minutos habían dado buena cuenta de la comida y le habían atizado una buena sacudida a la botella. Y cuando Nora creía que el temible momento en el que tenía que hablar con Matías de algo que fuera más allá del trabajo o el jajajá-jijijí había llegado, sonó su móvil.

«Como si tuviera línea directa con la Santísima Providencia», pensó aliviada. Pero no era Dios, sino Xavi, que, con un tono levemente alegre que evidenciaba que había bebido unas copas, le preguntaba si quería dar por finalizada la jornada laboral y que la pasara a buscar para ir a tomar algo.

En parte por pereza, en parte porque quería acabar de seleccionar el material, declinó la invitación lo más amablemente que pudo y le dijo que se divirtiera y que ya se verían en casa.

—Vale. Adiós, te quiero —respondió Dalmau. Era la primera vez que le decía algo así por teléfono (tampoco es que se lo dijera mucho en directo, tal vez porque ella no se lo había dicho jamás) y Nora se preguntó si Xavi sabría con quién estaba, aunque no se le ocurría cómo podría haberlo adivinado y tampoco había hecho ningún comentario al respecto. Cuando colgó se quedó un poco tocada, como pensativa.

—¿Era Xavi? ¿Todo bien? —quiso saber Matías, que normalmente no solía indagar sobre su vida personal.

—Sí, era él. Sí, sí, todo bien. No sé a qué te refieres cuando me preguntas si «todo bien». Bueno, supongo que va bien. Algunas veces tengo la sensación de que sí, y otras... Bueno, otras...

El vino estaba empezando a soltarle la lengua, y Nora no tenía nada claro que fuera una buena idea.

Matías no le dejó seguir hablando.

—Nora, escucha... Hay algo que te quiero decir... Es que fui un idiota. Es decir, no lo fui, lo soy. Aunque ya sé que es demasiado tarde, y que no hay nada que pueda hacer ya. Nada bueno, quiero decir. Y ni siquiera voy a intentar arreglarlo, porque cuando quiero a alguien siempre la cago de las peores maneras posibles. Y contigo lo hice de la peor de las peores. Fui una auténtica basura. Y aún no sé por qué. Lo he pensado casi cada día desde entonces, y todavía no tengo la respuesta.

A Nora casi se le paró el corazón. Se esperaba cualquier cosa menos esa declaración, ese mea culpa improvisado que por un lado parecía sincero, pero por otro tampoco los llevaba a ningún sitio. Y tampoco supo qué responder.

Se puso de pie, dispuesta a irse. Localizó con la mirada su bolso y su chaqueta, y fue hacia ellos. Su mente le decía: «No seas tonta, no es de fiar, ya lo sabes...» y «Xavi no se merece esto, de ninguna manera, jamás». Pero su cuerpo le insistía: «Quiero cogerme a Matías ahora, ¡ahora mismo!».

Y Nora reculó, y se volvió a sentar. Siempre había querido una explicación, creía que la merecía. Y ahora que se la habían puesto en bandeja, se dio cuenta de que no sabía qué hacer con ella.

Matías interpretó su silencio como una invitación, y se acercó a ella. Se sentó en la silla de al lado y la abrazó, adoptando ambos una postura bastante ridícula e incómoda. Dos personas abrazadas y encaradas, sentadas cada una en una silla, con el torso inclinado hacia delante.

El contacto del pecho de Matías contra el suyo le hizo revivir la sensación que le había provocado esa misma mañana al ponerle la mano en el hombro, pero multiplicada por diez.

O por cien.

Tal vez por mil.

Se zafó del incómodo abrazo y se sentó a horcajadas encima de Matías, y le besó apasionadamente durante más de cinco minutos. Se habían encontrado, ya no pensaban. Nora aspiraba con placer el aroma de su cabello, abrazaba su espalda fuerte y tocaba esos hombros que siempre le habían encantado. Repasó su trapecio con la punta de los dedos, mientras él le acariciaba la nuca y el cuello.

Luego se abrazaron despacio e intensamente, como una pareja de enamorados que llevan mucho (demasiado) tiempo lejos el uno del otro.

Cuando Matías la tocaba, Nora se sentía como en otro planeta. Como si la hubieran puesto en órbita, como si estuviera viajando a la velocidad de la luz y muchas otras sensaciones que no sabía ni quería describir.

El tiempo se paraba y a la vez se aceleraba. Ese tipo de sensaciones absurdas e inconexas que causan las emociones fuertes y, en menor medida, algunas drogas que intentan imitarlas.

Nora no sabría decir cómo había sido el proceso, pero de cintura para abajo solo llevaba unas braguitas (hubiera jurado que antes llevaba también unos vaqueros) y su camisa estaba completamente desabrochada. Matías, que seguía sentado debajo de ella, tenía el torso al descubierto, pero todavía llevaba los pantalones puestos. Le besaba el cuello y el pecho, mirándola como si fuera la única mujer sobre la faz de la tierra. Tocaba sus pezones suavemente y después de los metía en la boca con delicadeza. Rozaba su sexo por encima de sus braguitas, en un gesto que recordó a Nora sus primeros escarceos adolescentes y que, de repente, la puso muy caliente y le dio, como le pasaba cuando tenía quince años, ganas de sentir algo dentro de ella.

Pero Matías parecía jugar en otra liga, al menos en ese momento.

Sus gestos eran más tiernos que lascivos, y parecía no atreverse a ir mucho más allá, como si el recuerdo de lo que había pasado la última vez le paralizara de alguna manera.

Se levantó de la silla y acomodó en ella a Nora. Sin mediar palabra, le quitó la ropa interior y separó sus piernas, poniéndolas encima de sus hombros, en una postura que la dejaba totalmente expuesta.

Nora no sabría decir el tiempo que Matías le dedicó a su sexo. Ni tampoco dónde y cuándo había aprendido a hacer aquello. Pero después de tener un orgasmo de esos que empiezan en el pubis pero se expanden a todos los puntos del cuerpo y hacen que tiemblen manos y piernas y que se pronuncien los nombres de dioses en los que no crees, necesitaba de manera imperiosa tenerle dentro.

No es que lo necesitara, es que lo NECESITABA.

En su vida había sentido tal urgencia por nada. Lo quería aquí y ahora, y así se lo hizo saber.

—Cógeme —susurró con la voz entrecortada—. Ahora. Ahora mismo.

Se alegró de ver que Matías rebuscaba en su cartera en busca de un preservativo y que él mismo se lo ponía después de bajarse los pantalones y sentarse en una silla frente a la jadeante Nora.

Aunque era una de las vergas más grandes y bonitas que había visto en su vida, Nora no pensaba en esta parte de la anatomía de Matías hasta que la tenía delante. Recordaba sus besos, sus caricias, su olor a madera de Chipre y los músculos que tenía a ambos lados de la ingle, pero no su verga. Y eso estaba bien, porque cada vez que la reencontraba experimentaba la misma mezcla de alegría y sorpresa que la primera vez.

Nora sonrió al verla (esperándola, a su entera disposición), se pasó la lengua por los labios y se acercó a Matías. Empujó la silla hasta arrinconarla entre una mesa y la pared y se sentó encima de Matías.

No tuvo que hacer ningún esfuerzo para que entrara en ella a la primera. Estaba más que preparada para recibirle, y soltó un gruñidito de emoción. Empezó a marcar el ritmo con las caderas, poniendo especial cuidado en no hacer ningún movimiento brusco que los acabara mandando a los dos al suelo.

Esta limitación de movimientos resultó ser la fórmula ideal para conseguir un roce que le hizo sentirle como nunca lo había hecho antes. El placer era muy intenso y la tensión en las piernas —que no podía ceder bajo riesgo de acabar ambos en el suelo— multiplicaba su placer por diez, por cien, por mil.

«Esto ya lo he pensado antes», se dijo, sorprendida de poder pensar en algo mientras tenía un orgasmo brutal y explosivo.

Y unos segundos después, y mientras le mordía un poco demasiado fuerte en el hombro, Matías se corrió también.

Se quedaron mucho tiempo quietos, juntos y fuertemente abrazados. En parte por no romper el precario equilibrio que les permitía mantener la verticalidad y en parte porque ninguno de los dos quería que ese momento se acabara.

Pero el teléfono de Nora volvió a sonar, y tuvo que moverse para contestarlo.

—Nora, ya sé que me has dicho que no, pero no son horas de trabajar, y como a veces soy un inconsciente capaz de no hacerte caso, he pasado a buscarte. Estoy abajo... —le dijo Xavi entre risitas al otro lado de la línea.

Nora balbuceó como pudo algo que sonó como «dame cinco minutos, apago el ordenador y ya bajo», mientras recogía su ropa, desperdigada por el suelo. Matías, con una sonrisa triste y mirando al suelo, también empezó a vestirse. Cuando Nora estaba ya saliendo de la sala, Matías sintió que tenía que decir algo, pero no sabía qué.

—Nora, tenemos que hablar, ¿vale?... —Nora volvió a entrar en la sala y sin decir palabra dio a Matías dos besos en las mejillas, y bajó las escaleras a toda velocidad para que Xavi creyera que el rubor que colorcaba sus mejillas era por haber ido corriendo y no por ninguna otra cosa.

Cuando abrió la puerta del coche, sonaba Coldplay a toda pastilla. Aunque pasaron casi todo el camino a casa hablando de los amigos de Xavi, de sus novias embarazadas, sus yates y sus viajes, justo cuando entraban en el garaje no pudo evitar hacer una pregunta que sonó demasiado forzada.

—¿Y quién se ha quedado trabajando contigo hasta tan tarde?

Nora tenía dos posibilidades: mentir o decir la verdad. Si mentía, también había una bifurcación: podían pillarla o no hacerlo. Si Xavi la pillaba, cualquier sospecha que tuviera se vería confirmada al momento, así que después de pensárselo durante un par de segundos más de lo necesario, dijo *el nombre*.

Y ese fue el momento que Xavi escogió para destapar su particular caja de los truenos. Sin acusar a Nora directamente de nada, le dijo que no le gustaba que pasara tanto tiempo con Matías. Que sabía lo que había sentido —tiempo pasado, notó Nora— por el argentino y que no le parecía considerado de cara a él, «que soy tu pareja ahora», recalcó, que tuvieran una relación tan cercana.

—Nora, lo siento, pero me pone enfermo. No soy celoso, pero esto me supera. Mírate, joder, seguro que está loco por ti, ¿qué hombre en su sano juicio no estaría loco por ti?

Xavi prosiguió su monólogo, especialmente ferviente gracias al alcohol y los celos. Nora aprovechó una pausa para quitarle hierro al asunto, hacerse un poco la ofendida —tal vez un poco demasiado— y dar el tema por finalizado.

Durante el fin de semana Xavi, consciente de que se había expuesto más de lo necesario, buscaba todas las maneras posibles de congraciarse con ella. Y Nora, quizás por la culpa de los cuernos, se dejó querer y se aplicó para dar a Dalmau una de las mejores sesiones de sexo de su historia común. Quizás estaba tan excitada por lo especial y morboso de la situación, pero lo cierto es que pese a la aventura decidió mandar un mensaje de texto a Matías: «Fue solo lo que fue, yo estoy con Xavier y tu con Virginie. Punto, ¿ok?».

Cuando el lunes entró en montaje, Matías aún no había llegado, y cuando lo hizo, no dio ninguna señal de complicidad, o al menos Nora no la recibió. A medida que pasaba el día era más evidente que no tenía nada que decirle, incluso evitó mirarla directamente las dos veces que coincidieron en un pasillo cara a cara. La historia se repetía, una vez más. Lo suyo era como el porno, una vez habían conseguido placer de ello, perdía todo el interés.

Y Nora se dio cuenta de que tampoco pasaba nada.

Su vida no era ni mejor ni peor que hacía tres días, no había descubierto nada que no supiera antes, y solo esperaba que eso la hiciera más fuerte y poco a poco fuera perdiendo el interés.

O que ambos tuvieran las agallas y la discreción suficientes para ser, simplemente, amantes.

Mejor todavía: que el destino fuera bueno con ella y mandara a Matías a vivir a otro continente. Total, tampoco tenía mucho tiempo que perder: el estreno estaba a la vuelta de la esquina y aún quedaba mucho trabajo que hacer. Las dos semanas siguientes trabajó con energías renovadas: veía la luz al final del túnel y eso la ponía a tope.

Por otro lado, el momento de hacer pública la película era un poco como desnudarse delante de un montón de críticos, dispuesta a que la hicieran trizas (o no). Y eso, para qué negarlo, también la ponía un poco a tope, le daba un chute de miedo y emoción que le ponía el estómago del revés durante unos segundos. Como Charlie Brown cuando pensaba en la rubita panocha y, sin venir a cuento, daba un salto.

El tiempo cuando no duermes bien es muy extraño. O al menos la percepción que tienes de él. Es elástico, se acorta o se alarga siguiendo criterios propios que poco tienen que ver con la realidad. Y antes de que la nueva Nora-zombie se diera cuenta, la película estaba acabada y la noche del estreno había llegado.

Dos días antes del día más importante de su vida había decidido que no era el momento de hacerse la superheroína, y aceptó un par de tabletas de Orfidal que Xavi llevaba meses ofreciéndole y que hasta ahora no había querido probar porque «ella no tomaba pastillas de esas». El efecto fue inmediato y demoledor; el sueño, profundo y reparador, y Nora volvió a tener la cara como la de un bebé y el cerebro completamente funcional. Para que Xavi pudiera entender cómo se sentía, el único símil que se le ocurrió fue que «estaba como si se hubiera quitado unas gafas sucias y mal graduadas». Dedicó casi todo el día del estreno a desayunar, hacerse la manicura y ponerse al día con Lola, que estaba rompiendo con Bea y se planteaba una mudanza a Berlín, donde Henrik le había ofrecido «trabajo y apoyo moral», según sus propias palabras.

La idea de que una de las pocas amigas que le quedaban se fuera también la puso muy triste, pero cuando Lola la vio cambiar la cara, le aseguró que no tenía nada decidido y escogió quedarse con esta idea para no sabotearse el día.

Después paseó un rato sola por la ciudad, sin rumbo, algo que le encantaba, pero que últimamente no había tenido tiempo de hacer.

Tampoco tenía mucho con lo que entretenerse para que los nervios desaparecieran: la estilista de la película se ocupaba de su vestido, los peluqueros y maquilladores del resto de su imagen. Así que se presentó en el hotel de cinco estrellas cercano al cine —donde un par de horas después harían el *photocall* y la fiesta del estreno—a la hora que le tocaba y se dejó hacer.

Viendo la que había montada a su alrededor —mientras un peluquero con mucha pluma convertía su melena en una colección de rizos demasiado perfectos para su gusto—, Nora empezó a ser consciente de que todo ese tinglado era por ella.

Por ella y por su película.

Y en ese preciso momento un escalofrío de auténtico terror le recorrió la columna vertebral, y se encerró en el baño, temblorosa, a llamar a Henrik, que tenía el billete para ir al estreno reservado, pero tuvo que cancelar en el último momento por un viaje relámpago que le surgió a Nueva York. «Justo ahora, que es cuando más necesito a mis amigos», pensó Nora.

Tampoco había podido asistir al estreno la abuela Maruja porque estaba un poco pachucha y, según ella, ya no tenía el cuerpo para viajes. Habían venido, eso sí, su hermano y su madre. Aunque la presencia de la madre de Nora, Inga, no contribuyó exactamente a ayudar a Nora a relajarse. Inga era una sueca de sesenta años, elegante, sofisticada y extremadamente exigente y perfeccionista. Hacía unas horas habían tenido un fuerte enfrentamiento por el vestido que usaría Nora para el estreno, pues su madre consideraba que tenía demasiado escote.

Hubo además dos sorpresas en el estreno: una que sorprendió positivamente a Nora y otra que la puso un pelín nerviosa. La primera sorpresa era un ramo de flores de su padre, acompañado de una tarjea con un mensaje que la hizo estremecerse. La segunda fue la presencia inesperada de Carlota, una jugada de reconciliación arriesgada por parte de Lola, que incomodó a Nora. La mentalidad nórdica le permitió a Nora ser diplomática y saludar a su antigua amiga con dos besos, aunque en el fondo una ola de emoción confusa la recorría por dentro. Nikolas la ayudó a escaparse de la incómoda situación y se llevó a Carlota a charlar con su madre.

Cuando acabó de hablar con Henrik, lo suficientemente reconfortada como para enfrentarse al mundo, hacía ya rato que varios miembros del *staff* y su familia la estaban buscando por todas partes. Las limusinas que iban a llevar al reparto principal hasta el cine estaban a punto de salir, y solo faltaba ella. Hacía tiempo que no veía a los actores protagonistas (la inglesa no pudo asistir «por problemas de agenda», y todos respiraron aliviados al enterarse, Nora la primera), aunque echó de menos a Lola, que decidió ir al cine por su cuenta.

«Yo paso de eso, tía. Total, yo no soy nadie, a mí me da corte. Además, mira qué jovenzuelos y guapos son todos, mira estas niñas. Lo dicho, yo paso, que voy a parecer su abuela», le había dicho esa misma mañana.

Por desgracia Nora no tenía esa opción, y tomando de la mano a dos de sus actrices principales, se ajustó el vestido y se subieron a la limusina.

Durante el corto trayecto hasta el cine, estaban tan nerviosas que ni siquiera dijeron nada, solo daban pequeños sorbitos de unas copas de Moët no demasiado frío que el chófer les había ofrecido antes de ponerse en marcha.

La entrada en el cine fue algo compleja, ya que gran cantidad de fans de la cantante inglesa, que habían acudido allí buscando una foto o un autógrafo de su ídolo, se agolpaban en la puerta sin saber que ella no asistiría al estreno. Había periodistas, fotógrafos y flashes, Nora se sintió importante.

Cuando consiguió llegar a la primera fila del cine, donde algunos miembros de la productora y del equipo tenían que pronunciar unas palabras antes del pase, se encontró con Xavi, que conversaba animadamente con Virginie, quien llevaba los labios pintados de rojo y un vestido cortísimo que la hacía parecer muy sexy, algo que sorprendió a Nora.

Xavi, que era un hombre al que le quedaban especialmente bien los trajes y la ropa de gala, iba vestido con una americana ajustada de dos botones y una pajarita negra brillante. Estaba recién afeitado, llevaba una manicura impecable y, cuando se acercó a besarle, olía como si acabara de salir de la ducha.

Así era él: elegante, clásico, limpio, perfecto. Tal vez demasiado para Nora.

Matías, a su lado, parecía ausente y ni se molestaba en participar en la conversación. Su indumentaria era mucho menos cuidada, aunque en su línea iba bastante elegante. Vaqueros negros de tiro bajo, camisa sin cuello con un par de botones desabrochados, una de sus míticas chaquetas saharianas, esta vez en verde caqui tirando a oscuro. Tenía el pelo largo y barba, y al darle dos besos aspiró su aroma áspero, como a tabaco y madera.

Parlamentos, aplausos, más parlamentos, más aplausos.

Nora, que en *petit comité* no se cortaba un pelo y soltaba arengas interminables con bastante gracia que generaban aplausos entre la audiencia (generalmente beoda, todo hay que decirlo), se sentía bastante desprotegida hablándole a un público numeroso, y en ese cine había por lo menos ochocientas personas.

En las primeras filas, una mezcla de caras conocidas del cine, el teatro y la televisión, miembros del equipo técnico, amigos, profesionales del sector y alguna que otra *socialité* de las que no se pierden una. Más atrás, periodistas que tomaban notas cada vez que el paso de alguien conocido por el pasillo levantaba una ola de murmullos. Hasta donde le alcanzaba la vista, gente, gente y más gente.

Cuando le pasaron el micro, se limitó a sacar una lista que había elaborado durante un mes entero —para no olvidarse de nadie— y dar las gracias a todos y cada uno de los que «habían hecho ese sueño realidad».

No era el mejor discurso del mundo, vale, pero Nora era directora de cine, y no un asesor político, así que si querían ver lo que realmente se le daba bien, solo tenían que esperar a que empezara la película.

No tuvieron que esperar mucho. A Nora, que ya había visto el montaje final unas cincuenta veces —intentando buscar fallos que no existían y pulir lo que ya brillaba como el diamante—, le sorprendían las reacciones de la gente. Hubo risas, hubo suspiros, emoción, más risas, silbidos cada vez que la mala hacía alguna de las suyas —engañar al novio de su *roommate* para acostarse con él, robarle parte de la tesina a una compañera de clase para que no sacara mejores notas que ella— y hasta juraría que oyó algún hipido que seguro acompañaba alguna que otra lágrima en los momentos más tiernos. Durante la proyección la gente aplaudió hasta ocho veces, a veces coincidiendo con algunas escenas que a Nora no le parecían especialmente buenas.

Cada vez que eso pasaba, Xavi le apretaba la mano, ofreciéndole su cercanía y su complicidad. Nora lo agradecía con otro apretón, pero no tardaba mucho en apartarse. «Es una buena definición de nuestra relación», pensó.

La película se acabó, pero los aplausos duraron hasta que se acabaron los títulos de crédito y más allá. Salieron todos a saludar como se hacía en el teatro, uno, dos, tres ramos de flores fueron a parar a sus manos.

Nora estaba como en *shock,* no reaccionaba. Solo sonreía como una máquina, sonreía y repartía besos y abrazos, algunos a gente que no conocía, pero qué más daba. Gente que había visto por la televisión se acercaba a felicitarla por su trabajo, la llamaban por su nombre de pila y algunos hasta querían hacerse fotos con ella.

Al principio le hizo gracia la broma, pero veinte minutos después, y dándose cuenta de que la cosa iba para largo, decidió escaparse en busca de un sitio donde pudiera pasar un ratito a solas consigo misma, ya que estaba empezando a echarse un poco de menos.

Entró en el baño, cerró la puerta y suspiró.

De uno de los reservados salía olor a tabaco y una pequeña columna de humo. Cuando se abrió la puerta, asomó primero un zapato rojo, más tarde una pierna pequeña pero bien torneada y Nora ya sabía lo que venía después.

Las dos mujeres se saludaron y quedaron una al lado de la otra, retocándose el maquillaje y sin decirse nada. Las dos eran tremendamente atractivas de maneras diametralmente opuestas.

Virginie se retocaba el rojo de labios y buscaba su mirada en el espejo. Cuando sus ojos se cruzaron, Nora no vio en ellos la mirada afable que solían dirigirle, sino otra fría y casi hostil.

«Lo sabe», se dijo. «Está claro que lo sabe».

Y si no era así, la mirada de Nora, que se tiñó de culpa en apenas un segundo, dirigiéndose hacia el suelo, se lo acabó de confirmar.

Salieron del baño sin volverse a mirar, en la misma dirección pero separadas por un abismo insondable. Cuando vio a Xavi, le pidió por favor que se fueran ya a la fiesta, que tenía ganas de beber y celebrar que «por fin se había acabado aquello», pero sin especificar a qué se refería. Xavi insistió en que compartieran limusina con Matías y Virginie, y el viaje fue terriblemente tenso, a pesar de los intentos de Xavi por animar la conversación. Nora, que llevaba meses bebiendo muy poco alcohol, estaba recuperando el tiempo perdido con el surtido minibar del coche, y en apenas quince minutos de trayecto se tomó dos vodkas con Red Bull con un saque que no tenía nada que envidiar al de un estibador portuario.

Cuando entraron por la puerta del hotel, Nora ya estaba ligeramente borracha. Pasó por el *photocall* con una cierta dignidad, habló con la prensa lo menos que pudo y le pidió a Xavi que por favor se la llevara hacia dentro como si le fuera la vida en ello, que ya tendría tiempo para entrevistas y todo tipo de actos promocionales en la agenda que le habían programado para las siguientes semanas.

Los actores más jóvenes estaban apoyados en la barra, celebrando que ya eran suficientemente mayores para beber y dedicándose a ello en cuerpo y alma. A Nora la competición de beber tequilas que le propuso Áurea, una mexicanita que medía poco más de metro cincuenta, le pareció una idea divertidísima, y aceptó, haciendo el gesto de arremangarse típico del que va a hacer un pulso.

Y eso era lo último que recordaba con nitidez.

Un par de horas después, Xavi la metía en el coche en brazos, como un peso muerto, mientras ella tarareaba sin parar la tonada de la vieja canción de The Champs.

—Paraparapapapapá, paraparapapapá, paraparapa-papapá, paraparapapapá, ¡tequila! Paraparapapapapá, paraparapapapá...

La letanía de su voz, el cansancio y el alcohol que había consumido (quizás como liberación de la tensión de los meses previos al estreno) la hicieron dormirse en el sillón del acompañante.

Y esa noche los sueños decidieron volver.

Nora estaba en el escenario del Kodak Theatre, Billy Crystal acababa de anunciar que era la ganadora del Oscar al mejor director y Johnny Depp se lo acababa de poner en las manos (y, al hacerlo, la había besado más cerca de la comisura del labio que de la mejilla).

Iba vestida con un vestido de corte sirena de Valentino de color verde que acentuaba todavía más el rojo de su cabello. Calzaba unos Louboutin de tacón infinito que le hacían apretar el culo y sacar pecho como nunca en su vida. Un pedrusco del tamaño de un huevo de paloma de color rojo intenso (¿un rubí, tal vez?) decoraba su pecho, y notaba cómo dos largos pendientes colgaban tintineando de los lóbulos de sus orejas.

Cuando se disponía a declamar con un perfecto acento americano el discurso que llevaba dos meses redactando (con ayuda de una conocida periodista del New York

Times), se dio cuenta de que algo no acababa de ir bien. Acercó el micrófono a su boca, pero cuando la abrió, en lugar de su voz pulida por el trabajo de meses con una *coach* de Minnesota, sonó el graznido de un cuervo.

Un silencio sepulcral se hizo en la sala.

Creyendo que el desagradable sonido se debía a un problema técnico, Nora volvió a intentar hablar.

Y el resultado fue el mismo sonido chirriante e infrahumano, aunque esta vez se escuchó todavía más fuerte. Los asistentes se taparon los oídos, visiblemente molestos.

Cuando Nora iba a abrir la boca por tercera vez, una mano se alzó en el anfiteatro, como si estuvieran en la escuela y quisiera pedir la vez para hablar. Nora le señaló, viendo el cielo abierto para desviar temporalmente la atención del pequeño percance que sufrían sus cuerdas vocales, y todo el Kodak miró hacia la mano que señalaba al techo.

El que pedía turno era David Lynch, que carraspeó un par de veces antes de empezar a hablar (en perfecto castellano, esas cosas que pasan en los sueños).

—¿Le vais a dar el Oscar a esta petarda? ¿Estáis seguros de eso? Quiero decir, ya sabéis que va por el mundo con su discurso de «las grandes historias son un fraude, blablabla», y aquí desde siempre lo que nos ha gustado son las grandes historias, ¿no? ¿O diríais que *Lo que el viento se llevó* es un folletín *indie?* A ver si nos pensamos bien a quién le damos los premios, amigos, que no son churros.

Nora quiso protestar, pero, al no salirle la voz, lo tenía bastante complicado.

Otra mano se alzó. Y empezó su discurso con un tartamudeo.

«Hola otra vez, Woody», pensó Nora.

—Yo-y-y-y-yo también pienso que no tiene suficiente calidad. Ya sabéis que yo no suelo venir por aquí porque esta noche tengo concierto de saxofón, pero he decidido romper la tradición para venir a dar mi opinión. Y p-p-p-por una vez estoy de acuerdo con David, que hace unas pelis que a veces yo las veo con mi hija (que ahora es mi mujer) por la noche y pienso: «¿Se está quedando con nosotros?». Bueno, el caso es que lo que hace esta chica puede ganar en un concurso de cortos del instituto, igual en unos años en la Berlinale. Pero... ¿un Oscar? ¿Estáis borrachos? Bueno, eso seguro, pero quiero decir... ¿más de lo habitual?

Y llegó el turno de Clint Eastwood, que (esta vez sin pedir permiso) se levantó y atronó al auditorio con su vozarrón.

—Y a mí no me gusta criticar, pero le está siendo infiel a su pareja con un director de fotografía argentino, que también tiene novia. ¿Vamos a fomentar la infidelidad premiando a un pendón? ¡Yo no lo haría, nunca, JAMÁS!

Levantó tanto la voz que Nora se tapó los oídos con las manos.

Y en ese momento todos los que habían participado, y muchos más (entre los que reconoció a Cassavetes, Sofia Coppola, Jane Campion, Tarantino y muchos más cuyo trabajo admiraba y respetaba), se levantaron y le gritaron al unísono: «Nora Bergman, somos los directores más importantes de la historia, y por el poder que nos ha sido concedido, te condenamos para siempre al infierno cinematográfico, donde dirigirás culebrones, anuncios de detergente y de productos lácteos durante toda la eternidad».

«¡Nooooooooooo!».

Nora se incorporó, muy alterada y empapada en sudor. Estaba sola en la cama, las persianas bajas, y las medias que llevaba la noche anterior tiradas sobre la almohada como el cadáver de la dignidad que Nora había perdido en el hotel, después del octavo chupito.

El despertador marcaba las nueve y treinta y seis, y a Nora, mirándolo fijamente, le pareció que sonreía con cierta malicia. ¿O era su resaca la que se reía de ella?

Sin pensárselo ni un segundo, agarró el cacharro y lo estampó contra el suelo, haciendo que múltiples piezas de plástico saltaran por el aire y provocando un ruido considerable.

Cuando Xavi llegó con un montón de hojas de diario en las manos, se encontró a Nora de pie al lado de la cama, desnuda y despeinada, mirando los restos de un despertador esparcidos por el suelo.

—Nora, Erlinda ha ido a buscar los periódicos, ya han salido las primeras críticas, ¡y son... son todas buenísimas! Mira, aquí te llaman «joven promesa», aquí dicen que has hecho «una ópera prima coherente y sin pretensiones» y aquí... ¡aquí que «prevén éxito internacional para la joven Nora Bergman»! ¿No te parece increíble? ¡Lo has conseguido, lo hemos conseguido! ¡Tenemos que celebrarlo a lo grande!

Nora, parpadeando muy despacio, como en trance, se rascó la cabeza y solo acertó a decir una cosa:

—¿Erlinda? ¿Así es como se llama? Pues cuando lo dices tú no suena tan difícil...

Capítulo 8

Changes

Nora abrió los ojos sin tener demasiado claro dónde estaba. El sillón Barcelona a los pies de la cama, el perchero, las figuritas de Jaime Hayón y la botella de Solán de Cabras en la mesita de noche... Al parecer, estaba en casa.

Respiró, aliviada, y se arrebujó en el cálido edredón, dispuesta a concederse unos minutos más de descanso. Durante los últimos meses había dormido en tantos hoteles, en tantas camas diferentes, la habían despertado tantos recepcionistas —«Buenos días, señorita Bergman, tal y como solicitó, le avisamos de que son las siete, las ocho, las seis...»— que había perdido un poco la costumbre de despertarse en casa.

Erlinda escuchaba una de sus canciones favoritas, una mezcla de Mariah Carey con himnos religiosos que a Nora le ponía los pelos de punta y que —estaba segura— contenía mensajes subliminales de algún tipo que algún día harían que alguien acabara con una cruz de madera clavada en el corazón, o algo por el estilo.

Repasó el colchón con la mano, buscando el calor de Xavi, pero recordó que este no estaba. De hecho, hacía casi un mes que no se veían: se había asociado con una productora francocanadiense y las reuniones en París y Quebec eran constantes. Teniendo en cuenta que Nora había viajado en las últimas cuatro semanas a Londres para participar en una mesa redonda, a Ámsterdam para dirigir un ciclo de jóvenes cineastas, a Madrid para reunirse con una productora que quería proponerle dirigir una serie y a Estocolmo para dar una charla en la academia de cine en la que había estudiado, era casi más probable que la pareja coincidiera en París que en su propia casa.

Aunque últimamente no paraba mucho en Barcelona, y volar la aterrorizaba, y le molestaba bastante lo de repetir una y otra vez lo mismo a los periodistas, en realidad Nora no podía quejarse por dos motivos obvios.

Primero, porque allí donde iban, ella y su película, eran acogidas calurosamente por el público y por la crítica. Era de locura la cantidad de gente que se le acercaba a contarle cómo su película les había cambiado la vida: una chica que después de verla decidió salir del armario, una señora que le contó lo mucho que había aprendido sobre sus hijos y cómo había cambiado la manera de tratarlos, una multitud de estudiantes jóvenes de cine con sueños de convertirse en la próxima Nora y tantos, tantos otros.

Segundo, porque a Nora —como a cualquier persona inquieta y abierta de mente— le gustaba viajar y conocer lugares nuevos, y además porque el viaje a Estocolmo le permitió volver a casa, ver a su madre y a Nikolas y, en la misma jugada, hacer un corte de mangas a sus antiguos compañeros de escuela.

Cuando su agente de prensa le dijo que habían escrito de la Escuela de Cine de Estocolmo para proponerle dar una charla donde ella estudió, tuvo que contenerse para no dar saltos de alegría como una niña.

Según le habían contado, uno de sus principales enemigos estaba haciendo de profesor suplente en el centro, desde hacía cinco años, sin haber llegado a tener una plaza fija, y ahora ella iba a ser recibida allí como la exalumna/directora premiada, «¡chúpate esa mandarina!», le contó exultante a Dalmau esa noche mientras cenaban. Xavi la felicitó y le recordó que el mundo es de los que se deciden a hacer cosas, «a por ellos», la animó antes del viaje, haciéndole ver que su principal crítico al fin y al cabo aún seguía en la escuela donde estudiaron cine.

Cuando llegó a su ciudad natal, sus ánimos estaban muy calmados, y dispuestos a perdonar y olvidar. Al menos hasta que tuvo que volver a enfrentarse a ese pedazo de animal del norte y descubrió que no solo no se le habían bajado los humos, sino que todavía se creía con el derecho de tratarla con más condescendencia que antes.

Pese a ese inútil llamado Mats Svensson, y a las preguntas odiosas que le lanzó, la charla fue un éxito, algunos de los asistentes se convirtieron hasta en amigos —y un par de ellos intentaron ser algo más, aunque ella los rechazó amablemente— y todos se mostraron entusiasmados de ver cómo una exalumna había conseguido el sueño compartido por todos, llegar algún día a dirigir una película propia.

También aprovechó para pasar cuatro días en Estocolmo, donde salió a cenar con su madre y el nuevo novio de esta, y se reencontró con su hermano Nikolas, que ya tenía casi treinta años y se había mudado seis meses antes a una casa en las afueras con su «compañera», como él la llamaba. Una muchacha encantadora, militante ecologista y ferviente defensora de lo que ella denominaba «vida natural», de sonrisa franca y ojos azules y limpios, que había conseguido —precisamente a base de no intentarlo— convertirse en la única mujer de su vida. Él había descubierto la ebanistería y se ganaba la vida más que dignamente, su nueva faceta laboral le hacía muy feliz y se sentía «completo» cuando trabajaba la madera, según le dijo, pletórico.

Cuando ya pensaba que no podía flipar más con la nueva personalidad de su hermano, le soltó una frase que hizo que casi se ahogara con el delicioso *kanelbulle* casero que había preparado su cuñada.

—El año que viene queremos tener un hijo...

Nora esperó unos segundos, a ver si la tierra se abría y se los tragaba, o Nikolas confesaba que le estaba tomando el pelo. Cuando vio que no pasaba ninguna de las dos cosas, abrazó a la parejita y les brindó sus mejores deseos, pensando que ya no le quedaba nada por ver.

La vuelta a Barcelona fue triste, pero también una liberación. Desde luego, Nora no era una persona especialmente familiar, y los silencios que se generaban entre su madre y ella cuando compartían habitación durante demasiado rato eran casi dolorosos. Aunque cuando le llevó de regalo —«para poner encima de la chimenea», le dijo quitándole importancia— los premios que había conseguido en el Festival de Venecia (el Luigi de Laurentiis a la mejor ópera prima y el especial del jurado), con una dedicatoria que rezaba «sin tu apoyo esto no habría sido posible», vio cómo Inga lloraba de emoción por primera vez en su vida.

Ni siquiera Nora se creía todavía lo bien que se habían portado la crítica y los jurados con ella y su película. Excepto un par de medios y críticos —bastante conocidos en el sector por ser «más papistas que el Papa»—, la película había sido un éxito arrollador. Y aunque una gran acogida entre la crítica más sesuda no tenía por qué traducirse en buenas cifras de público y taquilla, en este caso ambas cosas fueron a la par, y la productora estaba encantada. Pero, aún en pleno proceso de posparto —como lo llamaba más en serio que en broma—, Nora no se sentía preparada para volver a empezar de nuevo con todo aquello. O quizás en realidad tenía miedo de que su próxima película —cuyo guion ya había desarrollado en secreto— no alcanzara el mismo éxito. «Es uno de los riesgos que tiene triunfar tan joven como tú», le decía Xavier.

Nora, como muchas mujeres, a veces se sentía un poco como un fraude, como si el éxito no fuera solo suyo, sino en realidad de todos los que habían trabajado en aquella película. A diferencia de los hombres, que no tienen problema en acaparar la fama y reconocer su genialidad, Nora se debatía entre una fuerte confianza en sí misma algunos días y de una sensación de «van a descubrir que no sé nada» otros.

El teléfono vibró encima de la mesita.

Llamada entrante de *Susana*.

Nora se puso algo nerviosa, carraspeó un poco para no parecer demasiado dormida y respondió, simulando despreocupación (algo que, siendo sinceros, no solía funcionarle).

—¡Hola! ¿Cómo estás? Llegué ayer por la noche, pensaba llamarte esta misma tarde...

Una voz masculina, muy difícil de relacionar con el nombre de Susana, susurró al otro lado de la línea.

—Acabo de salir de una reunión y me he enterado por casualidad de que Dalmau está de viaje, Virginie estará todo el día haciendo una memoria en el Instituto Cervantes y he pensado que podríamos pasar un rato donde tú ya sabes. Tengo ganas de ti, Nora.

«Yo siempre tengo ganas de ti, Matías», pensó Nora, pero se cuidó mucho de decirlo, ya que este tipo de sincericidios entre ellos nunca terminaban bien. Su respuesta fue estudiadamente fría.

—Vale, nos vemos allí, dame un par de horas que tengo que organizarme. ¡Hasta luego! —Y colgó, sin hacer concesiones de ningún tipo a los sentimentalismos.

Matías y ella se habían estado acostando esporádicamente durante el último año. Para ser justos, habría que puntualizar que «esporádicamente» significaba por lo menos dos veces al mes, cuando no cuatro o cinco. Lo suficiente como para que Nora camuflara el nombre de Matías en su teléfono por el de una Susana que no existía, para que, en el improbable caso de que Xavier cotilleara sus llamadas, no sospechara nada.

Sus encuentros eran tan breves como intensos. Normalmente quedaban en un «hotel para parejas» cerca del Paralelo, donde llegaban siempre por separado. Algunas veces llegaban, cogían sin quitarse la ropa, con urgencia, con una cierta brutalidad, y salían de allí en menos de cuarenta minutos, apenas saciados. Otras dormían un rato, abrazados. Y otras pasaban dos o tres horas juntos, haciendo el amor y viendo la tele casi sin decirse nada.

Las palabras nunca habían sido la mejor parte de su relación, eso estaba claro.

Hasta que descubrieron una cosa para la que sí servían: cuando Nora estaba de viaje, a veces le llamaba «para ver cómo estaba», y solían acabar subiendo la conversación de tono y poniéndose tan cachondos que Nora se corría tocándose solo con una mano, mientras sujetaba el teléfono con la otra. Si Virginie estaba cerca, Matías simulaba una llamada de trabajo y colgaban rápidamente.

Era excitante en sí, con el plus que siempre aporta lo prohibido. No habían vuelto a coincidir en público ni con sus parejas: después de la fulminante mirada de Virginie la noche del estreno —y la posterior confirmación de Matías de que, efectivamente, tenía serias sospechas sobre su infidelidad—, Nora había evitado a toda costa encontrarse con ellos en cualquier tipo de fiesta o evento. Tampoco es que —excepto la temporada en la que no fueron amantes— su vida social conjunta anterior fuera trepidante; Matías era de esos hombres que en público se tensan y no gestionan nada bien sus relaciones, así que siempre había preferido tenerle para ella sola.

Nora se vistió con lo primero que encontró y tomó la bolsa de deporte.

Cuando ya estaba a punto de salir por la puerta, volvió a su habitación y metió un pequeño —pero potente— vibrador en la bolsa. «Por si acaso tarda», se dijo, juguetona.

Pasó por el gimnasio —ese que pagaba cada mes y al que no iba nunca, con lo que, según calculó en unos segundos, le salía por la friolera de ciento cincuenta euros cada clase de aeróbic— antes de dirigirse a su cita. Siguiendo con la tónica de «falso encuentro casual», no quería que Matías pensara que sus citas eran nada especial para ella, para evitar el efecto rebote que los acompañaba desde el principio de su relación, según el cual, cada vez que ella daba un paso hacia delante, Matías daba un par hacia atrás.

Abordó un taxi en la puerta del *gym* —esa era la mejor parte de ir a sudar a un sitio pijo, que siempre encontrabas taxi— y le dio la dirección del *meublé* donde había quedado con Matías. El conductor levantó una ceja (todos los del gremio conocían esa dirección perfectamente) e inmediatamente intentó entablar conversación con Nora, tardando algo más de cinco minutos en darse cuenta de que no estaba interesada en su vida, sus gemelos ni la vez que había llevado al aeropuerto a Ricky Martin.

Cuando llegó, se despidió del taxista con un seco «adiós» y se vengó de su cháchara no dándole ni un céntimo de propina. Siguió al botones —al que ya conocía de muchas otras veces, pero con el que no podía tener ningún tipo de relación cordial, como saludarle por su nombre, dado el estricto protocolo del sitio— por el complicado sistema de cortinas y semáforos que daba al lugar su merecida fama de ser el más discreto de la ciudad.

Matías todavía no había llegado, y se alegró de ser la primera, así se podía tomar su tiempo y preparar la habitación a su gusto. Hacía bastante que no se veían y tanto Virginie como Dalmau estaban ocupados, así que, suponía Nora, hoy se tomarían su tiempo.

Pidió una Coca-Cola Light y unas galletas saladas al servicio de bar, saltó encima de la cama y cotilleó los canales porno. Cada vez le interesaba más como género cinematográfico, y se le ocurrían fórmulas bastante sencillas para convertirlo en algo visualmente atractivo para un público que tuviera sensibilidad más allá de la punta de su verga.

Justo cuando le daba al botón de *off* —asqueada después de haber visto un trozo de una escena demasiado violenta para su gusto que le había revuelto el estómago—, llamaron a la puerta.

¡Toc, toc, toc! ¡Toc, toc, toc! ¡Toc, toc, toc!

Tres bloques de tres toques rápidos, la contraseña que indicaba que era Matías el que estaba al otro lado. Cuando abrió, vio que además este llevaba su Coca-Cola y los *snacks* en la mano (y que, por tanto, el camarero ya no iba a aparecer), así que le empujó directamente hacia la cama.

El sexo fue sublime, como uno puede esperar después de semanas deseándose mutuamente pero sin posibilidad de verse. Besarse-desnudarse-tocarse-lamerse-penetración-orgasmo. Fin. Ahora que eran amantes oficiales, podía esperarse que cayeran en esa especie de rutina pseudomatrimonial donde coger acaba consistiendo en hacer lo que ya se sabe que le gusta más al otro, como apretar la combinación de botones que hace que la máquina funcione pero sin usar demasiado la imaginación. Pero con Matías no era nunca así, en la cama, sin la tensión de una posible relación sentimental debido a que ambos tenían pareja, se seguían llevando de maravilla.

Apenas se pusieron al día de su vida y sus planes para el futuro inmediato. Matías le habló de «un par de proyectos que tenía entre manos», pero sin matizar demasiado. A Nora a veces le parecía que el ego de su amante no llevaba demasiado bien que, mientras la dirección y el guion de la película habían barrido entre la crítica y en los festivales, la fotografía no hubiera sido precisamente lo más aplaudido.

Matías recibió una llamada y se fue a hablar en privado al lavabo. Cuando salió le dijo que tenía una reunión urgente —cuando decía este tipo de cosas, Nora siempre pensaba que era mentira, y que la engañaba para irse con Virginie, en un absurdo digno del mundo al revés— y se fue, besándola brevemente en la mejilla.

Nora también se fue del Love Hotel, ya que tenía una importante reunión programada a última hora en la productora. La secretaria —un nuevo fichaje, más joven y más *top model* que la anterior— la hizo pasar al despacho de diseño estudiado al milímetro de Jason Cullen, aunque ahora Nora ya se permitía llamarle J. C. Le había enviado hacía tres semanas el proyecto de su nueva peli y hoy él probablemente le contaría sus impresiones.

—Nora, Nora, Nora... *Good to see you*, ¿dónde te metes últimamente? —preguntó.

—No me creo que no tengas esa información: es tu departamento de prensa y promoción el que me manda a los *screenings*, las entrevistas y a casi todos los demás sitios —contestó Nora con desparpajo—. Creo que desde que firmé con vosotros el cuarto de baño es el único sitio del mundo que visito por voluntad propia.

Jason rio la broma:

—Yo creo que te escondes de mí para no hablar del guion que me has enviado, te he llamado por eso, lo sabes —le respondió.

—¿Qué te parece? Venga, dímelo —le apremió Nora.

Jason se pasó mas de cuarenta minutos explicándole a Nora que su proyecto era un drama muy interesante —ese adjetivo ya hizo que Nora sintiera el abismo—, pero que él pensaba que tenía que continuar con el mismo registro que su ópera prima, que era pronto para cambiar de género y demasiado arriesgado rodar una película tan seria como ella proponía. Nora se sintió como si no le llegara el aire para respirar, encasillada por su productor e incomprendida por el mundo.

Tras justificar su negativa, Jason le entregó un guion de una comedia urbana, argumentando que el éxito de la peli de Nora haría que el trabajo con este nuevo proyecto —incluidas las ventas internacionales— fuera muy fácil, y le hizo una sinopsis que Nora ya no escuchaba.

—Jason, gracias, pero yo no quiero dirigir un guion de otro, tengo ganas de seguir haciendo mi cine, de experimentar y crecer como directora —le explicó Nora.

Tras debatir un rato más, se despidieron y acordaron que Nora al menos leería el guion. Pero al recoger su bolso y dar dos besos a J. C., su subconsciente hizo que lo dejara olvidado en la propia mesa del productor.

La reunión no había transcurrido ni parecida a como Nora la había imaginado, J. C. no compró el proyecto sin pestañear; en su lugar, estaba claro que no le había gustado. «Pues lo hará otro productor —se consoló Nora mientras caminaba por el paseo de Gràcia—; si no, la produzco yo.

Para tranquilizarse un poco más deprisa (porque le estaba costando más de lo habitual), se comió dos helados de chocolate y se compró unos zapatos preciosos que no necesitaba. Cuando vio que se estaba haciendo de noche y que ya casi había llegado al puerto, abordó un taxi y volvió a casa. Xavi llegaba tarde esa misma noche, y antes de que lo hiciera Nora quiso charlar con alguien imparcial.

Cuando llegó a su casa, comprobó la diferencia horaria y llamó a Henrik a Nueva York. Llevaba casi un año viviendo allí, y en contra de sus temores, se había sentido como en casa desde el primer día. Tanto que solicitó el traslado inmediatamente —la agencia no podía estar más contenta, ya que el negocio en Europa ya funcionaba solo, y la oferta de Henrik les aseguraba una buena gestión también en Estados Unidos— y no volvió ni para hacer las maletas. Pidió a su empresa que le buscara un departamento en Williamsburg y que le mandaran allí sus cosas.

Y, por supuesto, no se hicieron de rogar.

Al segundo tono oyó su voz, familiar y dulce al otro lado de la línea, y el drama en el que vivía se volvió por un momento más tolerable. Cuando su amigo le dijo que estaba en casa, decidieron usar la función de videoconferencia del Messenger para tener una de sus largas conversaciones.

Se puso cómoda, se sirvió una copa de vino y encendió el ordenador. Ver a Henrik, aunque estuviera casi en la otra punta del mundo, la puso instantáneamente de buen humor. Estaba un poco más delgado, llevaba un nuevo corte de pelo que le quedaba muy bien y a Nora le pareció ver un principio de canas en sus sienes.

Hablaron durante una hora y media.

En realidad Henrik habló mucho más que ella, que prácticamente se limitó a asentir con la cabeza y a soltar algún «ajá» de vez en cuando. Su nueva vida en la Gran Manzana era trepidante, llena de noches interminables con nombres conocidos, conciertos — siempre desde el *backstage*— y zonas VIP.

Con los cotilleos que le contó (su amigo, que en general era bastante discreto, parecía disfrutar ese día como un enano haciendo pública con pelos y señales la vida de los demás) podría haber hundido a la mitad de la escena neoyorquina en la miseria, o hacer la película de su vida. A Nora no le extrañaba nada que Henrik se hubiera convertido en el nuevo *it boy* de la ciudad, su impresionante físico, su encanto natural y su talento para las relaciones públicas le daban para eso y para mucho más.

Después de perderse durante un buen rato en la vida de su amigo como lo habría hecho con un buen libro o una película, llegó el momento en el que le tocó a ella explicar qué había hecho en los últimos meses y se dio cuenta de que no había nada importante que reseñar.

—¿Estás bien, Nora?

Henrik la conocía demasiado como para intentar engañarle.

—La verdad es que no lo sé. Creo que no. Bueno, a veces creo que sí. No lo sé. Empiezo a tener la sensación de que he perdido el rumbo de mi vida, como si esta fuera sola y yo no tuviera nada que decir al respecto. No escojo nada de lo que hago, me muevo por inercia...

—Exactamente así es como me sentía yo antes de mudarme a Berlín —la cortó Henrik—. Esa es una señal de que tienes que cambiar de aires, buscar nuevos horizontes. La emoción de despertarse en una ciudad nueva, pocas cosas pueden compararse con eso.

Se quedó pensativa, con la copa casi vacía en la mano.

—Supongo que tienes razón. Puede ser que necesite un cambio. Pero no sé si es la edad o qué, igual es que me estoy haciendo mayor, pero tengo la sensación de haber echado raíces aquí. Aquí está mi vida, mi casa...

Estuvo a punto de decir «mi trabajo», pero recordó la escena en el despacho de la productora de esa tarde y tuvo serias dudas de que ese fuera todavía «su trabajo».

—Venga, hombre. Tu vida está allí, aquí y donde tú estés, no me cuentes rollos. Tu casa no es tu casa, es la casa de Xavi. Y Xavi... Ya sabes lo que pienso de tu relación con Xavi.

Henrik siempre había sido muy claro al respecto, eso no se le podía negar. Desde que le conoció, le dijo a Nora que Dalmau era un chico encantador, pero que no era para ella. Notaba que lo que había entre ellos no era lo que debería haber entre una pareja joven y enamorada. Era más bien una relación institucionalizada y desigual, fruto de la comodidad por parte de ella y de una pasión absoluta por parte de Xavi.

Su amigo encendió un cigarrillo —«Ha vuelto a fumar...», pensó Nora— y siguió con su disertación.

—Lo que sea que tienes con él ya está durando demasiado, y no tiene pinta de acabar bien. Le vas a hacer daño, y no puedes prolongarlo eternamente porque también te vas a hacer daño tú. Si no actúas, un bonito día os tendréis que separar con hijos y varias casas. Y además, mientras, le vas a agarrar manía, si es que no se la has agarrado ya... ¿Estás viendo a alguien más?

Nora sabía que estaba sola en casa, que esa conversación no se estaba grabando ni nada por el estilo, pero a pesar de eso le daba corte explicar cierto tipo de intimidades —de las que, además, no se sentía nada orgullosa— a una pantalla de ordenador.

—Eso no es importante...

Henrik se rio con ganas.

—Con eso ya me lo has dicho todo.

Nora esbozó una media sonrisa culpable que fue la pista que necesitaba su amigo para descubrir el nombre del tercer implicado.

—Vale, esa cara sí que me lo ha dicho todo, *todo*. ¿Todavía estamos en esas, cariño? Desde luego, lo lista que eres para algunas cosas y lo tonta que eres para otras.

Estaba acostumbrada a que Henrik le hablara sin ambages, pero eso no quería decir que no le molestara su brutal sinceridad.

—Te agradecería que no me juzgaras —le pidió, mirándose las uñas por no levantar la vista.

—Te propongo una cosa muy en serio: ven a visitarme a Nueva York. Quédate en mi casa un par de semanas. Será increíble, ya verás. Es justo lo que necesitas, déjate de novios y ¡vente ya! Ahora me tengo que ir a comer, tengo una reunión de negocios con el director de un hotel, que por cierto tiene un guardaespaldas que antes trabajaba con Britney Spears y está buenísimo. Aquí todo el mundo tiene guardaespaldas, es alucinante...

Su amigo siguió parloteando unos minutos más, pero aunque la videollamada seguía activa, el cerebro de Nora ya había desconectado, la idea de Nueva York la había seducido. Le dijo adiós a Henrik y se preparó un baño de espuma.

«La bañera es el mejor lugar para pensar y tomar decisiones, eso lo sabe todo el mundo», pensó mientras comprobaba la temperatura del agua con el pie. Se metió en el baño, con media cabeza dentro del agua, cerró los ojos y se dedicó a escuchar el silencio y a dejar que el mundo funcionara sin ella durante un buen rato.

Hasta que una sensación extraña la invadió. Algo incómodo, como la llamada de la naturaleza, esa que avisa a los animales y las aves antes de un cataclismo. Algo estaba pasando, o a punto de pasar.

Abrió los ojos y soltó un grito al ver una cara a poco más de un palmo de la suya.

—¡Joder, Xavi! ¡Casi me muero del susto! ¡Me podría haber desmayado y ahogado! ¿Te parece normal entrar en silencio como un psicópata y quedarte ahí mirando sin decir nada? ¡Has estado a punto de matarme!

Nora estaba visiblemente alterada, y Xavi sonreía.

—Yo también te he echado de menos, *honey*. En realidad sí he dicho algo, te he dicho hola dos veces, pero supongo que no me has oído porque tenías las orejas dentro del agua. Y si te hubieras desmayado, te habría sacado del agua y te habría hecho el boca a boca con mucho gusto, preciosa.

Mientras hablaba, Xavi se iba quitando la americana, la camisa, los zapatos y los pantalones, dispuesto a meterse con ella en la bañera. Aunque era suficientemente grande para dos —y para tres—, a Nora la idea no le apetecía nada: el baño era para ella un momento íntimo que no le gustaba compartir con nadie, ni siquiera con él.

Refunfuñó un poco, pero le dejó ponerse a su lado. «Qué remedio», pensó. Hacía más de cuatro semanas que no le veía, pero en ese momento no tenía ninguna sensación de haberle echado de menos.

En cambio, él sí parecía haberla añorado, y mucho.

Empezó a acariciarle con suavidad la cara, los hombros, los labios. Le apartó unos mechones de cabello mojado de la frente. Buscaba mirarla a los ojos, pero Nora no tenía muchas ganas de jugar a las miraditas.

De hecho estaba empezando a sentirse francamente incómoda. Y a la vez culpable por sentirse así. Culpable, culpable, culpable, una sensación que ya le era demasiado familiar.

Decidió tomar las riendas y acabar cuanto antes con lo que, inevitablemente, tenía que pasar. Diez minutos después Xavi estaba satisfecho, y ella también, aunque por motivos muy diferentes.

Después, la escena que se repetía recurrentemente en sus vidas: Nora quería salir, Xavi no, intercambio de impresiones, mal rollo. Enfado que él aprovechó para decirle que sabía lo que había pasado esa misma tarde en la productora, y que le parecía una imprudencia total.

—¿Cómo se te ocurre no llevarte siquiera el guion que te da tu productor? ¿Estás loca, ahora te crees una diva? —le gritó Xavier.

—¿Te das cuenta de que te pasas la vida diciéndome lo mismo? Pareces mi madre. Si mi madre fuera una pesada y se comportara como si fuera mi representante sin ser nada de eso, claro. ¿No ves que esto no puede ser? ¡Te pasas la vida riñéndome!

Su enfado era bastante desproporcionado respecto a lo que lo había provocado, y recordó las palabras de Henrik. «Le vas a agarrar manía». Xavi ponía cara de no entender nada y de perrito abandonado, y Nora (más sentimiento de culpa) tuvo ganas de abofetearle.

Pero en lugar de hacerlo se puso unas zapatillas de deporte, tomó el abrigo y el bolso y salió a la calle dando un portazo.

«Esto no puede ser. No puedo seguir así. Estoy a punto de volverme loca, voy a explotar y el Big Bang al lado de esto va a ser un petardito».

Mientras se aguantaba las lágrimas, caminaba sin saber a dónde ir, dando vueltas a la manzana.

Sacó el teléfono y buscó el nombre de Susana en la agenda.

—Necesito verte ahora. Es importante. *Muy* importante. Tengo que hablar contigo. Da cualquier excusa, me da igual...

Nora esperó durante una hora que se le hizo interminable en el bar del Hotel Pulitzer, cerca de la plaza Catalunya, a que llegara Matías.

Matías llegó bastante preocupado y también un poco mosca.

—¿Qué pasa? ¿Por qué nos citamos aquí? ¿Estás loca? ¿Ha pasado algo?

—Me voy —le soltó Nora.

Su amante frunció el ceño, con cara de no entender nada.

—¿Te vas ahora? Acabo de llegar, me has hecho venir desde casa, inventarme un rollo que Virginie no se ha tragado ni de broma, ¿y tú te vas?

—No de aquí. No ahora, quiero decir. No...

Si no quería que la comunicación fuera imposible a causa de sus nervios, tendría que concretar un poco más.

Respiró hondo, le puso a la situación una valentía que estaba lejos de sentir y arrancó, sin atreverse a mirarle.

—Matías, quiero irme. A vivir a otro sitio. Creo que aquí ya no tengo nada más que hacer. Me voy una temporada a Nueva York. Y quiero preguntarte... bueno, quiero decir que me encantaría que vinieras conmigo. A lo mejor esta es la oportunidad que nunca hemos tenido, la que nos merecemos. Tenemos que intentarlo. Matías, oye, ¿me estás escuchando? —le increpó al ver que tenía el móvil en la mano y estaba haciendo algo con él, enviando o leyendo un sms, o alguna cosa por el estilo.

—Perdona... No entiendo... ¿Cómo que Nueva York?

Nora se quedó parada, y después se rio, primero con amargura y después con ganas. Y después empezó a llorar, sin parar de reírse.

Matías, que seguía con su móvil en la mano, la miró incrédulo y empezó a excusarse, que si el idioma, que si los padres de Virginie vienen el mes que viene para conocer su casa, que si una peli que iba a hacer dentro de dos meses...

Nora entendió que no estaban en el mismo sitio, y que, evidentemente, quizás nunca habían estado. Lo que tenían ellos solo era sexo, y la posibilidad de que algún día fuera otro tipo de relación solo estaba en su mente, concluyó Nora. Y de pronto se sintió como si le quitaran todo el peso de años de Matías de encima de su espalda.

Nora pagó la cuenta, Matías seguía excusándose, le besó en la cabeza y salió del hotel mientras él la perseguía, pero Nora corrió y le dejó atrás.

Se fue andando hasta casa, cruzando la ciudad con el iPod a todo volumen. Cuando llegó ya era de madrugada, pero Xavi seguía en el salón, viendo la televisión y bebiendo vino.

En cuanto entró por la puerta, Nora le soltó la frase que precede a todos los grandes dramas de pareja.

—Tenemos que hablar.

Él se incorporó, palmeando el sofá a su lado para indicarle que se sentara allí. Su expresión era de resignación absoluta, como si ya supiera lo que iba a venir a continuación.

—Xavi, necesito cambiar de aires. Necesito enfrentarme a otros retos. Creo que ha llegado la hora de empezar en otra ciudad, igual que cuando vine aquí hace casi siete años. Necesito volver a sentir la ilusión que me provocaba Barcelona en ese momento, cuando descubría a diario calles, rincones, nuevos amigos. No puedo más, esto se me está comiendo por dentro, y si no lo hago, al final seré una desgraciada siempre, y te haré mucho daño, y no te lo mereces.

Dalmau la abrazó fuerte y, por primera vez delante de Nora, se puso a llorar. No es que le cayeran lágrimas, es que lloraba como un niño, con hipidos y ahogos y unos suspiros que partían el alma.

—Yo... yo creía que me ibas a dejar. Como estás tan rara últimamente, que parece que te molesto, que todo te molesta. Estaba preocupado. Y todo era porque no estás a gusto en Barcelona...

«No, no, no, no, esto no puede estar pasando», pensó Nora. Por un momento se le pasó por la cabeza no decirle que era un error para no romperle el corazón, pero ya se había dejado llevar demasiado por la inercia, y esta vez había que cortar por lo sano. Pero se lo pensó durante unos segundos, un silencio que Xavi aprovechó para seguir con su discurso.

—Tengo un amigo que tiene un bloque de apartamentos en el West Village, es una zona perfecta para vivir, te encantará. En un año ya habré consolidado la relación con mis nuevos socios, y puedo proponerles ampliar el negocio y montar una oficina en Nueva York, especializarnos en cine *indie* o algo así, hay muchos directores interesantes y las películas son de bajo presupuesto. Hace tiempo que le venía dando vueltas a la idea, ¡nos va a ir muy bien, ya lo verás!

En ese momento fue Nora la que rompió a llorar.

—Xavi, me voy yo sola. Lo siento. De verdad lo siento, no quiero hacerte daño, pero los dos sabemos que esta relación no nos lleva a ningún sitio. Hay un lado en mí que te quiere profundamente, pero el otro... el otro quiere más que solo amor. Quiere pasión, obsesión, locura. Desde el primer momento creo que hemos querido cosas distintas, y el azar, o el destino, o la costumbre, o yo qué sé, nos ha llevado a estar juntos... Pero ya es hora de que aceptemos que esta no es la relación de nuestra vida. Tú te mereces que te traten mejor, y yo... yo no sé lo que me merezco, ahora mismo no sé ni lo que quiero, pero sé lo que no quiero, y es esto. Nunca te agradeceré lo suficiente lo que me has ayudado, y...

Xavi, que ya no lloraba, la cortó en seco.

—¿Te vas con alguien? ¿Hay otro hombre? Es Matías, ¿verdad? Te vas con él... Creo que siempre le has querido. Cuando le miras, te brillan los ojos de una manera... A mí no me has mirado así nunca. Pensé que se te pasaría, que dejarías de ser tan infantil... pero no se te ha pasado. Y yo he hecho el primo...

—No, no me voy con nadie, me voy sola.

Un momento de duda y, después, el sincericidio. Tal vez de esta manera Xavier la odiara aún más y eso le ayudara a dejarla ir, pensó Nora.

—Le pedí a Matías que viniera conmigo, pero no aceptó. Creo que nunca me ha querido... No me siento orgullosa de lo que he hecho, pero te prometo que lo he intentado. He intentado que lo nuestro funcionara, porque eres bueno, eres adorable y se me ocurren mil motivos por los que una mujer querría pasar contigo el resto de su vida, tener hijos guapísimos contigo y cuidarte y dejarse cuidar. Pero desafortunadamente esa mujer no soy yo, Xavi. Ya lo sabíamos. Los dos.

Como respuesta, un silencio sepulcral.

—Por favor, Xavi, dime algo. No quiero que me odies por esto, me encantaría que fuéramos amigos, por favor, no me odies...

Más silencio. Y de pronto, dos palabras.

—Vete. Ahora.

Nora pensó en intentar abrazarle, no tanto para reconfortarle a él como para reconfortarse a sí misma, pero le dio miedo su reacción. Desde que había pronunciado el nombre de Matías sus ojos ardían de furia.

—Vete. De verdad, vete ya, no quiero verte ni un minuto más. Veremos más adelante, pero ahora no puedo... Por favor, Nora, vete, vete...

Hundió la cara entre los puños. Parecía que iba a llorar otra vez. O a dar puñetazos a la pared. O a tirar cosas al suelo. Fuera lo que fuera, Nora no estaba preparada para verlo así, y tomó el bolso, la chaqueta y se dirigió a la puerta. Kojak la miraba desde el pasillo con asombro, y se paró a abrazarle y le prometió, en un susurro, que pasaría a buscarle «pronto, muy pronto».

Llamó a Lola, la única persona en la ciudad a la que podía recurrir a esas horas. Pensó en llamar a Joanna, pero su relación se había enfriado un poco desde que dejó el loft, y un poco más (todavía) desde que había cambiado a su amante casado por un *boy toy* dieciséis años menor que ella que hacía que fuera difícil encontrarla fuera de la cama.

Lola la acogió en su casa y en sus cálidos brazos. Pasaron dos días enteros sin salir de casa, viendo películas, comiendo palomitas y chocolate, haciendo planes y cualquier otra cosa que ayudara a Nora a no pensar.

Pasadas las cuarenta y ocho horas de duelo, tocaba ser práctica y organizarse, y Nora se puso manos a la obra.

Diez días después de tomar *la decisión* embarcó en un vuelo directo del Prat al JFK.

Joanna —y su novio, que no la dejaba sola ni a tiros—, Lola y Bea —que parecían estar reconsiderando su separación, y estaban de lo más cariñosas— fueron a decirle adiós al aeropuerto. En la despedida hubo risas, lágrimas, besos, promesas de reencuentro y todo lo que tiene que haber en una despedida de las buenas.

Ya en el avión, y constatando con alegría que sus dos compañeros de vuelo no eran demasiado habladores, Nora decidió aprovecharse de las copas gratuitas en los vuelos transoceánicos y bajar sus dormidinas de rigor con un par de benjamines de cava, asegurándose de que se aturdía lo suficiente para no pensar en las terribles consecuencias para su salud que tendría un accidente de avión.

Todavía no habían llegado a sobrevolar el mar cuando Nora ya roncaba, feliz y completamente inconsciente. Hasta que el ruido de una orquesta de *jazz* la despertó.

«Ya estamos otra vez...», se dijo.

A su alrededor tenía lugar la fiesta más salvaje en la que había estado jamás. Una banda tocaba en el escenario un *dixieland* frenético, que iba por lo menos al doble de revoluciones de las que dictaba el sentido común. Una docena de parejas bailaban *swing* acrobático en la pista, volando y lanzándose por los aires para ejecutar a la perfección las piruetas más improbables. A un lado, una barra donde camareras en *topless* —peinadas con un moño altísimo— servían una bebida de color verde que tenía toda la pinta de ser absenta. Los hombres y las mujeres llevaban trajes de diferentes épocas, pero no parecía una fiesta de disfraces, todo era como demasiado real.

Una occidental vestida y maquillada como una *geisha* le ofreció una bebida humeante servida en un tubo de ensayo. Nora la aceptó con un cierto reparo. La probó y sabía a algo nuevo, algo desconocido y fresco que no le recordaba a nada que hubiera probado antes. Al segundo sorbo, el sabor cambió por completo. Ahora era dulce, untuoso, lácteo.

Quería dejar el cóctel en una mesa para dar una vuelta, pero no podía porque carecía de una base donde apoyarlo. Así que tuvo que seguir todo el rato con él en la mano.

Se cruzó con una chica vestida de bailarina de cancán que le recordó a Carlota, y con una pareja de chicos que le intentaron tocar el culo. Nora se dejó, pero cuando se dio la vuelta para mirarlos tenían cara de ardilla, y salieron dando saltos.

«Debería psicoanalizar esto, porque lo mío con los sueños no es normal», pensó mientras seguía con su labor de reconocimiento del terreno. Entró en una habitación donde un hombre con chaquetilla de pastelero decoraba con nata, chocolate, caramelos y figuras de azúcar el cuerpo de una chica desnuda e inmóvil, que poco a poco se iba convirtiendo en una especie de tarta humana.

La *geisha* le dio otra de sus bebidas, pero esta vez se quedó parada delante de ella hasta que se la bebió y le devolvió el frasquito vacío. Nora vio cómo se sacaba un pecho y, apretándoselo un par de veces, como si se ordeñara, lo volvía a llenar. Al darse la vuelta se fijó en que la chica tenía alas, unas protuberancias sin plumas que le salían de las clavículas y se movían con ligeros espasmos. Un hombre también alado la levantó del suelo y la penetró con un miembro gigante y de color azul, que parecía sacado de un manga. Se quedaron un rato en el aire, cogiendo a la vista de todo el mundo, hasta que ella explotó y se convirtió en una lluvia de confeti y unos fuegos artificiales.

En ese momento se dio cuenta de que Matías y Dalmau estaban a su lado, tomándola uno de cada brazo. Se asustó, pensando que Xavi querría pegar a Matías, pero en lugar de hacer eso le besó en la boca. Matías parecía estar muy por la labor, y estuvieron besándose un buen rato, acariciándose del cuello y frotándose el cabello, y metiendo la mano dentro de la camisa del otro, suspirando como si hubieran deseado hacer eso desde hacía mucho tiempo.

Nora cada vez estaba menos sorprendida y más excitada, y pensó que tenía que mezclar pastillas para dormir y alcohol más a menudo, si ese era el resultado.

Los chicos seguían a lo suyo, totalmente entregados, y se tomaron de la mano para buscar, o eso pensó Nora, un rincón más íntimo donde continuar con lo suyo. Fue tras ellos —no pensaba perderse el final de aquello por nada del mundo— y los tres se metieron en una habitación con moqueta, un lavamanos y un armario, como de motel americano de carretera. Matías empujó a Dalmau a la cama, y le desabrochó la camisa. En ese momento se abrió el armario, dando un portazo que casi despertó a Nora del susto. De él salieron Carlota y Virginie, que se tiraron directamente encima de los chicos y empezaron a desabrocharles la ropa, como enloquecidas.

«Ni de coña, chicas, este es mi sueño», dijo Nora.

Cerró los ojos muy fuerte y, cuando volvió a abrirlos, las dos habían desaparecido —en su lugar, solo quedaban unas volutas de humo—, y los dos chicos estaban completamente desnudos. Le tendieron las manos y ella no se hizo de rogar.

Se estiró entre los dos y se dejó hacer. Era excitante y a la vez un poco enfermizo, pero se estaba excitando cada vez más con la idea del inminente trío con los dos hombres que habían marcado su estancia en Barcelona. Mientras Matías la besaba en la boca, Xavi la abrazaba por detrás, tomándole con una mano un pecho y con la otra tanteando entre sus piernas.

Podía notar su erección presionando contra la parte baja de su espalda, y la arqueó para aumentar el contacto. Matías seguía con sus besos largos y húmedos, y también empezó a frotar su sexo contra el de ella.

Siguieron así un rato, hasta que Nora decidió que necesitaba más. Lo mejor de los sueños es que las cosas pasan solo con desearlas, y en ese mismo instante las manos de Matías y Xavi se dedicaron totalmente a ella.

Xavi, pasando la mano por su ingle derecha desde atrás, separó sus labios ya húmedos hasta tocar su zona más sensible. A la vez, Matías, mientras le lamía los pezones, introdujo dos dedos en su interior, presionando ligeramente hacia él con la punta de estos para estimular el punto G.

Nora gimió, marcando el ritmo que quería que siguieran con sus caderas, buscando el contacto de ambos, sintiéndose feliz al verlos juntos y completamente dedicados a su placer.

Matías seguía entregado a sus pezones, erectos y un poco enrojecidos por el roce de su barba, y Xavi le acarició el cabello y la mejilla, y después le metió los dedos en la boca.

Nora ronroneó más y más fuerte, y cuando estaba a punto de correrse, vio una mirada de complicidad entre los dos chicos que la puso todavía más cachonda. Las manos de ambos consiguieron que tuviera el orgasmo más brutal de su vida. Las contracciones duraron lo que a Nora le pareció una eternidad, y cuando terminó le flojearon las piernas.

Xavi se apartó poco a poco y la ayudó a tumbarse en la cama. La cabeza le daba vueltas, y Xavi y Matías la miraban, sonriendo y esperando nuevas instrucciones para satisfacer todos y cada uno de sus deseos.

¿Le estaba fallando la memoria o en el sueño sus vergas eran más grandes que en la vida real? Matías, como leyendo sus pensamientos, acariciaba suavemente la suya mientras la miraba fijamente a los ojos. De repente Nora tuvo muchas ganas de sentirla en su boca, y se incorporó para lamerla, primero suavemente, con la punta de la lengua, y después introduciéndosela poco a poco en la boca, sintiendo su tacto y su textura, como un extraño animal palpitante, seco y caliente al que cobijar.

Mientras se dedicaba al sexo de Matías, y aprovechándose de una postura en la que estaba totalmente expuesta, Xavi la penetró suavemente por detrás. El primer empujón fue suave y lento, casi un saludo. Pero cuando descubrió que Nora estaba más que dispuesta a recibirle, aumentó la potencia y el ritmo. Nora se sentía muy cómoda, algo que le extrañó, porque cuando veía esa postura en alguna película X, pensaba que era incómoda y poco placentera.

Pero resultó ser agradable, y los tres encontraron rápidamente una cadencia común. Y, convertidos en uno solo, recibiendo y dando placer a partes iguales, fueron aumentando el nivel de su excitación rápidamente. Nora necesitaba respirar más rápido, pero no tenía ninguna intención de abandonar la verga de Matías. Xavi la empujaba cada vez más deprisa, cada vez más fuerte. Los tres empezaron a jadear fuerte (aunque el ruido que hacía Matías se parecía más a un gruñido, como siempre, y el de Xavi a un ronroneo).

Cuando Nora estaba a punto de llegar al final, cuando ya sentía la ola de calor que precede al orgasmo, oyó una voz que no encajaba en la escena...

—¿Señorita? ¡Señorita!

Una azafata de unos cincuenta años con demasiado maquillaje y cara de estar muy cansada y para muy pocas hostias la sacudía para despertarla.

—Señorita, está usted soñando en voz alta, hace mucho ruido y molesta a los demás pasajeros.

Nora miró a sus dos compañeros de asiento que, más que molestos, parecían estar pasándoselo pipa.

Nora se disculpó, sacó el libro que llevaba en el bolso y enterró la cabeza en él, con la firme intención de no sacarla de allí hasta que aterrizaran. Durante las tres horas que quedaban de vuelo no fue ni al cuarto de baño. Lo que fuera con tal de evitar el contacto visual con los que la habían oído gemir mientras hacía un trío virtual en público. Ni siquiera miró a la azafata que le dio los papeles de inmigración para rellenarlos.

Cuando por fin aterrizaron, hizo lo posible para salir la última del avión, y cuando lo hizo, roja como un tomate, un par de adolescentes que se sentaban dos filas de asientos más atrás le silbaron durante todo el trayecto por el *finger*.

Al final del pasillo, después de los doscientos controles de seguridad y la desazonadora espera de maletas, con un ramo de flores en una mano y un cartel donde ponía «*Nora Bergman, famous cinema director, welcome to New York!*», sonriente y más guapo que nunca, estaba Henrik. A su lado, un chico moreno, alto y fornido de ojos claros le ayudaba a sostener el cartel y sonreía.

Después de darse un millón de abrazos y aceptar la ayuda que le ofrecieron con el equipaje, Henrik le presentó a su amigo.

—Este es Joseph, es comediante —le dijo en un inglés con perfecto acento americano—. He pensado que te iría bien conocer a alguien del gremio, le puedes ver los jueves en *Comedy Cellar*, es la mejor joven promesa de New York.

Mientras se daban la mano, Henrik le guiñó un ojo a Nora, y, simulando acercarse a ella para apartarle un mechón de cabello, le susurró al oído: «Y está buenísimo, y es hetero».

Abordaron un taxi, charlando sin parar. El taxista, un pakistaní encantador, le preguntó a Nora qué hacía en la ciudad, y ella le confesó que pensaba quedarse a vivir al menos una temporada.

—Siempre tengo una canción preparada para dar la bienvenida a los nuevos neoyorquinos —le dijo trasteando en un portacedés que llevaba en la guantera. Cuando encontró lo que buscaba, lo metió en la ranura, seleccionó la canción número seis y apretó el botón de *play*.

Nora miró por la ventanilla mientras sonaba *New York, New York,* en la voz de Frank Sinatra. Estaban los tres en el asiento trasero del taxi, bastante apretados y bebiendo el champán que Henrik acababa de abrir. A lo lejos brillaban las luces de la ciudad. En ese momento empezó a nevar y Nora sintió un escalofrío. Pensó que no sabía si era la nieve, el cansancio del viaje, la emoción de una nueva vida o la mano de Joseph que se había posado en su pierna.

Índice